宋 梁楷 李白行吟图

宋 马远 月下把杯图

宋 李嵩 明皇斗鸡图

宋 马远 踏歌图轴

清 石涛《九月九日忆山东兄弟》诗意图

明 唐寅 红叶题诗仕女图

唐诗陕西

人文纵横

杨乾坤 注释

陕西新华出版传媒集团
陕西人民出版社

图书在版编目(CIP)数据

唐诗陕西·人文纵横/杨乾坤注释. —西安:
陕西人民出版社,2022.4
ISBN 978－7－224－14405－5

Ⅰ.①唐… Ⅱ.①杨… Ⅲ.①唐诗－诗歌欣赏 Ⅳ.
①I207.227.42

中国版本图书馆CIP数据核字(2022)第028042号

主　　编:宋亚萍

出 版 人:赵小峰
策划编辑:李晓锋　张孔明　彭　莘
责任编辑:王彦龙
整体设计:杨亚强

唐诗陕西·人文纵横
TANGSHI SHAANXI RENWEN ZONGHENG

选 注 者　杨乾坤
出版发行　陕西新华出版传媒集团　陕西人民出版社
　　　　　(西安市北大街147号　邮编:710003)
印　　刷　陕西天地印刷有限公司
开　　本　880毫米×1230毫米　1/32
印　　张　8.25
插　　页　4
字　　数　186千字
版　　次　2022年4月第1版
印　　次　2022年4月第1次印刷
书　　号　ISBN 978－7－224－14405－5
定　　价　58.00元

序

孔　明

今生今世，无论是谁，做了陕西人，都应该感到庆幸。不说黄帝、炎帝，不言周秦西汉，单道唐朝盛世，陕西都堪称泱泱中华的一方风水宝地。陕西遇着了唐朝，而且拥有了京畿之地；陕西遇见了唐诗，而且独占了唐诗高地。如同大唐盛世在中国王朝史上居于峰巅一样，唐诗在中国文学史上无须赘言，自然巍峨。古代中国享有“诗国”之美誉，不能说是唐诗所赐，却可以说唐诗的浓墨重彩为中国披上了绚丽的诗衣。在唐诗版图上，唯独陕西得天独厚，无论唐诗数量抑或质量，只有第一，没有第二。博读唐诗，诗魂悠悠，在诗行里游走，浸淫既久，人被诗化，出口不是诗，也是歌了。唐诗的魅力、魔力与感化力，于此可想而知！

唐诗林里，古代陕西的人文大观、人情风土、人物风流以及田园山水、名胜古迹等，都是绕不过去的，就如同皓月当空，谁也不能无视一样；就如同“万绿丛中一点红”，人不惊艳，怎么可能？那种独有的风景、风情、风物、风韵、风骨，仿佛春风扑面，又如花香袭人，不期然已身临其境而叹为观止；遍游陕西，旮旯犄角都有唐朝遗韵，稍不留神就有唐诗馀韵，驻足流连就有唐诗人物形影足迹可觅，洗耳恭听就有唐诗本事耳熟能详。咦！人道是陕西一阈，呈现的却是大唐王朝的盛世气象与博大情怀，更兼备中国人文地理的国家特征与民族图腾。因此之故，饱读唐诗，读进去了，很容易“惚兮恍兮，其中有象；恍兮惚兮，其中有物”，此中美妙，一言难尽。就好像是旧地重游，眼前似曾相识，又恍若隔世，忍不住要抚今追昔、缅怀古人了。或许自己的祖先就曾生活在陕西，也或许祖上某个人物曾在陕西宦游，更或许追根问底，自己原本就是陕西的唐人！

如果不读唐诗呢？那就不无遗憾了！不读唐诗，就不能领略陕西的人文丰厚；不读唐诗，就无法读懂陕西的前世今生；不读唐诗，就难以真正感悟陕西何以成为皇天后土的代名词。最大的遗憾是，不读唐诗，今生今世极可能与陕西皇天后土失之交臂，对话都少了一种资本，毕竟在这方神奇的故土里，播撒了太多唐贤的种子，抓一把泥土就像抓了一把唐魂，就等同于与唐贤握手。妙乎哉，不妙乎？

话说到这份上了，再说《唐诗陕西》丛书呼之欲出，真不是夸张；说其水到渠成，真不是自作多情；说其应运而生，真不是欺世盗名。

呈现在读者（唐人后裔）面前的《唐诗陕西》，分册有五：一曰《大唐三百年》，二曰《京城长安》，三曰《天府关中》，四曰《秦岭风情》，五曰《人文纵横》。顾名思义，就足见选注者只眼不俗，匠心独具，用心何其良苦，其视野在云横秦岭之上，其学识如云破月来花弄影，其钩沉直似学海爬梳，梳理出来的都是唐诗里的一串串珍珠，都带有陕西的胎记。一套《唐诗陕西》在手，唐诗陕西便横空出世，唐朝陕西更一览无馀。

《大唐三百年》，唐诗三百年。盛世之治，安史之乱，都在陕西地面上演；兴而盛，盛而衰，都有唐诗陕西为证。杜子美诗云："忆昔开元全盛日，小邑犹藏万家室。稻米流脂粟米白，公私仓廪俱丰实。"所谓国富民强，此之谓也！太史公曰："仓廪实而知礼节，衣食足而知荣辱。"唐人气度，唐人风度，唐人大度，唐人美誉度，俱从此而来。这样的国度，不被歌唱，那才叫怪了；既然被歌唱，唐诗焉能不蔚然成风？唐朝诗人辈出，唐诗登顶称雄，也就见怪不怪了。在唐朝，即使乡村野老，甚至妇孺文盲，不出口成章，也能吟出时尚韵句，那真道是一代风流，已惠及田间地头。那时候，唐诗之流行，一如当今之流行歌曲，人皆能哼哼几句，不哼哼那还是唐人么？

《京城长安》，真可谓诗城、诗都！读唐诗，真能读出一座城来，此城天下独一无二，那就是唐都长安。盛世繁华，长安为证；万国来朝，长安见证；自信风度，长安明证；前无古人，后无来者，唐诗足可自证。在长安，诗仙李白，曾经傲视王侯；在长安，诗圣杜甫，曾经怀抱美梦；在长安，诗魔白居易一曲《长恨歌》，千年传唱。长安，借杨乾坤先生一句话，足可以自美："地域之美，时代之美，格局之美，气度之美，文化之美，科举之美……"美中不足的是，唐长安诸般美轮美奂，后人大抵只领略了皮毛。想要全方位领略，那就非读唐诗不可。读《京城长安》，就算管中窥豹，也必喜出望外！那可是唐诗里的长安啊！

《天府关中》，有诗为证，那只能是唐诗。杜子美云："回首可怜歌舞地，秦中自古帝王州。"秦中，即关中也！关中地面上能雄起周秦汉唐，岂偶然乎？至少唐以前的天府之国，不在蜀，而在秦，读罢《天府关中》，心中若还有疑问，那就去恶补国史吧！读这一本唐诗，始信关中的神奇不是吹的，确信天府之桂冠不是自封的。八百里秦川，在唐代诗人韩琮眼里竟然是"秦川如画渭如丝"，这样的目光，这样的胸襟，这样的诗句，唯独唐人才能吟出！倘近距离观赏，跃入眼帘的却是这样的画面："万户楼台临渭水，五陵花柳满秦川。"哦，这是崔颢的诗！崔颢是谁？就是写下唐人七律第一《黄鹤楼》的那位主儿！李白称羡曰："眼前有景道不得，崔颢题诗在上头。"想来，也只有天府关中，才配得韩琮、崔颢的诗句！

《秦岭风情》，一定是别有风情，也是有唐诗为证。当今之世，谁人不知，何人不晓，秦岭不仅是中华脊梁，而且是国中后花园，享有"中国肺"之清誉。秦岭横亘东西，居然把中国分为南北，把黄河、长江劈为两大水系，作为华夏儿女，岂能不顶礼膜拜？读罢《秦岭风情》，那风情在唐诗里温润香郁如美酪，婉转婀娜如歌舞，醍醐灌顶如雷音，不拍案惊奇，也当掩卷回味，只恨晚生了千馀年，没赶上那人人挺胸凸肚、神气活现的如花怒放时代。然而，虽说沧海桑田只能咏叹，但能读唐诗而故国神游，也可谓三生有幸了！今夕何夕，竟能与唐诗相遇？今夕何夕，竟能在唐诗里饱阅秦岭风情？说白了，那正是唐人风情！秦岭如画，秦岭如歌，秦岭如诗，那一定是唐诗！千年诗国，首推大唐；万首唐诗，首推秦岭。美乎哉，真美也！壮乎哉，真壮也！奇乎哉，真奇也！

《人文纵横》，纵横人文，人文第一，非唐诗而何？唐诗里有浪漫主义，如李白；唐诗里有现实主义，如杜甫；唐诗里有魔幻现实主义，如李贺、李商隐。说唐诗是中国传统文学的登峰造极，至今罕有异议；说唐诗是华夏文明开出的一朵奇葩、结出的一枚神果，至今罕有质疑。唐人风流，有诗为证："虢国夫人承主恩，平明骑马入宫门。却嫌脂粉污颜色，淡扫蛾眉朝至尊。"即使讽喻，也难掩唐人审美高调。唐人多情，有诗为证："杨柳青青江水平，闻郎江上唱歌声。东边日出西边雨，道是无晴却有晴。"也只有唐朝，才会如此道情：直白如画，有隐喻，更有欢快。唐人风趣，有诗为证："两人对酌山花开，一杯一杯复一杯。我醉欲眠卿且去，明朝有意抱琴来。"呵呵，那是怎样的人文环境，使唐人活得如此怡然自得！唐诗里更有《登科后》的年少轻狂："昔日龌龊不足夸，今朝放荡思无涯。春风得意马蹄疾，一日看尽长安花。"只有人文包容，才有学子及第的如此张扬！人生得意，莫此为甚；人文底蕴，非此而何？人间万种风情，凭借人文东风，在唐诗里被发挥得淋漓尽致！到陕西来，品唐人诗，领略的是陕西风情，更是唐朝风情的硕果仅存！

选注者杨乾坤先生，何许人也？读《布鼓集》，便能见识他才思之敏捷；读《中国古代文字狱》，便知他学识之渊博；读

《司马迁与史记》，便服膺他学问之深厚；读《楹联趣话》，便敬佩他读书之博闻强记。他的记性奇好，加之口才出众，给他一个话头，他就能灵感喷涌，左右逢源，引经据典就像清风翻书，旁征博引就像天女散花，道不尽的源远流长，说不完的掌故出处。眼见他信手拈来，又见他拈花微笑；他貌似信口开河，实则是“黄河之水天上来”，滔滔不绝是因为腹藏学海，取之不尽，用之不竭也！出于对他人品学养的敬重，陕西人民出版社礼聘他为《全唐五代诗》的特约编辑。与陕西人民出版社合作有年，他的奉献有目共睹，很多高难度的图书编辑，例如《关中方言大词典》等，都借助了他这个“呼之即来”的“活字典”。一半敬重，一半信任，合璧而促成我们向他再次约稿，委托他选注了这套《唐诗陕西》。

《唐诗陕西》是陕西人民出版社出版的《全唐五代诗》的副产品。如果说《全唐五代诗》是一座山，那《唐诗陕西》就是这座山的峰巅；如果说《全唐五代诗》是一条河，那么《唐诗陕西》就是这条河的支流。读唐诗，陕西如影随形，不领略都不得行；游陕西，唐诗如魂附体，不阅读那等于白游了。

把《唐诗陕西》置于枕边，诗有了，梦也有了；把《唐诗陕西》置于案头，风有了，雅也有了；把《唐诗陕西》置于书架，陕西有了，唐朝也有了。岁月悠悠，诗意悠悠，拥有《唐诗陕西》，夫复何求？夫复何求？

2021 年 6 月 6 日

自信包容的唐代，造就了唐人感情生活的姿态横生，也造就了唐人社会关系之融洽谐和，发而为诗，便见了文采风流。

情感是诗歌的灵魂。情感的驰骋，遂也使诗歌源源而生；灵魂的张扬，遂也使诗歌英华超然。唐代的文化风尚，帝都的文化创造，时代的变迁，诗人独特的个性，展现在诗歌中，便是不朽之盛事。在这人文荟萃的地域，崇尚诗歌的唐人情之所至，诗兴便来，再经才学经纬，更见了诗化的唐人和诗化的人文交际。

于个人而言，他们直面现实，述怀、明志、赠别、乡愁等等，七情六欲，都凝成了诗作，那情采，那风骨，那依依之情，那忧患意识，都傲然屹立于中国诗歌的巅峰之上。

而于人际关系和社会交往而言，人情世故、酬赠送别、友情亲情等，在丰富多彩的社会生活中，在人文情愫充分彰显的世纪里，正是一道永恒的风景。

因此，在《人文纵横》中可以看出，因感情而升华出的精美诗作，因交际而显现出唐人的精神风貌，也烙上了时代的印记，在唐诗中留下了人情之本真。

平生心迹最相亲（白居易），文彩风流今尚存（杜　甫）。

莫道相知不相见（王　起），天教赤县有诗人（杨巨源）。

目　录

序 …………………………………………………………… 孔　明

李世民

赐萧瑀 …………………………………………………… 1

望送魏徵葬 ……………………………………………… 2

李隆基

送贺知章归四明 ………………………………………… 4

李　忱

吊白居易 ………………………………………………… 5

魏　徵

述怀 ……………………………………………………… 7

杨　炯

从军行 …………………………………………………… 9

王　勃

杜少府之任蜀州 ………………………………………… 11

杜审言

守岁侍宴应制 …………………………………………… 13

郭　震

古剑篇 …………………………………………………… 14

骆宾王
在狱咏蝉 …… 16
赵彦昭
人日侍宴大明宫应制 …… 17
李　泌
奉和圣制重阳赐会聊示所怀 …… 18
史　青
应诏赋得除夜 …… 19
王　维
送别 …… 20
酬张少府 …… 21
九月九日忆山东兄弟 …… 21
送秘书晁监还日本国 …… 22
春日与裴迪过新昌里访吕逸人不遇 …… 23
常　建
落第长安 …… 24
孟浩然
送新安张少府归秦中 …… 25
留别王侍御维 …… 26
李　白
行路难三首（选二首） …… 27
长相思 …… 29
子夜吴歌 …… 30
玉壶吟 …… 31
梁甫吟 …… 32
高　适
送李侍御赴安西 …… 37

张　谓

题长安壁主人 …………………………………… 38

韦应物

石鼓歌……………………………………………… 39

寄李儋元锡 ……………………………………… 40

长安遇冯著 ……………………………………… 41

岑　参

东归晚次潼关怀古 ……………………………… 43

潼关使院怀王七季友 …………………………… 44

敷水歌送窦渐入京 ……………………………… 45

潼关镇国军句覆使院早春寄王同州 …………… 46

青门歌送东台张判官 …………………………… 47

寄左省杜拾遗 …………………………………… 48

高冠谷口招郑鄠 ………………………………… 49

入蒲关先寄秦中故人 …………………………… 50

赴北庭度陇思家 ………………………………… 50

浐水东店送唐子归嵩阳 ………………………… 51

窦　冀

怀素上人草书歌 ………………………………… 52

杜　甫

奉赠韦左丞丈二十二韵 ………………………… 55

春日忆李白 ……………………………………… 58

饮中八仙歌 ……………………………………… 59

投简咸华两县诸子 ……………………………… 62

醉时歌……………………………………………… 64

奉先刘少府新画山水障歌 ……………………… 66

官定后戏赠 ……………………………………… 69

哀王孙…………………………………………………………70
月夜……………………………………………………………72
送郑十八虔贬台州司户，伤其临老陷贼之故，阙为面别，情见于
诗……………………………………………………………73
述怀一首 ……………………………………………………74
赠卫八处士 …………………………………………………76
伤春五首（选一首） ………………………………………78
丹青引赠曹将军霸 …………………………………………79
钱 起
赠阙下裴舍人 ………………………………………………83
长安落第 ……………………………………………………85
省试湘灵鼓瑟 ………………………………………………85
韩 翃
送李中丞赴商州 ……………………………………………87
郎士元
盩厔县郑礒宅送钱大 ………………………………………88
长安逢故人 …………………………………………………89
黄甫冉
春思…………………………………………………………90
王之涣
送别…………………………………………………………91
高 拯
及第后赠试官 ………………………………………………91
顾 况
宫词五首（选一首） ………………………………………93
耿 沣
奉和元承杪秋忆终南旧居 …………………………………94

窦　牟
晚过敷水驿却寄华州使院张郑二侍御 …… 95
窦　巩
汉阴驿与宇文十相遇旋归西川因以赠别 …… 96
卢　纶
送夏侯校书归华阴别墅 …… 97
王　表
清明日登城春望寄大夫使君 …… 98
李　益
宫怨 …… 99
赋得路旁一株柳送邢校书赴延州使府 …… 100
李　端
赠郭驸马 …… 100
王　建
羽林行 …… 102
赠华州郑大夫 …… 103
宋氏五女 …… 104
昭应李郎中见贻佳作次韵奉酬 …… 105
权德舆
送商州杜中丞赴任 …… 106
杨巨源
寄昭应王丞 …… 108
赋得灞岸柳留辞郑员外 …… 108
寄中书同年舍人 …… 109
元日呈李逢吉舍人 …… 110
成辅端
戏语 …… 111

韩　愈
石鼓歌 …… 112
和武相公早春闻莺 …… 118
游太平公主山庄 …… 118
听颖师弹琴 …… 119
调张籍 …… 120
赠译经僧 …… 122
王　涯
广宣上人以诗贺放榜和谢 …… 124
柳宗元
诏追赴都二月至灞亭上 …… 125
刘禹锡
元和甲午岁，诏书尽征江湘逐客，余自武陵赴京宿于都亭，有怀续来诸君子 …… 126
元和十一年自朗州召至京戏赠看花诸君子 …… 127
再游玄都观　并引 …… 128
初至长安 …… 129
与歌者何戡 …… 130
孟　郊
长安旅情 …… 131
张　籍
节妇吟寄东平李司空师道 …… 132
送新罗使 …… 134
李　贺
金铜仙人辞汉歌　并序 …… 135
元　稹
离思五首（选一首） …… 137

白居易
秦中吟十首（选四首） …………………………………… 139
重赋 ………………………………………………………… 139
轻肥 ………………………………………………………… 141
歌舞 ………………………………………………………… 142
买花 ………………………………………………………… 143
后宫词 ……………………………………………………… 145
欲与元八卜邻先有是赠……………………………………… 145
送元八归凤翔 ……………………………………………… 146
和钱华州题少华清光绝句…………………………………… 147
初与元九别后，忽梦见之，及寤，而书适至，兼寄桐花诗；怅然
感怀，因以此寄 …………………………………………… 147
杨　凝
夜泊渭津 …………………………………………………… 149
杨敬之
赠项斯 ……………………………………………………… 150
周匡物
及第后谢座主 ……………………………………………… 151
舒元舆
桥山怀古 …………………………………………………… 152
殷尧藩
送韦侍御报使西蕃 ………………………………………… 155
崔　郊
赠去婢 ……………………………………………………… 156

朱庆馀

近试上张籍水部 …… 157

杜　牧

新柳 …… 159

及第后寄长安故人 …… 160

赠终南兰若僧 …… 160

将赴吴兴登乐游原一绝 …… 161

许　浑

长安岁暮 …… 163

李商隐

乐游原 …… 165

宿骆氏亭寄怀崔雍崔衮 …… 165

为有 …… 166

及第东归次灞上却寄同年 …… 167

重有感 …… 168

龙池 …… 169

杜司勋 …… 170

哭刘蕡 …… 171

韩冬郎即席为诗相送，一座尽惊。他日余方追吟“连宵侍坐裴回久”之句，有老成之风，因成二绝寄酬，兼呈畏之员外（选一首） …… 172

潘　咸

长安春暮 …… 173

刘得仁

乐游园春望 …… 174

春日雨后作 …………………………………………………………… 175
省试日上崔侍郎四首（选二首） …………………………………… 175
薛 逢
送封尚书节制兴元 ………………………………………………… 176
赵 嘏
同州南亭陪刘侍郎送刘先辈 ……………………………………… 178
经汾阳旧宅 …………………………………………………………… 178
长安晚秋 ……………………………………………………………… 179
杜陵贻杜牧侍御 ……………………………………………………… 180
寒食遣怀 ……………………………………………………………… 181
马 戴
灞上秋居 ……………………………………………………………… 182
春日寻浐川王处士 …………………………………………………… 183
项 斯
长安退将 ……………………………………………………………… 184
易 重
寄宜阳兄弟 …………………………………………………………… 185
郑 畋
禁直寄崔员外 ………………………………………………………… 186
薛 能
折杨柳十首（选一首） ……………………………………………… 187
周 墀
贺王仆射放榜 ………………………………………………………… 188
王 起
和周侍郎见寄 ………………………………………………………… 190

丁　稜

和主司王起 …… 191

广　宣

贺王起 …… 193

韦　蟾

赠商山僧 …… 194

长乐驿谑李汤给事题名 …… 195

贾　岛

题李凝幽居 …… 196

忆江上吴处士 …… 197

长孙霞李溟自紫阁白阁二峰见访 …… 198

李群玉

请告出春明门 …… 199

温庭筠

题柳 …… 200

秋日旅社寄义山李侍御 …… 201

自有扈至京师已后朱樱之期 …… 202

许　棠

银州北书事 …… 203

刘　沧

罢华原尉上座主尚书 …… 204

入关留别主人 …… 205

咸阳怀古 …… 205

长安逢友人 …… 206

李　频

长安即事 …… 207

夏日题盩厔友人书斋 …… 208

春日鄜州赠裴居言 …… 208

储嗣宗

长安怀古 …… 209

高　骈

寄鄠杜李遂良处士 …… 211

张　孜

雪诗 …… 212

李山甫

柳十首（选四首） …… 213

胡　曾

咏史诗（选六首） …… 215

渭滨 …… 215

关西 …… 215

细柳营 …… 216

阿房宫 …… 217

鸿门 …… 217

汉中 …… 218

李昌符

秋夜作 …… 219

罗　隐

雪 …… 220

自遣 …… 220
帝幸蜀 …… 221
下第作 …… 222
感弄猴人赐朱绂 …… 223
高　蟾
长安旅怀 …… 224
下第后上永崇高侍郎 …… 224
郑　谷
长安感兴 …… 226
奔问三峰寓止近墅 …… 226
吴　融
卖花翁 …… 228
废宅 …… 228
杜荀鹤
下第出关投郑拾遗 …… 229
韦　庄
立春日作 …… 230
黄　巢
题菊花 …… 231
不第后赋菊 …… 232
罗　衮
清明登奉先城楼 …… 233
张　泌
长安道中早作 …… 234

无名氏

杂诗 …… 235

元和举子

丙申岁诗 …… 236

德宗宫人

题花叶诗 …… 237

宣宗宫人

题红叶 …… 238

鱼玄机

游崇真观南楼睹新及第题名处 …… 238

卖残牡丹 …… 239

跋 …… 240

李世民

李世民（599—649），唐朝太宗皇帝，李渊次子，公元626—649年在位。隋末随父于太原起兵，推翻隋王朝。李渊建唐称帝后，被封为秦王。武德九年（626），发动“玄武门之变”，迫使李渊传让皇位，次年改元贞观。在位期间，推行均田制、租庸调法和府兵制度，兴修水利，加强吏治，发展科举，选贤任能，“从谏如流”，使社会经济有所恢复，被史家誉为“贞观之治”。著有文集四十卷，《全唐诗》编其诗一卷。

赐萧瑀①

疾风知劲草，板荡识诚臣②。勇夫安识义，智者必怀仁③。

① 萧瑀（575—648），字时文，系隋炀帝杨广萧皇后之弟，官拜内史侍郎，骨鲠正直，数言事忤旨。因谏炀帝伐高丽，被贬为河池郡守（治在今陕西凤县）。唐高祖李渊入京师，招之而授光禄大夫，封宋国公，拜民部尚书，武德年间，累迁左仆射。武德九年（626）六月，太子建成鸩杀秦王李世民未成，又诬陷，高祖信之，将罪世民，萧瑀据理力劝，高祖纳之。齐王元吉更密请太祖杀秦王。秦王遂发动玄武门之变，杀了建成、元吉，高祖大惊，萧瑀等劝高祖将秦王“处以元良（太子），委之以国事”，八月，秦王即帝位，高祖称太上皇，次年改元贞观。贞观年间，萧瑀官拜太常卿等，迁御史大夫，参与朝政。

② 这两句是对萧瑀品节的高度赞赏。《贞观政要》卷五记载，贞观九年

萧瑀为尚书左仆射。“尝因宴集，太宗谓房玄龄曰：‘武德六年已后，太上皇（指高祖李渊）有废立之心，我当此日，不为兄弟所容，实有功高不赏之惧。萧瑀不可以厚利诱之，不可以刑戮惧之，真社稷臣也。’乃赐诗曰：‘疾风知劲草，板荡识诚臣。”“疾风”，大而急的风。“劲（jìng）草”，坚韧不易折断的草，比喻刚强不屈的人。“板荡”，《诗经》中有《板》《荡》二篇，讥刺周厉王无道，败坏国家。后因以“板荡”指政局变乱或社会动荡不安。

③ 这两句对萧瑀既赞扬又勉励，可见唐太宗推仁天下之气派。“勇夫”句，言有勇无谋之人，且莫言义。“安”，怎么。“义”，与下句中的“仁”互文。仁义，仁爱和正义。“智者”句，言大智之人，必具仁心。唐太宗曾对萧瑀说：“公守道耿介，古无以过，然善恶太明，或有时而失。”萧瑀顿首曰：“既蒙教，又许以忠亮，虽死日，犹生年也。”（《新唐书·萧瑀传》）可参稽。

望送魏徵葬[①]

阊阖总金鞍，上林移玉辇[②]。野郊怆新别，河桥非旧饯[③]。惨日映峰沉，愁云随盖转[④]。哀笳时断续，悲旌乍舒卷。望望情何极，浪浪泪空泫[⑤]。无复昔时人，芳春共谁遣[⑥]。

① 魏徵（580—643），字玄成。少时出家为道士。隋末农民大起义，尝以十策干李密。随密降唐，为太子建成洗马。秦王世民（太宗）杀建成，引其为詹事主簿，官至谏议大夫、秘书监。遇事敢谏，前后陈谏二百馀事，为太宗所敬畏。贞观十七年（647），魏徵去世，陪葬昭

陵，此诗为望送魏徵葬而作。据《魏郑公谏录》卷五：“公（魏徵）葬日，敕京官文武九品以上及计吏并送至开远门外，太宗幸苑西楼，望哭尽哀，令晋王宣敕祭之。”

② 这两句写李世民出禁苑望送魏徵出殡。“阊阖”，宫之正门，泛指宫门。“总”，结，系。“上林”，秦汉苑名，系御苑，此处代指唐皇家禁苑，地在大明宫之西、北一带。“移玉辇”，玉辇，古代帝王的乘舆。李世民乘坐出禁苑望而致哀也。

③ 这两句写李世民目送魏徵灵车时的悲怆心情。“河桥”，指渭河桥，灵车由此过渭桥而达昭陵。“饯”，以酒食送行。

④ 这两句以景传情，写对魏徵的哀悼。云曰惨，云曰愁，悲从中来。“峰沉”，代指魏徵之殁。“盖”，车盖。

⑤ 这四句写对魏征的出葬耳不忍闻目不忍见。“笳”，古管乐器名。“浪浪”，流淌貌。此处形容泪流。

⑥ 这两句表达对魏徵去世的痛惜之情。“昔时人”，指魏徵。《新唐书·魏徵传》记载，魏徵薨，“帝哭临，为之恸，罢朝五日”。

李隆基

李隆基（685—762），唐朝玄宗皇帝，亦称唐明皇。因其谥号曰至道大圣大明孝皇帝，故有是称。系唐睿宗李旦第三子，712—756年在位。景龙四年（710）与太平公主合谋发动政变，拥立睿宗即位，被立为皇太子。延和元年（712）受禅即皇帝位。即位之初，他励精图治，任用姚崇、宋璟为相，整顿武则天以来之弊政，使得唐代的经济文化在开元年间发展到高峰，达到了盛唐之最，被史家誉为“开元之治”。后来他宠杨贵妃惑迷于内，任用李林甫、杨国忠而政荒于外，遂使吏治腐败，中央政权不断削弱，西北、北方各镇节度使形成割据势力。天宝十四载（755）安禄山反叛朝廷，起兵范阳，于次年攻入长安，唐玄宗踉跄奔蜀。诸将拥立太子李亨（肃宗）即位，他被尊为太上皇。史家论其窜身失国之由，正是因其“侈心一动，穷天下之欲不足为其乐，而溺其所甚爱，忘其所戒”（《新唐书·玄宗本纪》），可谓一针见血之至论。《全唐诗》编其诗一卷。

送贺知章归四明①

遗荣期入道，辞老竟抽簪②。岂不惜贤达，其如高尚心③。
寰中得秘要，方外散幽襟④。独有青门饯，群僚怅别深⑤。

① 贺知章（659—744），字季真，越州永兴（今浙江省杭州市萧山区）人。其自三十七岁成进士后，一直在京为官，官至秘书监、太子宾客。秉性放达，晚年更纵诞，自号“四明（山名，在越州）狂客”。天宝三载（744），八十六岁的他上表，乞为道士还乡，玄宗许之。正月初五日，命六卿庶尹大夫于青门饯行，“宠行迈也”，玄宗乃赋此诗赠行。

②“遗荣”，遗弃荣贵。“期”，期望。“道”，道教。“抽簪”，簪，冠笄，连冠于发者，古时仕宦必有冠，抽簪者，即脱冠。故称弃官隐退为抽簪。

③“贤达”，贤能通达之人。“高尚心”，指贺知章的崇道之心。该诗序中

有云：“岂惟崇德尚齿，抑亦励俗劝人。”

④“寰中”，犹宇内，天下。“秘要”，奥旨精义。“方外”，世俗之外。

⑤“青门”，汉长安城东南门。本名霸城门，俗因门色青，呼为青门。泛指京城城门。此指城东三门中的一门。“群僚”，指饯行的官员们。

附记：贺知章回乡后，作《回乡偶书》二首，其一云：“少小离家老大回，乡音难改鬓毛衰。儿童相见不相识，笑问客从何处来。”

李　忱

李忱（810—859），唐朝皇帝，846—859 年在位，系唐宪宗第十三子，庙号宣宗。《全唐诗》编其诗十六首。

吊白居易①

缀玉联珠六十年，谁教冥路作诗仙②。浮云不系名居易，造化无为字乐天③。童子解吟长恨曲，胡儿能唱琵琶篇④。文章已满行人耳，一度思卿一怆然⑤。

① 白居易（772—846），字乐天。系李白杜甫之后唐代诗坛上执牛耳的人物，也是赢得世界声誉的大诗人，存诗三千八百馀首，《全唐诗》编其诗三十九卷。白居易于宣宗会昌六年去世。宣宗作诗吊之，对其诗歌的艺术成就做了全面又形象的概括，表达了对其深切怀念之情。

②“缀玉联珠”，此处指白居易的诗歌创作。玉、珠形容白居易诗作之珍

贵。“六十年”，白居易自十五六岁时作《赋得古原草送别》，一生作诗不辍，直至七十五岁之卒年，仍有《（会昌）六年立春日人日作》诸诗，前后跨时六十年，故云。“冥路”，阴间之路，意为去世。“诗仙”，谓诗才飘逸如仙。这句对白居易未能驻大年而遗憾。

③这两句是名字及行事而对其人格的肯定。晁迥《法藏碎金录》卷九：“白公名居易，盖取《礼记·中庸》篇云‘君子居易以俟命（等待天命）。’又取《周易·系辞》云：‘乐天知命故不忧。’”“浮云”，浮动在空中的云。“造化”，指自然的创造化育。“无为”，道家指顺应自然，不求有所作为，此处指顺应自然，乐天知命。

④“童子”，未成年的人。“解”，晓悟。“长恨曲”，即《长恨歌》，系白诗名篇。此处用“曲”而未用“歌”，乃因此处应为仄声字之缘故。“胡”，我国古代泛称北方与西域的民族为胡，后也泛指一切外国为胡。“琵琶篇”，即白诗名篇《琵琶行》，之所以用“篇”字，押韵也。白居易的诗语言通俗，相传老妪能解，不但在国内广泛流传，而且在日本、高丽等国也争相传诵。对于《长恨歌》和《琵琶行》，白居易视为代表作，甚为得意：“一篇长恨有风情，十首秦吟近正声。”

⑤“文章”，此处主要指诗歌。“已满行人耳”，白诗流传天下，所谓“禁省观寺邮堠墙壁之上无不书，王公妾妇牛童马走之口无不道”。故云。“度”，量词。次，回。“怆”，悲伤。“卿”，古代对人的敬称，也是君对臣的爱称。这两句对白居易的离世深表哀悼。

魏　徵

魏徵（580—643），字玄成，魏州曲城（今河北馆陶）人。唐初大臣、政治家。隋末李密起兵，他从军掌管书檄，后随李密降唐，为太子建成洗马。太宗即位，拜谏议大夫，后封郑国公，为一代名臣。他“安国利民，犯颜正谏”，为太宗所敬畏。前后陈谏二百馀事，多收入《贞观政要》中。在文化事业上，他主修《隋书》，得“良史”之誉。《全唐诗》编其诗一卷。

述怀①

中原初逐鹿，投笔事戎轩②。纵横计不就，慷慨志犹存③。
杖策谒天子，驱马出关门④。请缨击南粤，凭轼下东藩⑤。
郁纡陟高岫，出没望平原。古木鸣寒鸟，空山啼夜猿⑥。
既伤千里目，还惊九折魂。岂不惮艰险，深怀国士恩⑦。
季布无二诺，侯嬴重一言。人生感意气，功名谁复论⑧！

① 题一作《出关》。“关”，指潼关。这首诗作于唐高祖（李渊）称帝之初。其时魏徵投唐未久（魏徵初随李密，李密败后而投奔李渊），为在统一战争中做出贡献，故请命赴华山以东地区，去说服李密的旧部归顺新朝。诗中表现了作者以身许国之精神。

② 这两句说群雄争夺政权之时，自己也投笔从戎。“逐鹿”，比喻国家分裂之时，争夺政权。《史记·淮阴侯列传》：“秦失其鹿，天下共逐之。”“鹿”，比喻政权。“投笔”，东汉班超家贫，常为官家抄书以供

养，久劳苦，尝辍业投笔而叹曰："大丈夫无他志略，犹当效傅介子、张骞立功异域，以取封侯，安能久事笔砚间乎？"（《后汉书·班超传》）这里诗人以班超故事自喻。"戎轩"，兵车。"事戎轩"，即从军。"初"，一作"还"。

③ 这两句说事与愿违而壮志犹存。"纵横"，合纵连横的缩语，后转为经营天下之意。战国时苏秦、张仪在列国间游说，苏秦主张"合纵"，即齐楚等六国联合抗秦；张仪主张"连横"，即六国听命于秦。此处指自己曾向李密献策。"不就"，无所成就，李密不采纳其计策，以至于失败。"慷慨"，意气风发，情绪激昂，指为国效力的豪情。

④ 这两句说投奔李渊和奉使出关。"杖策"，手持马鞭。"天子"，指唐高祖李渊。"关"，潼关。"出关门"，指去山东安抚李密旧部。

⑤ 这两句说自己绝不辱使命。"请缨"，西汉的终军出使南越，曾向武帝说："愿受长缨，必羁南越王而致之阙下。"（见《汉书·终军传》）"凭轼"，指驾车而行。凭，依；轼，车前的横木。"东藩"，东方属国。汉初郦食其（yì jī）说降齐王田广，曾凭轼下齐七十馀城。（见《汉书·郦食其传》）

⑥ 这四句写旅途之见闻。"郁纡（yū）"，形容山路难行，亦形容心情之不舒。郁，阻滞。纡，曲折。"陟（zhì）"，登。"岫（xiù）"，山。"出没"，时隐时现（山岭有时隔断视线）。"鸟"，一作"雁"。

⑦ 这四句写为报国士之恩而不惧旅途之艰险。"伤千里目"，言远望而伤心。《楚辞·招魂》："目极千里兮伤春心。""九折魂"，言精神不集中。屈原《抽思》："魂一夕而九逝。""惮"，害怕。"国士"，国中的杰出人物。魏徵曾勉励别人说："主上既以国士见待，安可不以国士报之乎？"（见《旧唐书·魏徵传》）"折"，一作"逝"。此处与"魂"字连，用"逝"字似更妥。

⑧ 这四句表明自己重信义而薄功名。“季布”，楚汉时人，以守信用而著称。《史记·季布列传》引楚谚曰：“得黄金百，不如得季布一诺。”“侯嬴”，战国时魏公子信陵君之门客，信陵君救赵，侯嬴因年迈不能随行，表示要杀身以报，后果然践行了诺言。“意气”，这里指有诺必践、有恩必报的精神。“功名”，功勋与名声。

杨　炯

杨炯（650—692），华阴（今陕西省华阴市）人。十一岁时举神童。授校书郎，迁詹事司直。武后时，为婺州盈川县令，卒于官。因其恃才简倨，为时所忌。然而他博学善文，与王勃、卢照邻、骆宾王以文辞齐名，被海内称为王杨卢骆“四杰”。他却自谓“愧在卢前，耻居王后”。张说谓：“盈川文如悬河，酌之不竭。耻王后，愧卢前，谦也。”有《盈川集》三十卷行世。《全唐诗》编其诗一卷。

从军行①

烽火照西京，心中自不平②。牙璋辞凤阙，铁骑绕龙城③。
雪暗凋旗画，风多杂鼓声④。宁为百夫长，胜作一书生⑤。

①“从军行”，乐府平调曲名。唐吴兢《乐府古题要解》下：“从军行，皆述军旅苦辛之行也。”这首诗是杨炯五律中最负盛名者，与汉代班

超投笔从戎当为同调。

② 这两句说，都城出现了报警的烽火，壮士心中自然愤愤不平。“烽火”，古代边境报警的信号，从边境到内地，置烽火台，日以烟（烽），夜以火（燧），有警讯即示之。唐制，根据敌情的缓急逐级增加烽火炬数，最高四炬。一炬至所管州县，两炬以上皆至京城。此处言“照西京”，可见敌情严重。“西京”，即长安，唐时以长安为西京，洛阳为东京，合称“两京”。

③ 这两句说朝廷调铁骑包围了敌方重镇。“牙璋”，古代发兵的一种符信，首似刀而两旁无刃，旁出有牙，故称牙璋。牙璋分为两块，合处凹凸相嵌叫作牙，分别掌握在朝廷和出征主将手中，调动军队时以此为凭。“凤阙”，汉建章宫之北门、东门都有凤阙楼。阙楼高达三十五丈，其上装饰有一丈多高的鎏金铜凤，故称为凤阙。后常用为帝王宫阙的代称。“铁骑”，勇猛的骑兵。“龙城”，汉时匈奴的名城，地在今蒙古国境内。这里借指敌军的要地。

④ 这两句说边境环境艰苦。雪大天暗，旗画自然失色；寒风呼啸，鼓声自然混杂。

⑤ 这两句抒以慷慨，而推重为国从戎。“百夫长”，古代军队中的低级军官。

王　勃

王勃（约650—676），字子安，绛州龙门（今山西河津）人。六岁即善文辞，年未及冠，授散朝郎，后为沛王（李贤）王府修撰，是时诸王斗鸡，王勃戏作《檄英王鸡》（“英王”，当为“周王”，即后来的中宗皇帝李显。李贤为沛王时，李显称周王，两《唐书》称“英王”，误。见《资治通鉴》卷二〇〇《考异》），被高宗斥逐。既而因杀官奴犯死罪，虽遇赦免死，但其父受连累，贬交阯令。后来王勃渡海省亲溺水受惊而死。王勃与杨炯、卢照邻、骆宾王以诗文齐名，号为“初唐四杰”。王勃之诗文，虽未完全摆脱六朝绮靡之风，却已向清新、质朴方向发展。这也是他与卢照邻矫正当时“争构纤微，竞为雕刻”诗风之自觉。清代沈德潜称其诗为唐代“正声之始”，是很有见地的。原有集已散佚，明人辑《王子安集》。《全唐诗》编其诗三卷。

杜少府之任蜀州①

城阙辅三秦，风烟望五津②。与君离别意，同是宦游人③。
海内存知己，天涯若比邻④。无为在岐路，儿女共沾巾⑤。

① 这是王勃送别杜少府之作。时作者供职长安，其杜姓友人被任命为蜀州（治所在今重庆市崇州区）一县尉，作者写此诗送行。“少府”，县尉的通称（县令称明府，县尉职级低于县令，故称少府）。“之任”，赴任。“州”，一作“川”。该诗一反送别诗中“黯然销魂”之态，而语言畅达，大有阳刚之气，是送行诗中出类拔萃之作。

② 这两句写送别之地。“城阙”，指长安城的城垣宫阙。阙，宫门前的望楼。“三秦”，地名。项羽灭帝后，分封秦地为雍、塞、翟三国，后来泛称关陕一带为三秦。“辅三秦”，以三秦为辅。辅，护持、夹辅。

“五津”，五个渡口。据《华阳国志·蜀志》，岷江自灌县以下到犍为有五津曰白华津、万里津、江首津、涉头津、江南津。“风烟”，风物。

③ 这两句写作者与杜彼此境况相同，故别意亦相同。“宦游人”，在外做官的人。

④“海内”两句意谓“得一知己，千里同心”(俞陛云《诗境浅说》语)。“海内”，四海之内，犹言天下。“天涯”，指极遥远的地方。“比邻”，近邻。这两句经王子安炼就，非但在唐代已成惊世名句，即使在中国古典诗歌史上，也是最负盛名的佳句之一。

⑤ 这两句说在分别之际，不必效小儿女涕泣伤心。“岐路”，岔路，此指挥手告别处。“岐”，通“歧”。“沾巾”，流泪。

杜审言

杜审言（约645—708)，字必简，祖籍京兆杜陵（地在今陕西省西安市长安区)，生于襄阳，从父亲起迁居巩县（今河南巩义)，咸亨元年（670）进士及第，任洛阳丞，坐事贬吉州司户参军。武后时，授著作佐郎，迁膳部员外郎。神龙初，因曾交通武后内宠张易之，流放峰州。入为国子监主簿、修文馆直学士。有《杜审言集》。与李峤、崔融、苏味道为“文章四友”。诗存四十馀首。多律体，七言虽未完全合律，五言却已完全成熟。故明代胡应麟云：“初唐无七律，五言皆未超然，二体之妙，杜审言实为首倡。”《全唐诗》编其诗一卷。

守岁侍宴应制[①]

季冬除夜接新年，帝子王孙捧御筵[②]。宫阙星河低拂树，殿廷灯烛上薰天[③]。弹弦奏节梅风入，对局探钩柏酒传[④]。欲向正元歌万寿，暂留欢赏寄春前[⑤]。

①“守岁”，除夕人们终夜不睡，送旧岁、迎新岁，称为守岁。“制”，皇帝的命令。

②“季冬”，冬季最后一月，即十二月。“除夜”，农历十二月最后一晚。也泛指一年的最后一天。“御筵”，皇家的宴会。“御筵”，皇家宴会。

③“星河”，天河。“低拂树”，言天河西转位置已极低。“薰天”，形容灯火辉煌、势焰极盛。

④“梅风”，梅树早春开花，守岁天明即是正月初一，故云梅风入，此处指弹奏之音乐有迎春之意。“对局”，两人对着下棋。“探钩”，犹抓阄，“探筹投钩”的省语。皆言娱乐。“柏酒”，古代风俗，以柏叶后凋而耐久，因取其叶浸酒，元旦（大年初一）共饮，以祝长寿。

⑤“正元”，正月初一。“欢赏寄春前”，言欢赏以迎春也。

郭 震

郭震（656—713），字元振，以字显。魏州贵乡（今河北省大名县附近）人，十八岁举进士，授梓州通泉县尉，任侠使气，好劫财济人。武后时为凉州都督，其后屡次参与边防，有功。中宗时任安西大都护，睿宗立，任兵部尚书，同中书门下三品，进封代国公。玄宗时，其因故流新州，不久起用为饶州司马，病逝于赴任途中。郭震刚正立朝，杜甫赞其为磊落之异人。《全唐诗》编其诗一卷。

古剑篇①

君不见昆吾铁冶飞炎烟，红光紫气俱赫然②。良工锻炼凡几年，铸得宝剑名龙泉③。龙泉颜色如霜雪，良工咨嗟叹奇绝④。琉璃玉匣吐莲花，错镂金环映明月⑤。正逢天下无风尘，幸得周防君子身⑥。精光黯黯青蛇色，文章片片绿龟鳞⑦。非直结交游侠子，亦曾亲近英雄人⑧。何言中路遭弃捐，零落漂沦古狱边。虽复尘埋无所用，犹能夜夜气冲天⑨。

① 题一作《宝剑篇》，是作者早年的成名之作。其十八举进士，为通泉尉，任侠使气，武后知所为，召欲诘，既与语，奇之，索所为文章，上《宝剑篇》，后览嘉叹，诏示学士李峤等。即授以右武卫铠曹参军之任。（见《新唐书·郭元振传》）这首诗托物言志，借古剑之废弃而感慨人才之埋没，词气慷慨，直气逼人，是为力作。

②“昆吾”，传说中的山名（见《山海经·中山经》）。传说山中有一种石头，冶炼成铁，作剑，光明如水晶，割玉如切泥。“红光紫气”，指剑在锻造时所呈现的火光和剑气。“赫然”，盛貌。

③“龙泉”，剑名。晋《太康记·地记》记载，西平县有龙泉水，可以砥

砺刀剑，特坚利，故有坚白之论，是以龙泉之剑为楚宝。后来即作剑的泛称。以上四句，写良工铸宝剑。

④“咨嗟”，赞叹。

⑤“琉璃玉匣”，指装龙泉剑的玉匣。《西京杂记》：汉高祖斩白蛇剑以五色琉璃为剑匣。“莲花”，形容剑的光芒。“错镂”句，指剑柄和剑环上的错彩镂金。错，涂金，镂，雕刻。这四句写龙泉剑。

⑥“风尘”，烽烟，借指战事。“幸”，庆幸。“周防”，自卫。

⑦“黯黯”，幽暗而不鲜明。同“暗暗”。“文章”，指剑上的花纹。晋曹毗《魏都赋》：“剑则含章飞景，……或龟文龙藻。”龟文，龟甲上的花纹。

⑧“直”，只，只是。“游侠子”，指古代重义轻生、勇于救难之人。以上六句写天下无战事，宝剑不会用于军阵，却幸而被君子作防身之用，比喻英俊之士纵无大展雄才之机，若能得知己之爱赏，亦属有幸。

⑨“何言”，哪里想得到。“中路”，中途。“弃捐”，抛弃。“尘埋”，被尘土埋没。“古狱”“气冲天”，均用《晋书·张华传》典故：据说张华见牛女二星之间有紫气，请雷焕解释。雷焕说是“宝剑之精上彻于天”，张华就荐之为丰城（今属江西省）令，雷焕到任后，在县狱屋基下掘得一石函，中有双剑，一曰龙泉，一曰太阿。以上四句写剑虽被尘埋，犹能剑气冲天。喻英俊之士虽遭弃捐，终不掩浩然正气。

骆宾王

骆宾王（约640—约684），婺州义乌（今属浙江省）人。初为道王（李元庆）府属，历武功、长安主簿，武后时，数上疏言事，被贬临海县丞，怏怏不得志，弃官去。徐敬业起兵反对武后，宾王代他作《讨武曌檄》，斥武后罪状，一时传诵。武后读之，矍然叹曰："宰相安得失此人！"宾王为初唐四杰之一，其诗格高旨远，整炼缜密，虽妙于五言，然更擅七言歌行。有《骆临海全集》传世。《全唐诗》编其诗三卷。

在狱咏蝉①

西陆蝉声唱，南冠客思深②。不堪玄鬓影，来对白头吟③。露重飞难进，风多响易沉④。无人信高洁，谁为表予心⑤？

① 据清代陈熙晋《续补唐书骆侍御传》载，高宗仪凤三年（678），作者在侍御史任上，因上疏讽谏，触忤皇后武则天，被诬以赃罪下狱。此诗即作于狱中。诗前有长序，申高洁之质，悲囹圄之冤。诗中以蝉作喻，写幽忧之意。

②"西陆"，指秋天。《隋书·天文志》："日循黄道东行，一日夜行一度。三百六十五日有奇而周天，行东陆谓之春，行南陆谓之夏，行西陆谓之秋，行北陆谓之冬。"

③"南冠"，楚冠。《左传·成公九年》："晋侯观于军府，见钟仪，问之曰：'南冠而系者谁也？'有司对曰：'郑人所献楚囚也。'"后因以南冠指囚徒。作者为南方人，又在坐牢，故以南冠自称。"客思"，怀念家乡的心情。"玄鬓"，指蝉。蝉身黑而光润，鬓尤醒目，故称。据崔豹《古今注》云，魏文帝宫人始制蝉鬓，即将鬓发梳得如同蝉鬓状。"白头翁"，作者自指。其时宾王年龄将近四十岁，也许如后来韩愈所

言，年未四十，而发苍苍，也许因幽忧深重，愁白鬓发，而不是以老年自居。“吟”，谓蝉鸣。

④这两句写蝉的艰苦。露重翅湿，故其飞难进也；风多声掩蝉鸣，故其响易沉也。此处以喻作者所处之境。其诗序中有句云：“仆失路艰虞，遭时徽纆（mò，绳索）。”以言世道艰险也。又有句云：“庶情沿物应，哀弱羽之飘零；道寄人知，悯馀声之寂寞。”以希冀得怜悯也。

⑤“高洁”，指蝉，古人认为蝉饮露而不食，故将其作为高洁的象征。此处作者还是以蝉自喻，言自己的清白无辜。其另一首诗《幽縶书情通简知己》中，有“绝缣非易辨，疑璧果难裁”之被诬负冤，又有“自悯秦冤痛，谁怜楚奏哀”之希冀昭雪。可见其冤愤之情。

赵彦昭

赵彦昭，字奂然，甘州张掖（今属甘肃省）人。及进士第，历左台监察御史。中宗景龙中，累迁中书侍郎，同中书门下平章事。睿宗时迁刑部尚书，封耿国公。寻贬江州别驾，卒。《全唐诗》编其诗一卷。

人日侍宴大明宫应制①

宝契无为属圣人，琱舆出幸玩芳辰②。平楼半入南山雾，飞阁旁临东墅春③。夹路秾花千树发④，垂轩弱柳万条新。处处风光今日好，年年愿奉属车尘⑤。

①“人日”，正月初七日。晋代董勋《答问礼俗》云：“正月一日为鸡，二月为狗，……七日为人。”此诗系应唐中宗李显之命而作。“制”，皇帝的命令。

②“契”，古代在龟甲、兽骨上灼刻文字和灼刻文字的刀具，皆称契。此处指文字。宝契，此处指彪炳史册之文字。“无为”，道家以顺应自然，不求有所作为。“圣人”，指唐中宗。这句是说，唐中宗奉行的是无为而治。“琱（diāo）舆”，有雕饰刻镂的车。“幸”，皇帝所到之处称幸。

③“南山”，指终南山。“东墅”，长安东郊，唐时是游览胜地，达官在此有别墅者不少，故称东墅。

④这句写的应是以彩花装饰的行道树。

⑤“属车”，皇帝的侍从车子。

李　泌

李泌，字长源，京兆（今属西安市）人。明皇召令供东宫；肃宗时拜青光禄大夫；代宗朝，召翰林学士，寻为杭州刺史；德宗朝，拜中书侍郎平章事，封邺县侯。有集二十卷。《全唐诗》编其诗四首。

奉和圣制重阳赐会聊示所怀

大唐造昌运，品物荷时成②。乘秋逢令节，锡宴观群情③。

俯临秦山川，高会汉公卿[④]。未追赤松子，且泛黄菊英[⑤]。赓歌圣人作，海内同休明[⑥]。

①此系奉和唐德宗《丰年多庆九日示怀》所作。诗中“高会汉公卿”句下注云：“缺一韵。”

②“昌运”，美好壮盛之运。此处指国运之隆盛。“荷”，承蒙，承受。

③“令节”，佳节，此处指重阳节。“锡”，同“赐”。

④“会”，会面，相见。“汉公卿”，汉代的达官显宦。此处以汉代唐。

⑤“赤松子”，传说中的仙人。神农时为雨师，服水玉以教神农能入火不烧。至昆仑山，常入西王母石室，随风雨上下。这句是说没有出游。“黄菊英”，即黄菊花。英，花。这里指菊花酒。

⑥“赓歌”，作歌唱和。“圣人”，指唐德宗。“休明”，美善旺盛。

史　青

史青，零陵（今属湖南省）人，聪敏强记。开元初，上书自荐能诗，云子建七步，臣五步之内可塞明诏。明皇试以除夕上元竹火笼等诗，应口而出。上称赏，授左监门卫将军。《全唐诗》编其诗一首。

应诏赋得除夜[①]

今岁今宵尽，明年明日催。寒随一夜去，春逐五更来[②]。气色空中改，容颜暗里回[③]。风光人不觉，已著后园梅[④]。

①“应诏”，应皇帝之命。“除夜”，即除夕，阴历十二月最后一晚。题下原注：“一作王諲诗。”

②这四句写一夜跨两年之实。一夜而寒去，言冬去之疾也；五更而春来，言春来之速也。

③“气色”，景象。

④“著”，一作“入”。

王　维

王维（699—761），字摩诘，河东蒲州（今山西永济）人，开元年间擢进士第，官至给事中。安禄山陷长安，迫其任伪职，乱平后受到降职处分，后迁至尚书右丞，故世称王右丞。晚年退居蓝田辋川别墅，过着亦官亦隐的生活。王维诗画皆佳，名盛于开元天宝间。以其画而言，云势石色，山水平远，皆天机所道，非学而能。以其诗而论，边塞诗慷慨激昂，雄俊奋发，山水田园诗更开宗派，辞秀调雅，意新理惬，而风格多样，造诣极高。《全唐诗》编其诗四卷。

送别[①]

山中相送罢，日暮掩柴扉[②]。春草明年绿，王孙归不归[③]。

①题一作《山中送别》，一作《送友》。

②“柴扉”，柴门。

③“春草”两句，写诗人猜测“王孙”能不能回来。“王孙”，《楚辞·招隐士》：“王孙游兮不归，春草生兮萋萋。”此处指被送的征人。语虽浅显，而别情依依。“明年”，一作“年年”。

酬张少府[①]

晚年唯好静，万事不关心。自顾无长策，空知返旧林[②]。松风吹解带[③]，山月照弹琴。君问穷通理，渔歌入浦深[④]。

①“少府”，县尉的别称。

②“长策”，出色之计谋。“空”，徒。“旧林”，故居。此两句意带感慨。

③“松风”句，是说松风吹着诗人宽解的衣带，见闲适心情。

④这两句是劝张少府要达观，有道则仕，无道则隐。“渔歌”句是说，您要问穷通的道理吗，我可要唱着渔歌向河浦的深处去了。此处的“渔歌”又暗用了《楚辞·渔父》的典故：“渔父莞尔而笑，鼓枻而去，乃歌曰：‘沧浪之水清兮，可以濯吾缨；沧浪之水浊兮，可以濯吾足。’遂去，不复与言。”其意是：通则显而穷则隐。劝张少府要像渔樵那样，不因穷通而有得失之患。“穷通理”，贫穷通达的道理。

九月九日忆山东兄弟[①]

独在异乡为异客[②]，每逢佳节倍思亲。遥知兄弟登高处，遍插茱萸少一人[③]。

①诗题下原注："时年十七。""九月九日"，即重阳节。"山东"，指华山以东。作者的故乡蒲州（治所在今山西永济市），故云。

②"独在"句，王维十七岁自蒲州往长安，故有"异乡""异客"之说。

③"茱萸"，植物名，其味香烈。古代风俗，重阳节佩戴茱萸，以祛邪避灾。

送秘书晁监还日本国①

积水不可极②，安知沧海东。九州何处远，万里若乘空。向国唯看日，归帆但信风③。鳌身映天黑，鱼眼射波红④。乡树扶桑外，主人孤岛中⑤。别离方异域，音信若为通⑥。

①"晁监"，指晁衡。晁衡原名阿倍仲麻吕，日本人。开元五年，十九岁的他随日本遣唐使到长安，因对中华文化甚为企慕，遂留居长安，取汉名晁衡。天宝中，官至秘书省监。天宝十二载（752）返日本国。此诗即作于长安饯别之时。诗前序中有云："金简玉字，传道经于绝域之人；方鼎彝尊，致分器于异姓之国。"对其传播中华文化评价甚高。晁衡与王维、李白、储光羲等人关系密切，因而当晁衡返国途中遇大风，舟覆，李白以为其遇难，作《哭晁卿衡》诗云："日本晁卿辞帝都，征帆一片绕蓬壶。明月不归沉碧海，白云愁色满苍梧。"其实晁衡大难不死，舟覆而遇救，后又返回长安，官至左散骑常侍，安南都护。直到代宗大历五年（770），以七十二岁终老长安。

②"积水"，指大海。"不可极"，望不到尽头。

③"向国"句，意为船向东方，即太阳升起的方向。"信风"，随时令变

化，定期定向而来的风。即季候风。

④ 这两句想象航行之所见。映天黑，言晚行也；射波红，言早行也。

⑤“扶桑”，古国名。《梁书·扶桑国传》：“扶桑在大汉国东二万馀里，地在中国之东，其土多扶桑木，故以为名。”按其方向，位置约相当于日本，故后来沿用为日本的代称。

⑥“异域”，指外国。此处指日本。“若”，怎样。

春日与裴迪过新昌里访吕逸人不遇①

桃源一向绝风尘，柳市南头访隐沦②。到门不敢题凡鳥，看竹何须问主人③。城上青山如屋里，东家流水入西邻④。闭户著书多岁月，种松皆老作龙鳞⑤。

① 裴迪，系王维诗友，后来官至蜀州刺史。但当时尚隐居于武功县。新昌里，在长安城延兴门内的新昌坊内。“逸人”，即隐士。

②“桃源”，意即隐士的“桃花源”，指吕逸人居处。“绝风尘”，与尘世隔绝。“隐沦”，指隐居，隐居之人。

③“题凡鳥”，即题“鳳”。《世说新语》记载，嵇康与吕安友善。吕安登门拜访嵇康，康不在家，其兄嵇喜出门迎接，吕安不入，题门上作“鳳”字而去。“鳳”字析之而成“凡鳥”，即庸才之意。意在讽刺嵇喜是凡俗之辈。后遂以题鳳比喻高贵者的造访。

④“城上”句，是说临近延兴门的吕逸人居处，坐在屋里就能看见城墙上露出的南山（终南山）。“如”，到。

⑤“龙鳞”，此处指赞美老松的皮色。

常　建

常建（708—765），或谓长安（今属陕西西安）人，但无确据（以其《落第长安》中句“恐逢故里莺花笑，且向长安度一春”，可推知本贯当在他地）。开元十五年（727）与王昌龄同榜登进士第。大历中，授盱眙尉。仕途颇不如意，遂放浪琴酒，游览名山胜景以自娱。他的诗以山水、田园为主要题材，风格接近王、孟，善于用凝练之语言，表达清幽之境界。《四库全书总目》评之曰：“全集之中，卓然与王、孟抗行者，殆十之六七。”《全唐诗》编其诗一卷。

落第长安①

家园好在尚留秦，耻作明时失路人②。恐逢故里莺花笑，且向长安度一春③。

① 常建于开元十五年（727）登进士第。此前亦有过落第之经历。但不怨天尤人，而是自责，“且向长安度一春”，也是出于无奈。唐时省试（尚书省考试，即朝廷考试）多在十月，发榜则在翌年春时。许多落第者为节省返乡路途所费之时日，就留在长安继续攻读，以待冬日再考。作者诗中就反映了此种情况。

②“秦”，此指长安。“明时”，政治清明之时。“失路”，比喻人不得志。

③ 这两句是说羞见故里父老，便留居于长安。将“故里父老”在诗中化为“故里莺花”，以自嘲，也算是凄然之幽默。

孟浩然

孟浩然（689—740），襄州襄阳（今湖北襄阳）人，长期隐居鹿门山，年四十，游长安，应进士不第。张九龄镇荆州，署为从事。开元末，患疽卒。他曾游东南各地，诗与王维齐名，称为“王孟”。孟诗题材已摆脱了初唐应制、咏物之窄狭境界，而多所抒发个人情怀，为开元诗坛注入新的活力。诗格气象清远，而采秀内映，冲淡有壮逸之气，在当时即负有盛名。《全唐诗》编其诗两卷。

送新安张少府归秦中①

试登秦岭望秦川②，遥忆青门春可怜③。仲月送君从此去④，瓜时须及邵平田⑤。

① 诗题一作《越中送人归秦中》。“少府”，县尉的别称。

②“秦川”，泛指今陕西、甘肃秦岭以北平原地带。因春秋战国时地属秦国而得名。

③“青门”，见李隆基《送贺知章归四明》注⑤。“可怜”，可爱。

④“仲月”，二月。

⑤ 此句是说，到瓜熟季节，一定要去吃青门瓜。“邵平”，秦时广陵人，封东陵侯。秦亡后，家贫，种瓜于长安城东。瓜美，俗称东陵瓜或青门瓜。

留别王侍御维[1]

寂寂竟何待，朝朝空自归[2]。欲寻芳草去，惜与故人违[3]。
当路谁相假，知音世所稀[4]。只应守索寞，还掩故园扉[5]。

① 孟浩然四十岁时到长安求取功名，未能遂愿，白衣而来白衣还。这是他离开长安返回襄阳家乡前留别王维的诗作。“侍御”，即侍御史，为御史台官员。王维曾任监察御史。

② 这两句说，在长安蹉跎岁月，徒然无益。

③ 这两句说欲归襄阳。欲寻芳草，言其欲隐于鹿门山也。“与故人违”，言其与王维惜别也。

④ 这两句说当权者不施援手，而王维对其关心备至。“当路”，当仕路，掌握政权，也指掌权的人。“假”，凭借，依靠。

⑤ 这两句说归隐旧庐，中寓感慨。“索寞”，沮丧，寂寥，无生气貌。“索寞”，一作“寂寞”。

李　白

李白（701—762），字太白，祖籍陇西郡成纪（今甘肃秦安）。隋末其先人流徙中亚碎叶（今吉尔吉斯斯坦北部托克马克），李白就出生于此。幼时随父迁居绵州昌隆（今四川江油）青莲乡。二十五岁时离蜀，长期在各地漫游。天宝初供奉翰林，受权贵谗毁，不到两年便离开长安。安史乱中，曾为永王李璘幕僚，因璘败牵累，长流夜郎。中途遇赦东还，晚年漂泊困苦，卒于当涂。诗风雄奇豪放，想象丰富，语言流转自然，音律和谐多变，善于从民歌、神话中汲取营养和素材，构成其诗特有的瑰玮绚烂之色彩，富有积极浪漫主义精神。李白是我国古代最伟大的浪漫主义诗人，被称为“诗仙”。存诗九百九十馀首。《全唐诗》编其诗二十五卷。

行路难三首（选二首）①

金樽清酒斗十千，玉盘珍羞直万钱②。停杯投箸不能食，拔剑四顾心茫然③。欲渡黄河冰塞川，将登太行雪满山④。闲来垂钓碧溪上，忽复乘舟梦日边⑤。行路难！行路难！多岐路，今安在⑥？长风破浪会有时，直挂云帆济沧海⑦。

①“行路难”，乐府杂曲歌辞篇名。备言世路艰难及离别悲伤之意。李白用作篇名，亦如是也。本篇原列第一首，写诗人功业未遂被迫离开长安之悲愤，但对未来仍存有希望。

②“斗十千”，一斗酒值万钱，形容美酒价贵。曹植《名都篇》：“归来宴平乐，美酒斗十千。”“珍羞”，珍美的菜肴。“羞”，同“馐”。“直”，同“值”。

③“拔剑”两句，语本鲍照《行路难》：“对案不能食，拔剑击柱长叹息。”“箸”，筷子。

④ 这两句写行路难也。“太行”，山名，在今晋冀豫三省边境。

⑤ 这两句以吕尚和伊尹之事表示对前途的希望。传说吕尚未遇文王之时，

曾垂钓渭水之磻溪；伊尹受汤聘请前，曾梦见乘船在日月旁经过。这里的“梦日边”是指出而用世。

⑥ 这两句应前面“拔剑”句，言道路艰难。“岐”，通“歧”。“今安在”，今日置身何处。

⑦ 这两句是说，自信会有美好的前程。南朝宋时，宗悫言及其抱负曰：“愿乘长风破万里浪。”（见《宋书·宗悫传》）

大道如青天，我独不得出。羞逐长安社中儿，赤鸡白狗赌梨栗②。弹剑作歌奏苦声，曳裾王门不称情③。淮阴市井笑韩信，汉朝公卿忌贾生④。君不见昔时燕家重郭隗，拥篲折节无嫌猜。剧辛乐毅感恩分，输肝剖胆效英才⑤。昭王白骨萦蔓草，谁人更扫黄金台？行路难，归去来⑥。

① 本篇原列第二首，意在指斥玄宗重嬉戏而轻人才。

② 这两句说自己对斗鸡取宠小儿的不屑一顾。“社”，古代基层行政单位，二十五家为一社。这里泛指长安里巷之中。“赤鸡白狗”，即言斗鸡走狗，指以嬉戏驰逐为乐事。“赌梨栗”，指斗鸡以梨栗赌输赢。“狗”，一作“雉”。

③ 这两句说“平交侯王”之难以称意。“弹剑作歌”，指冯谖（xuān）。他是战国时齐国公子孟尝君的门客，曾弹剑作歌埋怨得不到礼遇。“曳裾王门”，即拉起长衣的前襟出入权贵之门（曳裾，低头弯腰而出入，前衣着地，故曳也）。“不称（chèn）情”，不如意。称，如意。

④ 这两句说自己所遭受的嘲笑和排挤。韩信是汉初大将，淮阴人，而少时家贫，曾受到市井无赖的胯下之辱。“贾生”，指贾谊，年轻有为，

官居太中大夫，因数陈政事，直言时弊，为大臣所忌而被贬。

⑤“君不见”以下四句，热情歌颂燕昭王求贤若渴之至诚。战国时，燕昭王为了强国，而求贤尊郭隗为师，“改筑宫而事之。乐毅自魏往，邹衍自齐往，剧辛自赵往，士争趋燕”（《史记·燕召公世家》）。“黄金台”，又称金台、燕台，故址在今河北易县东南。相传燕昭王筑台于此，置千金于台上，延请天下名士，故名。后人慕之亦筑台于此，《燕召公世家》但云昭王为郭隗筑宫事，未言筑台。“拥篲”，《史记·孟子荀卿列传》记载，“邹衍来燕，燕昭王拥彗（篲）先驱”，即亲自清扫道路迎接，恐怕灰尘飞扬，用衣袖挡住扫帚，以示恭敬。“折节”，屈己下人，降低身份。“篲”，扫帚。

⑥这四句，慨叹昭王已死，无人洒扫黄金台。实际上慨叹没有遇到重贤任能的君主，自己难展大才。故曰“行路难，归去来”。“归去来”，即归去。来，语助。

长相思①

长相思，在长安。络纬秋啼金井阑②，微霜凄凄簟色寒③。孤灯不明思欲绝，卷帷望月空长叹。美人如花隔云端④！上有青冥之长天，下有渌水之波澜⑤。天长路远魂飞苦，梦魂不到关山难⑥。长相思，摧心肝！

①“长相思”，乐府篇名。古诗多用长相思三字，南朝梁代的张率，始以此三字为句发端，陈后主等人袭其调，李白亦有此仿作，内容是写女子怀念久戍不归的丈夫。

②“络纬”，虫名，俗称纺织娘。“阑”，栏杆。

③“微”，一作“凝”。“簟（diàn）”，竹席。

④“美人”，指所怀念的人。

⑤“青冥”，指青天。“渌”，水色清澈。这两句意谓天长而路远。

⑥“关山难”，指道路险阻而难越。王勃《滕王阁序》：“关山难越，谁悲失路之人。”以上几句是说，所怀念之人，非惟望而不见，且梦中亦难相逢。

子夜吴歌①

长安一片月，万户捣衣声②。秋风吹不尽，总是玉关情③。何日平胡虏，良人罢远征④。

①“子夜吴歌”，一作《子夜四时歌》。共四首，分四时而歌。此首是其中的《秋歌》。《子夜吴歌》相传为晋代一位名叫子夜的女子所创，因属吴声，故称子夜吴歌，系六朝吴声歌曲，内容多写女子相思哀怨之情。李白此首写女子思念征夫，立意更新。

②“捣衣”，新织之布须先置之砧（捶布石）上，加水湿透后，用棒槌捶击，使之软熟。盛唐时棉花尚未传入中国（以棉织布，始自宋时）。唐人服装，多以苎麻为原料，苎麻质硬而不柔，故须捶击使之柔软，谓之“捣衣”。捣衣何为，用以缝衣也；月夜捣衣，心系良人也；万户捣衣，足见征人之多也。

③“玉关情”，指对远戍玉门关外丈夫的思念之情。唐末陈玉兰《寄夫》诗可参读：“夫戍边关妾在吴，西风吹妾妾忧夫。一行书信千行泪，

寒到身边衣到无?”

④“平胡虏”，即言靖边尘。胡，我国古代对北方边地及西域各民族的称呼。汉以后也指外国人。“虏”，对敌方的蔑称。平胡虏，无征伐也；无征伐，远征人归也；远征人归，良人自还家，长安万户心始安也。

玉壶吟①

烈士击玉壶，壮心惜暮年。三杯拂剑舞秋月，忽然高咏涕泗涟②。凤凰初下紫泥诏，谒帝称觞登御筵③。揄扬九重万乘主，谑浪赤墀青琐贤④。朝天数换飞龙马，敕赐珊瑚白玉鞭⑤。世人不识东方朔，大隐金门是谪仙⑥。西施宜笑复宜颦，丑女效之徒累身⑦。君王虽爱蛾眉好，无奈宫中妒杀人⑧！

①天宝元年（742）秋，由于得到玉真公主的推荐，李白被召入京，供奉翰林。因其傲岸不羁，遂遭权贵嫉妒；因其政治抱负难以实现，遂对处境慨叹。这首诗就是写其在长安的遭际。“玉壶”，东晋时王敦在醉酒后，常唱曹操《步出夏门行》中的“老骥伏枥”诸句，边唱边以如意敲打吐痰用的壶，将壶口都敲缺了。(见《世说新语·豪爽》）诗题曰《玉壶吟》，即本此。

②“烈士”，指有志建功立业之人。“忽然”句，言其感慨作这首诗。

③“凤凰”，此处指皇帝的诏书。据《十六国春秋》记载，后赵武帝石虎在戏马观上设置一只能回转之木凤凰，口衔五色诏书。后来遂称皇帝的诏书为凤凰诏，简称凤诏。“紫泥”，古人书信用泥封，泥上盖印；

皇帝诏书即用紫泥。“称觞”，举杯祝酒。“御筵”，皇帝所设的酒席。皇帝对李白“亲为调羹，诏供奉翰林”（《唐才子传·李白》）。

④“揄扬”，褒扬，赞美。“九重万乘主”，指唐玄宗。九重，指宫禁。极言其深远。“万乘（shèng）”，周制：天子地方千里，出兵车万乘。万乘，代指天子。“谑浪”句，言其戏谑臣僚。谑浪，戏谑放荡。“赤墀（chí）”，皇宫前的台阶涂作赤色，称赤墀。墀，台阶。“青琐”，宫门上镂刻的青色图文。赤墀青琐贤，指臣僚。

⑤“朝天”，朝见天子。“飞龙”，唐代宫内马厩名。“敕赐”，皇帝所赐。“珊瑚白玉鞭”，以珊瑚、白玉镶嵌的马鞭。

⑥这两句以东方朔和谪仙自喻。“东方朔”，西汉人。汉武帝时官至太中大夫。他以奇计俳辞得武帝亲近，为武帝弄臣。东方朔诙谐滑稽，曾作歌云：“陆沉于俗，避世金马门。宫殿中可以避世全身，何必深山之中，蒿庐之下。”（见《史记·滑稽列传》）“金门”，即金马门，宦者署门也，门旁有铜马，故谓之“金马门”。东方朔曾待诏于此。“谪仙”，贺知章称李白为“谪仙人”，李白喜此称呼，亦自称。

⑦“西施”，春秋时越国美女，因患心痛病常皱眉头，有一丑女见此，亦效法，却非常难看。“颦”，皱眉。这两句以西施作比，自视甚高。

⑧“蛾眉”，代指美女，此处借以自比。“宫中”，指后宫嫔妃。这里比喻嫉妒和排斥自己的高力士和驸马张垍等人。

梁甫吟①

长啸梁甫吟，何时见阳春②？君不见，朝歌屠叟辞棘津，八十西来钓渭滨③。宁羞白发照清水，逢时壮气思经纶④。

广张三千六百钓，风期暗与文王亲[5]。大贤虎变愚不测，当年颇似寻常人[6]。君不见，高阳酒徒起草中，长揖山东隆准公。入门不拜逞雄辩，两女辍洗来趋风。东下齐城七十二，指挥楚汉如旋蓬[7]。狂客落魄尚如此，何况壮士当群雄[8]！我欲攀龙见明主，雷公砰訇震天鼓，帝旁投壶多玉女。三时大笑开电光，倏烁晦冥起风雨[9]。阊阖九门不可通，以额扣关阍者怒[10]。白日不照吾精诚，杞国无事忧天倾[11]。猰貐磨牙竞人肉，驺虞不折生草茎[12]。手接飞猱搏雕虎，侧足焦原未言苦[13]。智者可卷愚者豪，世人见我轻鸿毛[14]。力排南山三壮士，齐相杀之费二桃[15]。吴楚弄兵无剧孟，亚夫咍尔为徒劳[16]。梁甫吟，声正悲。张公两龙剑，神物合有时[17]。风云感会起屠钓，大人屼屼当安之[18]。

①“梁甫吟”，乐府楚调曲名。也作“梁父吟”。梁甫，山名，在泰山下。汉张衡《四愁诗》：“我所思之在泰山，欲往从之梁甫艰。”李善注云：“泰山比喻时君，梁甫以喻小人也。”李白用这一旧题而舒愤懑。诗中列举历史人物以自况，大约作于天宝三载（744）离开长安之时。

②“阳春”，阳光温暖的春天，此处喻光明。《楚辞·九辨》：“恐溘死而不得见乎阳春。”李白以屈原被遂汉南喻己之被赐金放还。

③“朝歌屠叟”，指周朝名相吕望（即吕尚、姜太公）佐武王灭殷，封于齐。相传他五十岁时在棘津（地在今河南省延津县）做小贩，七十岁时在朝歌（殷代京城，地在今河南省汤阴县境）屠牛，八十岁时在磻溪（渭水支流，在今陕西省宝鸡市陈仓区，北流入渭）钓鱼，九十岁

辅佐文王。

④“宁羞白发”，不以年老（垂钓）为羞。“经纶”，指规划政治，治理国家。“清”，一作“渌”。

⑤“三千六百钓”，指吕望八十岁时起在渭滨垂钓十年而遇文王。十年三千六百日，故云。“风期”，品格，风度。

⑥“大贤虎变”，用《易经·革卦》语：“大人虎变。”虎变，指虎在秋后更新皮毛，文采炳焕。此处用来比喻贤者终能得志，非愚者所能预测。“期”，一作“雅”。

⑦这六句写汉初郦食其谒见沛公刘邦和游说齐王田广归汉之事。并写其指挥楚汉之争如旋转飞蓬般容易。“高阳酒徒”，指郦食其。据《史记·郦生陆贾列传》记载，其为高阳（今河南杞县西）人，曾自号高阳酒徒。“家食落魄，无以为衣食业，……县中皆谓之狂生。”刘邦领兵过高阳，郦生谒见，刘邦正让两女子为他洗脚，郦生长揖不拜，对刘邦说：要想聚徒合义兵而诛秦，就不该对长者如此无礼貌（时郦生已六十馀岁）。刘邦立即停止洗脚，以礼相待。后来郦生游说齐王田广，田广以齐地七十二城降刘邦。“草中”，草野之中。“山东隆准公”，指刘邦。“山东”，泛指华山以东地区。刘邦本贯沛县（今属江苏省）在山东，故云。“隆准”，高鼻子。《史记·高祖本纪》：“高祖为人隆准而龙颜。”“趋风”，走得快而如风，指刘邦辍洗而礼待郦生之急切。“旋蓬”，蓬草遇秋枯，遇风根拔，随风在地旋转而去。

⑧“狂客”，指郦食其。“落魄”，穷困失意。“壮士”，李白自指。这两句是说，穷困失意的郦生尚能辅佐刘邦以成大业，何况我李白是强于郦生之壮士。

⑨“攀龙”，比喻依附帝王以建功业。“雷公”，即雷神。“砰訇(hōng)”，大声。“震天鼓”，指打雷。《初学记》卷一引《抱朴子》

云："雷，天之鼓也。""投壶"，古时的游戏，各人依次投箭入壶中，负者则罚饮酒。《神异经·东荒经》记载，东王公与玉女投壶，投中者，天为之叫好；投不中者，天为之大笑（指闪电）。"玉女"，这里借指玄宗身边的权奸和佞幸小人。"三时"，指春、夏、秋三季。"倏（shū）烁"，谓闪电之迅疾。"晦冥"，昏暗。以上五句写作者所见玉女投壶，天帝时而大笑，闪电是也；时而风雨，雷霆是也。以此指斥"明主"玄宗荒淫昏庸。

⑩"阊阖（chāng hé）"，神话中的天门。"九门"，九重门。"阍（hūn）者"，守门的人。这两句说天官的门全部关闭，我以额头叩门，引起了守门者的愤怒。其意借指皇帝被奸人包围，贤者要接近皇帝，往往会受到奸人的迫害。

⑪"白日"，指皇帝。杞国忧天，《列子·天瑞篇》："杞国有人忧天地崩坠，身无所寄，废寝食者。"这两句说，自己忧心国事，却被认为是杞人忧天。

⑫"猰貐（yà yǔ）"，食人怪兽名，借喻凶恶之人。"竞"，争逐。"驺（zōu）虞"，兽名。《诗经·召南·驺虞》："于嗟乎驺虞。"《传》："驺虞，义兽也。白虎黑文，不食生物，不踏生草，有至信之德则应之。"故常用以象征仁政。这两句是说权奸们如恶兽般施行虐政，而自己的政治理想则是以仁政治天下。

⑬"手接"句，言其勇力。《尸子》："勇士黄伯能以左手执飞猱（猕猴，其攀缘轻捷故称飞猱），右手搏雕虎（斑驳猛虎）。""侧足"句，言其胆量。"焦原"，传说春秋时莒国有石名焦原，宽五十步，下临百丈深渊，勇者方敢近此石。这两句说自己虽处险境地，但仍有才能和勇气整顿乾坤。

⑭"卷"，收藏。《论语·卫灵公》："君子哉蘧伯玉，邦有道则仕，邦无

道则可卷而怀之。”“豪”，强横。“鸿毛”，大雁的羽毛，比喻极轻之物。这两句说，政治昏暗，智者收敛起才智，愚者则见强横，时人不识我，因而对我轻视。

⑮ 这两句是说，忠心体国之壮士，被奸相轻易除掉。《晏子春秋·谏下》记载，春秋时齐景公有公孙接、田开疆、古冶子三勇士，齐相晏婴疑其无礼，恐为国家之患，劝景公除之，于是设计让景公送去两个桃子，要他们论功大小领取桃子，公孙、田先领取，古冶子认为此二人功不如己，要其退回，二人羞愤自杀；古冶子觉得对不起他俩，亦自杀。汉诗《梁甫吟》专咏此事。李白用此典，既斥谗言之危害，亦寓怀才不遇之愤慨。

⑯《史记·游侠列传》载，西汉景帝三年（前 145）吴楚七国叛乱时，景帝命周亚夫伐之。周率兵将到洛阳，得侠士剧孟，喜曰：“吴楚举大事而不求孟，吾知其无能为已矣。”“咍（hāi）”，嗤笑。此处李白以剧孟自况，认为唐玄宗对自己不予重用，如同吴楚失去剧孟。

⑰“张公”，即张华。《晋书·张华传》载，张华任雷焕为丰城（今属江西省）令，雷焕在此掘得一双宝剑，一把送给张华，张写信给雷说：“详观剑文，乃干将也，莫邪何复不至？虽然，天生神物，终当合耳。”后张华被杀，干将不知所在。雷焕死后，其子雷华带另一剑经过延平津，剑忽从腰间跃入水中，雷华派人下水去取，剑不见，但见两条龙，各长数丈。这两句是说，自己虽一时受挫，但与“明主”会合，终当有时。

⑱“风云”两句，用吕望事。见本篇注③。“峴屼（niè wū）”，不安貌。这两句以吕望作比，言自己应安于困厄，以待时机而担当大任。

高　適

高適（约 706—765），字达夫，渤海蓨（tiáo，今河北景县南）人。长期浪游，四十岁后，因人荐举，中“有道科”，客河西，在节度使哥舒翰幕下任掌书记。安史乱后，奔赴肃宗行在，累官散骑常侍。高適喜功名，尚节义，笔力雄健，热情奔放，以气质自高。尤其是边塞诗，昂扬奋发，与岑参齐名，时称“高岑”，有《高常侍集》。《全唐诗》编其诗四卷。

送李侍御赴安西①

行子对飞蓬，金鞭指铁骢②。功名万里外，心事一杯中③。
虏障燕支北，秦城太白东④。离魂莫惆怅，看取宝刀雄⑤。

① 此诗为送李侍御赴安西求取功名而作。时值盛唐，表达了强烈的立功报国精神，可谓雄豪。“侍御”，殿中侍御史或监察御史的简称。“安西”，指唐时所设的安西都护府，治所在今新疆库车县。

② 这两句写李侍御将跨马远去，昂扬之意气自寓其中。“行子”，指李侍御。“飞蓬”，蓬草秋枯后，因风根折，遇风而翻转无定，常用来比喻游子。“铁骢”，毛色在青黑间的骏马。

③ 这两句写送别之意。“功名万里外”，祝其事业成功也。“心事一杯中”，自见契友知心也。

④ 这两句写别后将相隔两地的难舍之情。“虏障”，地名，即居延城。此系汉李陵与匈奴作战之处，地在今内蒙古额济纳旗。“燕支”，山名。

在今甘肃丹山县东。安西在燕支山更西北的地方。“秦城”，指长安，在太白山之东。“太白”，秦岭山名，地在今陕西眉县至太白县一带。

⑤ 这两句激励李侍御以身报国。“宝刀”，象征雄心壮志。

张 谓

张谓，字正言，河内（今河南沁阳）人。天宝二年登进士第。乾元中，为尚书郎。大历间，官至礼部侍郎，三典贡举。《全唐诗》编其诗一卷。

题长安壁主人①

世人结交须黄金，黄金不多交不深②。纵令然诺暂相许，终是悠悠行路心③。

① 这首诗可谓一语而翻千古俗论。它是作者早年不得意时写在长安房东家墙壁上的，慨叹社会风气之不正，激愤金钱对人性的扭曲。然而金钱并非万能，它难以买动人心。

② 这两句先写世俗之论：以黄金之多少来衡量世人结交之深浅。

③ 这两句推翻前论，言真正的交谊并非黄金所能买来。“纵令”，即使。“然诺”，允诺，答应。“许”，应允，认可。“悠悠”，遥远。“行路心”，陌生的路人之心，言心终存隔阂，把所说的话不当一回事。“交不深”，是黄金少的缘故；而黄金多，引出的还是“行路心”。这正是对不正社会风气的强烈讽刺。抛开个人，放到社会层面，其义更长。

韦应物

韦应物（737—约792），京兆长安（今陕西西安）人。少以三卫郎事明皇，晚更折节读书。曾任县令及滁州、江州、苏州刺史，故称韦江州或韦苏州。其诗闲雅平淡，自成一家之体，人比之陶潜。有《韦苏州集》。《全唐诗》编其诗十卷。

石鼓歌①

周宣大猎兮岐之阳，刻石表功兮炜煌煌②。石如鼓形数止十，风雨缺讹苔藓涩③。今人濡纸脱其文④，既击既扫白黑分。忽开满卷不可识，惊潜动蛰走云云。喘逶迤，相纠错，乃是宣王之臣史籀作⑤。一书遗此天地间，精意长存世冥寞⑥。秦家祖龙还刻石，碣石之罘李斯迹⑦。世人好古犹共传，持来比此殊悬隔⑧。

①“石鼓”，相传周宣王时，制鼓形石十块，上刻史籀（zhòu）所作的纪功颂。该石鼓唐初出土于天兴三畤原（在今陕西省宝鸡市区渭河之南），上刻籀文（大篆）四言诗。经近人考证，石鼓为秦鼓。所刻内容是叙述当时贵族畋猎游乐生活。原石现藏北京故宫博物院。

② 这两句说，周宣王畋猎于岐阳（即今陕西岐山至宝鸡一带），于是刻石以表功。“炜”，光彩鲜明。“煌煌”，光辉貌。

③ 这句说石鼓因年时久远，受到自然和人为的影响而残损。“缺讹”，缺笔断画。“苔藓涩”，指石鼓文上的苔藓粗涩。

④“脱其文”，“脱”即“拓”，覆纸于石鼓的铭刻上，铺毡捶击，然后用绵包蘸墨，打印为墨本，称拓本。

⑤“喘逶迤”，谓石鼓文之字形垂曲而延绵不断，令人看得气喘。“相纠错”，相互曲折交错。“史籀”，人名，为周宣王太史。

⑥“一书”，指石鼓文。“冥寞”，暗昧冷落。

⑦“秦家祖龙”，指秦始皇。“碣石”句，是说秦始皇东临碣石山（在今河北昌黎境内）和之罘（fú，在今山东半岛），都有勒石纪功之文字。如在碣石封山就刻石于“碣石门”之上，令善书法的丞相李斯代为书之。“李斯迹”，李斯的手迹。

⑧这两句说，世人重石鼓文而轻秦之刻石。“悬隔”，相隔很远，差距极大。悬，遥远。

寄李儋元锡[①]

去年花里逢君别，今日花开已一年[②]。世事茫茫难自料，春愁黯黯独成眠[③]。身多疾病思田里，邑有流亡愧俸钱[④]。闻道欲来相问讯，西楼望月几回圆[⑤]。

①这首诗大约作于唐德宗兴元元年（784）春，时作者任滁州刺史。李儋，字幼遐；元锡，字君贶。均为韦之友人，又均任御史之职，韦诗中屡有寄赠和酬唱之作。如《赠李儋侍御》《早春对雪寄前殿中元侍御》《同元锡题琅邪寺》等。

②这两句说，自己与李、元相别忽已经年。上年（建中四年，即783年），应物有《赠李儋侍御》诗云：“风光山郡少，来看广陵春”，则

当时曾以事赴广陵可知。从该诗亦可知李儋是时仍客广陵。而元锡自建中四年离滁州与杨凌同时别韦应物，后不详所在，然此诗题既与李儋并题，大抵元锡亦在广陵。

③ 这两句说，当时内忧外患频仍，地方官不好当。“世事”句乃有感而发。建中四年夏，韦应物任滁州刺史，当时朝政紊乱，军阀横行，国衰民敝。尤其是这年冬，朱泚倡乱；来年二月，太尉李怀光反，德宗奔梁州（今陕西汉中），作此诗时，长安尚未收复（收复时在该年夏五月）。“黯黯”，心神黯淡貌。“黯黯”，一作“忽忽”。

④ 这两句说，自己因健康欠佳而思念故园，未能尽刺史之职责而有愧于朝廷俸禄。“邑”，指属境。“流亡”，指农人因田地歉收难完税赋而弃家逃亡。“愧俸钱”，自谦语，言自己未能尽到责任。“俸钱”，古时指官吏所得的薪金。金圣叹《选批唐才子诗》云，一、二两联，“在他人便是恨别，在先生只是感时”，亦是忧民之语，解得切！

⑤ 这两句说，听说二位御史要前来探望，作者已盼望了几个月。“问讯”，此处指探望。

长安遇冯著①

客从东方来，衣上灞陵雨②。问客何为来，采山因买斧③。
冥冥花正开，飏飏燕新乳④。昨别今已春，鬓丝生几缕⑤。

① 冯著，其字与籍贯不详，与韦应物为同时人。应物诗中有几首提到冯著，言其有才德而仕途失意。冯著曾在长安和洛阳做官，诗中有所反映，《全唐诗》存其诗四首。韦应物于大历四年至十三年在长安，而

冯著在大历四年离长安去广州赴幕府，大约在大历十二年再返长安，故此诗可能作于大历四年或十二年。

②“灞陵”，汉文帝刘恒和窦太后合葬陵寝，在长安东白鹿原东北角，灞水由此自南北流，汇入渭河。灞陵北便是古灞桥，为由东方各地通往长安的必经之道。

③这两句写冯著难遂功名，心中不快。“采山”，左思《吴都赋》：“煮海为盐，采山铸钱。”谓入山采铜以铸钱。“买斧”，《易经·旅卦》：“旅于处，得其资斧，我心不快。”意谓作客于此，但未获平坦之地，尚须用利斧（斫除荆棘），故心中不快。这两句婉转地说，因其在长安谋仕不遇，心中郁郁。

④这两句劝冯著不要因一时失意而失志，要相信自己如花之才华，会有人爱护的。“冥冥”，此处形容造化默默无语的情态。“飏飏”句，形容燕飞行的欢快姿态。“燕新乳”，刚刚哺育了雏燕。

⑤这两句勉励体贴冯著，说年光之快好像昨日才分别，不觉又是春日了，你的头发才白了几缕，盛年尚未逾，还大有可为。

岑　参

岑参（约715—770），南阳（今属河南）人，天宝进士。天宝八载（749），在安西节度使封常清幕中掌书记，到过安西、武威。天宝末，封常清镇守伊西、北庭，岑参摄监察御史，充伊西、北庭节度判官。累官嘉州（今四川乐山）刺史，卒于成都。其诗与高适齐名，并称“高岑”。长于七言歌行。岑参六佐戎幕，往来鞍马烽尘间十馀载，其边塞诗气势豪迈，情辞慷慨，迥拔孤秀，而格调尤高。在盛唐作家群中，地位显赫。宋人陆游誉其为“太白、子美之后，一人而已”。有《岑嘉州集》。《全唐诗》编其诗四卷。

东归晚次潼关怀古①

暮春别乡树，晚景低津楼②。伯夷在首阳，欲往无轻舟③。
遂登关城望，下见洪河流。自从巨灵开，流血千万秋④。
行行潘生赋，赫赫曹公谋。川上多往事，凄凉满空洲⑤。

① 作者登高望远，望黄河而发思古之幽情，叹喟自己茫然无着的仕途。此诗大约是作者二十岁时落第东归时所作。“东归”，东行返家。作者本贯南阳，一说江陵（今属湖北），归途由长安东行而取道潼关。“次”，到达。

② “别乡”，他乡，异乡。“晚景”，夕阳的余晖。“津楼”，潼关的关楼。楼临潼津（潼水），故云。

③ 这两句言欲去凭吊高士伯夷而为黄河所阻。“伯夷”，商代孤竹君的长子。相传其父遗命立次子叔齐继位。孤竹君死后，叔齐让位于伯夷，伯夷不受，叔齐也拒绝登位，二人先后逃到了周国。周武王伐纣，两人曾叩马谏阻。武王灭商后，他们耻食周粟，逃到首阳山，采薇而食，饿死于山中。封建社会把他们作为高尚守节的典型。“首阳”，山名，即中条山，其西南端与潼关隔河相望。山下有夷齐祠。

④ 这四句言登城所见之黄河。“洪河”，即黄河。《淮南子》：“龙门未辟，吕梁未凿，河出孟门之上，大溢逆流，无有丘陵，高阜灭之，名

曰‘洪水’。”“巨灵”，传说中劈开华山的河神。“流血”，言自古以来此地征战不休，鲜血染红了黄河水。

⑤ 末四句怀古，凄凉作结。“行行”，不停走着的样子。“潘生赋”，指西晋潘岳的《西征赋》。写其由洛阳赴长安途中之见闻与感想，中有写潼关的历史事件。“赫赫”句，言东汉末年曹操在潼关计破马超之事。先是与马超激战，战事不利，曹操用贾诩谋，离间马超与韩遂，韩遂中离间计，怀疑马超，军以大败。“川上”，黄河岸上。“洲”，水中的陆地。

潼关使院怀王七季友①

王生今才子，时辈咸所仰。何当见颜色，终日劳梦想②。
驱车到关下，欲往阻河广。满日徒春华，思君罢心赏③。
开门见太华，朝日映高掌。忽觉莲花峰，别来更如长④。
无心顾微禄，有意在独往。不负林中期，终当出尘网⑤。

①“潼关使院”，潼关镇国军官署。“王七季友”，即王季友，排行为七，系河南人，博览群书，豫章太守李勉引为宾客，甚敬之。

② 前四句言怀念王季友之深情。“咸”，全、都。“颜色”，面容。

③ 此四句言欲面会而不得的惆怅。“关”，指潼关。“河广”，指黄河水面宽深。“春华”，春光。

④ 此四句言眼前之景。“太华”，即华山。“高掌”，指华山东峰之仙人掌。“莲花峰”，指华山西峰，状如莲花，故云“长”，增长。

⑤ 末四句言自己欲与王季友同去隐居。“微禄”，微薄的俸禄，指官职卑

微。“独往”，独往客，谓隐者，“林中”，即林下，指退隐之所。“期”，约定。“尘网”，人在世间有种种拘束，如鱼在网中，故有是称。

敷水歌送窦渐入京[①]

罗敷昔时秦氏女，千载无人空处所。昔时流水至今流，万事皆逐东流去。此水东流无尽期，水声还似旧来时[②]。岸花仍自羞红脸，堤柳犹能学翠眉[③]。春去秋来不相待，水中月色长不改。罗敷养蚕空耳闻，使君五马今何在[④]。九月霜天水正寒，故人西去度征鞍。水底鲤鱼幸无数，愿君别后垂尺素[⑤]。

① 敷水出华阴山中而入渭。此水是以古代传说中的美女罗敷而命名的。罗敷之事见于汉乐府《陌上桑》，其中刻画了美丽而坚贞的女性形象罗敷。罗敷采桑于陌上，被使君看中，她严词拒绝。罗敷旧时作为美丽而有节操的妇女之代称。敷水，唐代两京通道之驿站。罗敷，作为地名今仍存，属今陕西省华阴市。“窦渐”，作者友人，名迹不详。

② 这六句以罗敷引出敷水。《陌上桑》：“日出东南隅，照我秦氏楼。秦氏有好女，自名为罗敷。”

③ 以花貌不及罗敷之貌而自羞，堤柳犹能学罗敷之翠眉之状而自奋，以烘托出罗敷之美。

④ 这四句是说敷水长流而斯人已去。“罗敷”“使君”句，《陌上桑》：“罗敷善养蚕，采桑城南隅。”“使君从南来，五马立踟蹰。”“使君”，汉代对太守的通称。

⑤ 在敷水作别，送窦渐入京，请窦渐书信长寄。“鲤鱼尺素”，谓书信。语出汉蔡邕《饮马长城窟行》：“客从远方来，遗我双鲤鱼。呼儿烹鲤鱼，中有尺素书。”“垂”，犹言“俯”，用为敬辞。

潼关镇国军句覆使院早春寄王同州[①]

胡寇尚未尽，大军镇关门[②]。旌旗遍草木，兵马如云屯[③]。
圣朝正用武，诸将皆承恩[④]。不见征战功，但闻歌吹喧。
儒生有长策[⑤]，闭口不敢言。昨从关东来[⑥]，思与故人论[⑦]。
何为廊庙器，至今居外藩[⑧]。黄霸宁淹留，苍生望腾骞[⑨]。
卷帘见西岳，仙掌明朝暾。昨夜闻春风，戴胜过后园[⑩]。
各自限官守，何由叙凉温[⑪]。离忧不可忘，襟背思树萱[⑫]。

① “镇国军”，主管防务的镇国节度属军，住守潼关，上元二年（760），以华州置镇国节度兼掌潼关防务。“句覆使”，唐节度使府的官吏，负责文书收管。“院”，指镇国军官署。“王同州”，指同州刺史王政。此诗作于宝应元年（762）。时岑参由虢州长史迁太子中允兼殿中侍御史，充关西节度判官。

② “胡寇”，指安史叛军之残部。此时安禄山与史思明虽然各死于其子刀下，而史思明之子史朝义竟于肃宗上元二年（761）称帝，继续作乱。因安史皆属“胡人”，故被斥为“胡寇”。“镇关门”，指镇国军镇守潼关。

③ 这两句是说旌旗和兵马之多。“云屯”，如云之聚集，形容多而盛。

④ 这两句是说朝廷正在戡乱，故武将得到重用，沐浴恩泽。

⑤ “长策”，长久之策。

⑥“昨从”句，言自己昨日从关东来潼关。“关东”，潼关之东。

⑦“思与”句，言自己想与王同州议论此中道理。“故人”，故交，老朋友，指王同州。

⑧这两句为王同州叹不平。“廊庙器”，古代称能为朝廷担负重任的人才。“外藩”，旧称分封的藩臣为外藩。

⑨“黄霸”，西汉宣帝时著名的贤能官员，由低级官职不断被擢升，直至丞相，封建成侯。此处喻王同州。“淹留”，滞留、停留。“苍生”，指百姓。“腾骞（xiān）”，骞，鸟飞，飞举貌。这两句说王同州是治世大才，不会久居下僚，天下苍生都望其升迁。“宁（nìng）”，岂，难道。

⑩“西岳”，指华山。“仙掌”，在华山东峰。“朝暾”，刚出的太阳。在潼关于旭日中西望仙人掌，十分醒目，为一大景观。“戴胜”，候鸟名，头顶有五色冠，犹如戴着首饰华胜，故名。这四句言在使院之所见。

⑪“限官守”，被当官的职守所约束。“叙凉温”，嘘寒问暖。这两句言二人为做官的职守所限，难以见面。

⑫“襟背”，指堂前屋后。“树”，种植。“萱”，萱草，古人说此草可使人忘忧，故又名忘忧草。结尾两句，欲种植萱草以忘离忧，其实是说忧思难忘。与李白“抽刀断水水更流，举杯消愁愁更愁”意味相仿佛。

青门歌送东台张判官[①]

青门金锁平旦开，城头日出使车回[②]。青门柳枝正堪折，路傍一日几人别。东出青门路不穷，驿楼官树灞陵东[③]。花扑征衣看似绣，云随去马色疑骢[④]。胡姬酒垆日未午[⑤]，丝绳玉缸酒如乳。灞头落花没马蹄[⑥]，昨夜微雨花成泥。黄鹂翅湿飞转低，关东尺书醉懒题[⑦]。须臾望君不可见，扬鞭飞鞚疾如箭[⑧]。借问使乎何时来，莫作东飞伯劳西飞燕[⑨]。

①“青门”，见李隆基《送贺知章归四明》注⑤。“东台”，即东都留台，系唐时设在东西两都的官署。“判官”，官名。唐节度、观察、防御诸使，都有判官，是地方长官的僚属，佐理政事。

②“平旦”，清晨。“使车”，指张判官所乘之车。

③“灞陵”，见韦应物《长安遇冯著》注②。

④“去马”，指张判官远去的车马。“色疑骢”，言云色如骢马之色。骢，毛色青白相间的马。

⑤“胡姬”，古时对我北方和西域女子的美称。后泛指当垆卖酒的女子。“垆”，酒店里安放酒瓮的土台子，借指酒店。

⑥“灞头”，灞桥桥头。“垆”，酒店里安放酒瓮的土台子，借指酒店。

⑦“关东”，指潼关函谷关以东地区。“尺书”，信札，书信。

⑧“须臾”，极短的时间。“飞鞚”，驾驭快马。鞚，马络头。

⑨“使”，指张判官。“伯劳飞燕”，伯劳，鸟名。《玉台新咏·东飞伯劳歌》：“东飞伯劳西飞燕，黄姑（牵牛）织女时相见。”后称朋友别离为劳燕分飞。

寄左省杜拾遗[①]

联步趋丹陛，分曹限紫微[②]。晓随天仗入，暮惹御香归[③]。白发悲花落，青云羡鸟飞[④]。圣朝无阙事，自觉谏书稀[⑤]。

①“杜拾遗”，指杜甫。唐肃宗至德二载到乾元元年（757—758）初，岑参与杜甫同为谏官，岑为右补阙，属中书省，中书省在大明宫含元、宣政殿之右，称右省，杜甫任左拾遗，属门下省，门下省在含元、宣政殿之左，称左省。

②“联步”，同行。“趋”，快走。“丹陛”，宫殿的台阶涂以红色，称丹墀，亦称丹陛。借指朝廷。“曹”，官署。“紫微”，古人以紫微星垣比喻皇帝的居处，此指朝会时皇帝所居之宣政殿。

③“天仗”，天子的仪仗。“御香”，朝会时殿中设炉燃香所散发的香味。

④这两句写对时事和身世及大材小用的感慨。白发而悲，年已老大也；花落而悲，喻安史乱后，盛唐不再，暗自伤神也。青云而羡，因鸟超乎尘垢之外，无拘无束也。

⑤“圣朝”，封建时代称当代王朝。“阙事”，指缺点，过错。这两句明褒而暗贬。“圣朝无阙事”，表面上说的是尧日舜年，实则是对肃宗昏庸拒谏的揭露。“自觉谏书稀”，表面上说的是肃宗圣明，无有弊事，实则是说肃宗因屡谏屡拒，故而谏书方稀。这首诗写得委婉曲折，当细揣其中之味。

高冠谷口招郑鄠[①]

谷口来相访，空斋不见君[②]。涧花然暮雨，潭树暖春云[③]。门径稀人迹，檐峰下鹿群。衣裳与枕席，山霭碧氛氲[④]。

①高冠谷，在鄠县（今西安市鄠邑区）东南秦岭山口。郑鄠，系隐士。居于谷口。

②“斋”，屋舍。

③“然”，通“燃”。花开火红，故曰“然”。“潭”，即高冠瀑布下的高冠潭。

④“氛氲”，盛貌。

入蒲关先寄秦中故人[①]

秦山数点似青黛[②]，渭上一条如白练。京师故人不可见，寄将两眼看飞燕[③]。

①“蒲关”，地名。蒲津关的简称，一名临晋关，亦曰河关。在今山西芮城县南，跨陕西境，位于黄河西岸，地处山河要隘，为兵家必争之地。

②“黛”，青黑色。“上”，一作“水”。

③“看飞燕”，古时称亲人离别为劳燕分飞。燕飞，指离别。

赴北庭度陇思家[①]

西向轮台万里馀，也知乡信日应疏[②]。陇山鹦鹉能言语，为报家人数寄书[③]。

① 岑参的边塞诗，诗风奇峭，气势磅礴，《唐才子传》谓“唐兴罕见此作”。但此并不影响其故里之思。天宝十三载（754），岑参任伊西、北庭节度判官，这是他赴北庭度陇山时的思家之作。“北庭”，即北庭

都护府，其故城在今新疆昌吉回族自治州吉木萨尔县。“陇”，即陇山，在今陕西陇县及甘肃平凉一带，汉唐时为内地与边地之分界线，也是当时由关中远出塞外的必经之地，故度陇而思家，亦是人之常情。诗人在另一首《初过陇山途中呈宇文判官》中有句“陇水不可听，呜咽令人愁”，亦可参稽。

②“轮台”，地名。治所在今新疆乌鲁木齐市米东区。时为北庭都护府驻节地。“疏”，稀少。

③ 这两句是说，让能言语的陇山鹦鹉为家人传语以报平安。鹦鹉，鸟名。经训练能效人发音。古代陇山多鹦鹉，故云。

浐水东店送唐子归嵩阳①

野店临官路，重城压御堤②。山开灞水北，雨过杜陵西③。
归梦秋能作，乡书醉懒题。桥回忽不见，征马尚闻嘶。

① 唐时由长安送东行友人，多在灞桥分手，写浐水（在灞河西）送别者甚少。此诗写浐水送别，既写风光，又写别情，别情融入景中，便觉特殊。“唐子”，对唐姓友人的尊称。“嵩阳”，初唐时县名，武后万岁登封元年（696）改名登封（今属河南省，县北有中岳嵩山）。岑参未用登封而用嵩阳，或专指嵩山。

②“官路”，即官道，指长安通往洛阳的大路。“重城”，指长安城。“御堤”，即浐水河堤。浐水由南向北沿长安城东汇入灞水后北流入渭。

③“山”，指长安城东之骊山。位于灞水之北。从长安望去，由平原而渐至丘陵渐至骊山，故曰开。这句是说，骊山扩展在灞水之北。灞水源

出蓝田县蓝田谷，出山后，西流至霸陵而北折入渭。骊山在霸陵东三十里处，故曰“灞水北”。“杜陵”，汉宣帝的陵寝。地属古杜伯国，故名杜陵，在长安城东南。

窦　冀

窦冀，官御史。《全唐诗》编其诗一首。

怀素上人草书歌[①]

狂僧挥翰狂且逸，独任天机摧格律[②]。龙虎惭因点画生，雷霆却避锋芒疾[③]。鱼笺绢素岂不贵[④]，只嫌局促儿童戏。粉壁长廊数十间，兴来小豁胸襟气[⑤]。长幼集，贤豪至，枕糟藉麴犹半醉[⑥]。忽然绝叫三五声，满壁纵横千万字。吴兴张老尔莫颠，叶县公孙我何谓[⑦]。如熊如罴不足比，如虺如蛇不足拟。涵物为动鬼神泣，狂风入林花乱起[⑧]。殊形怪状不易说，就中惊燥尤枯绝[⑨]。边风杀气同惨烈，崩槎卧木争摧折。塞草遥飞大漠霜，胡天乱下阴山雪[⑩]。偏看能事转新奇，郡守王公同赋诗。枯藤劲铁愧三舍，骤雨寒猿惊一时[⑪]。此生绝艺人莫测，假此常为护持力[⑫]。连城之璧不可量，五百年知草圣当[⑬]。

①“怀素”（725—785），唐朝书法家，僧人，字藏真，俗姓钱。长沙人，迁居京兆，以狂草出名，继承张旭笔法，自谓得草书三昧，世称“颠张狂素”。对后世影响很大。存世书迹有《自叙》《若笋》等。“上人”，佛教称具备德智善行的人。后来作为对僧人的敬称。

②“狂僧”，指怀素。“翰”，毛笔。“逸”，超绝。“任”，担；荷。“天机”，天赋的悟性，聪明。“摧格律”，指打破了草书的所谓准则。

③这两句是夸赞怀素草书之神韵：运笔之点画龙飞虎视，故龙虎见而惭也；挥毫之锋芒迅若雷霆，故雷霆闻而避也。（此种状其草书出神入化的诗句，唐诗中凡涉及怀素者，皆异曲而同工也。如任华的“掷华山巨石以为点，掣衡山阵云以为画”；鲁收的“风声吼裂随手起，龙蛇崩落空壁飞”；王邕的“忽作风驰如电掣，更点飞花兼散雪。寒猿饮水撼枯藤，壮士拔山伸劲铁”；朱逵的“怪状崩腾若转蓬，飞丝历乱如回风。长松老死倚云壁，蹙浪相翻惊海鸿”。）

④“鱼笺”，纸名。唐时蜀地所产。面呈霜粒状，如鱼子，曰鱼子笺，又称鱼笺。“绢素”，白绢，多用于书画。

⑤这两句是说，怀素兴来要作书于粉壁。“豁”，舒展。

⑥“枕糟藉曲”，沉溺于酒，嗜酒。刘伶《酒德颂》：“先生于是方捧罂承槽，衔杯漱醪，奋髯箕踞，枕曲藉糟。”曲，酒曲。糟，酒糟。

⑦“吴兴张老”，指吴兴人张旭。张旭，唐朝书法家，草书最为知名。又嗜酒，每大醉，呼叫狂走，乃下笔，逸势奇状，连绵回绕，既醒自视，以为神。世呼“张颠”。“叶县公孙”，指善为剑器浑脱舞的公孙大娘，其本贯叶县（今属河南省）。杜甫《观公孙大娘弟子舞剑器行》中，写其舞剑，则是“㸌如羿射九日落，矫如群帝骖龙翔。来如雷霆收震怒，罢如江海凝清光”，达到了“观者如山色沮丧，天地为之久

低昂”的神奇效果，其在该诗序文中有云：“昔者吴人张旭，善草书帖，数尝于邺县见公孙大娘舞西河剑器，自此草书长进，豪荡感激，即公孙可知矣。”这两句用“尔莫颠”“我何谓”，以张旭公孙作衬而扬怀素也。

⑧ 这四句亦是赞美怀素之书法。“如熊罴”“如虺如蛇”，皆状怀素之草书。虺（huī），古书上说的一种毒蛇。“涵”，包含。

⑨“惊燥”句，谓其书法飞白之绝。“枯绝”，指飞白书法笔画露白，似枯笔所写。“就中”，其中。

⑩ 这四句状飞白书法之奇效。如边风杀气，如崩槎卧木，如塞草飞霜，如胡天下雪，真乃出神入化也。

⑪“枯藤劲铁”“骤雨寒猿”，皆言怀素之书法。“三舍”，一舍为三十里，三舍即九十里。

⑫“假”，借。

⑬“连城之璧”，言璧价奇贵也。“不可量”“草圣当”，言怀素书法之价值无限而书圣地位五百年无人可摇撼。

杜　甫

杜甫（712—770），字子美，杜审言之孙。祖籍京兆杜陵（在今陕西省西安市长安区），生于巩县（今河南巩义），杜甫在困顿长安十年中，因所居之杜曲在杜陵原下，少陵原之东，故自称杜陵布衣、杜陵野老、少陵野老，世称杜少陵。举进士不第，玄宗时献三大礼赋，待制集贤院，又为宰相李林甫所抑。安禄山陷长安，玄宗奔蜀，他逃至肃宗行在凤翔，官左拾遗。长安收复后，因疏救房琯被贬为华州司功参军。关辅饥乱，遂弃官入蜀，依剑南节度使严武，在成都西郊筑草堂以居，严武荐其为检校工部员外郎，故又世称杜工部。严武死后，他携家出蜀，病死湘江途中。其诗显示了唐王朝由盛转衰的历史过程，反映了社会动乱和人民疾苦，宋人叶梦得评其诗穷笔极力，如太史公记传。其诗语言精练，风格沉郁顿挫，被称为“诗史”。以饥寒之身而怀济世之心，处穷迫之境而无厌世之想，杜甫是中国文学史上最伟大的现实主义诗人，对后世影响极大，被誉为“诗圣”。有《杜少陵集》。《全唐诗》编其诗十九卷。

奉赠韦左丞丈二十二韵[①]

纨绔不饿死，儒冠多误身[②]。丈人试静听，贱子请具陈[③]。
甫昔少年日，早充观国宾[④]。读书破万卷，下笔如有神[⑤]。
赋料扬雄敌，诗看子建亲[⑥]。李邕求识面，王翰愿卜邻[⑦]。
自谓颇挺出，立登要路津[⑧]。致君尧舜上，再使风俗淳[⑨]。
此意竟萧条，行歌非隐沦[⑩]。骑驴三十载，旅食京华春[⑪]。
朝扣富儿门，暮随肥马尘。残杯与冷炙，到处潜悲辛[⑫]。
主上顷见征，欻然欲求伸[⑬]。青冥却垂翅，蹭蹬无纵鳞[⑭]。
甚愧丈人厚，甚知丈人真。每于百僚上，猥颂佳句新[⑮]。
窃效贡公喜，难甘原宪贫。焉能心怏怏，只是走踆踆[⑯]。
今欲东入海，即将西去秦[⑰]。尚怜终南山，回首清渭滨[⑱]。
常拟报一饭，况怀辞大臣[⑲]。白鸥没浩荡，万里谁能驯[⑳]？

①“韦左丞丈”，指韦济，其于天宝七载（748）为河南（治所在洛阳）尹，迁尚书左丞，他很赏识杜甫的诗作，说杜“词场寄国风”。杜甫遂作两首诗感谢，前一首《赠韦丞丈济》，此为第二首，是杜甫在困守长安十年间（746—755）所写求人援引诗中之最优异者。内容除感激之外，尚有对当时社会和政治的愤懑。

②这两句是愤激语。尤以“儒冠多误身”为全篇之骨干。“纨袴”，富贵人家子弟穿的细绢做成的裤子，借指富贵人家的子弟。即以本篇所叹的科举事而论，如因杨贵妃而青云直上的杨国忠，其子杨暄，考明经不及格，但考官仍列其为第一名。故云“纨绔不饿死”。“儒冠”，儒生所戴的帽子。后为儒生之代称，此处是杜甫自谓。“多误身”，指自己欲以儒家积极用世之精神报效国家，却因科场不谐而难有晋身之阶。故曰“多误身”。

③“丈人”，指韦济。“贱子”，杜甫自称。“具陈”，细说。

④这两句说，杜甫于开元二十三年（735）由乡贡在洛阳参加进士考试事。杜时年二十四岁。“充”，充当。“观国宾”，是说自己有幸看到国家文物之盛，说明当时（王朝）正礼尚贤宾。《周易·观卦·象辞》：“观国之光尚宾也。”

自此以下至“再使风俗淳”，是说“儒冠”事业，是对过去的追述。

⑤这两句是千古不易之名句，亦是杜甫经验之谈。“破”，此字包含数种意思：一，突破，指数量；二，吃透，指质量。“万卷”，极言其多。学问丰富，下笔有神，这是杜诗集大成的重要一因。

⑥“扬雄”，西汉的大赋家，有《甘泉》《长杨》等四赋。“子建”，即曹植（字子建），三国时的大诗人，南北朝时谢灵运曾夸其曰：天下之才一石，而子建独占八斗。“敌”，匹敌，即对等、相称。“亲”，亲近。一“料”一“看”，见其自视之高。

⑦“李邕”，唐朝书法家，又善为文，因曾任北海太守，故人称“李北海”。《新唐书·杜甫传》：“甫少贫，不自振，……李邕奇其材，先往见之。”“王翰”，当时有名的诗人。李、王二人皆系杜甫之前辈。“卜邻”，择邻。一“求”一“愿”，自见其受名流赏识之殊遇。

⑧“挺出”，特出，杰出。“要路津”，要是冲要，津指渡口。要路津比喻显要的地位。《古诗十九首》：“何不策高足，先据要路津。”

⑨“致”，达到。“尧舜”，传说中上古的两位明君。“致君尧舜上”，是说自己要辅佐唐玄宗成为千古明君。这两句是杜甫忠君爱国政治理想的体现。“风俗淳”，风俗淳朴。

⑩“萧条”，寂寞冷落，毫无生气。“非隐沦”，并非逃避现实的隐士。沦，沉沦。

自此以下至“蹭蹬无纵鳞”是说“误身”，是指现实之残酷。

⑪“骑驴”句，言自己自孩童时骑驴至今，杜甫作此诗时三十七岁。“三十载”，自然要上溯至其幼稚之时。古时，富者骑马，贫者骑驴。杜甫骑驴，其另有《示从孙济》云：“平明跨驴行，未知适谁门。”。“旅食”句，指杜甫自三十五岁（746年，即天宝五载）起困守长安时期。“京华”，即京师。“春”，此处形容京师之繁华。“食”，一作“客”。“三十载”一作“十三载”。

⑫这四句写生活困厄之状，正所谓“误身”。“肥马”，以物代人，即纨袴们。“潜悲辛”，言其没有尊严的口中之食，致使心中悲苦。“潜”，藏。

⑬“主上”句，是说天宝六载（747），唐玄宗下诏征求人才。“顷”，是说前不久。“欻（xū）”，忽然。“求伸”，即应试得第以求实现致君尧舜之宏愿。

⑭这两句是说科场之难。天宝六载，玄宗欲广求天下士，命通一艺以上

者，皆诣京师，当时奸相李林甫恐草野之士对策斥言其奸恶，竟使应试者无一人及第，还上表称贺曰："野无遗贤。"青冥垂翅，以鸟喻落第也。蹭蹬无纵鳞，以鱼喻科场失意也。"青冥"，犹青云。"蹭蹬"，形容困顿，失势的样子。

自此而下，皆感怀韦济，而致临别缱绻之情。

⑮ 这四句，引韦济为知己。"百僚"，百官。"猥"，谦辞。辱。犹"蒙"或"承"。唐人甚重诗，以诗而求知己，或以诗而荐人。"诵佳句"，即指韦左丞丈向百僚推荐，故可感。

⑯ 这四句，言不得志而欲离开长安。"贡公喜"，汉代的贡禹与王吉为友，闻知王吉显贵，高兴得"弹冠"，因其知道自己也将交好运。此处杜甫以贡禹自况，以王吉期待韦济。"原宪贫"，原宪，字子思，孔门弟子。孔子卒，遂亡入草泽中，极贫。"怏怏"，不服气，不乐意。"踆踆"，却退貌。

⑰"西去秦"，离开西边的秦地（长安）。

⑱ 这二句是说去秦之不忍，终南山和渭水皆在长安附近，曰"尚怜"，怜者爱也；曰"回首"，心中所恋也。

⑲"报一饭"，一饭之恩亦当报答。"大臣"，指韦济。这两句是说赠诗的原因：韦济既是大臣，又赏识自己，故不能不辞而别。

⑳"白鸥"，水鸟名，随潮而翔。此处是杜甫自比。"没浩荡"，出没于浩荡的烟波之间。"谁能驯"，谁还能约束？这两句可见杜甫不屈不挠之性格。

春日忆李白①

白也诗无敌，飘然思不群②。清新庾开府，俊逸鲍参军③。
渭北春天树，江东日暮云④。何时一樽酒，重与细论文⑤。

① 本篇系天宝五载（746）春作，时杜甫在长安而李白重游江东。通过一“忆”字，反映出作者对李白的钦仰，表现了二人的深谊。

② 这两句赞美李白诗才冠绝当代。“白”，李白。“思不群”，是说李白诗思超伦绝俗，独树高标。

③ 这两句以庾信、鲍照作比，更褒扬李白诗才之杰出。“庾开府”，指庾信。其系南北朝时北周的著名诗人，官居骠骑大将军，开府仪同三司，世称庾开府。“鲍参军”，指鲍照。其系南朝宋著名诗人，曾官居前军参军，世称鲍参军。六朝诗绮靡，而庾、鲍独存气骨，很为杜甫推重（如曾有“庾信文章老更成，凌云健笔意纵横”句），故而以之赞美李白。

④ 这两句写所忆。“渭北”，指杜甫所在地（渭水经流长安北郊，咸阳隔河与长安相望）。“春天树”，点出时令，更点出李白诗忆杜甫之语：“狂风吹我心，西挂咸阳树。”故云“渭北春天树”。“江东”，李白所游之地。仇兆鳌云：“公居渭北，白在江东，春树暮云，即景寓情，不言怀而怀在其中。”

⑤ 这两句盼再见把酒而论文。“论文”，即论诗。南北朝时区分文体为文、笔两类，韵文称“文”，散体称“笔”。遗憾的是，这两位世界级大诗人竟然再未有见面之机会，自此而后，杜甫还不断有怀念李白之作，却终未能再一起把酒论文。

饮中八仙歌①

知章骑马似乘船，眼花落井水底眠②。汝阳三斗始朝天，道逢麹车口流涎，恨不移封向酒泉③。左相日兴费万钱，饮如长鲸吸百川，衔杯乐圣称世贤[4]。宗之潇洒美少年，举觞白眼望青天，皎如玉树临风前[5]。苏晋长斋绣佛前，醉中往往爱逃禅[6]。李白斗酒诗百篇，长安市上酒家眠，天子呼来不上船，自称臣是酒中仙[7]。张旭三杯草圣传，脱帽露顶王公前，挥毫落纸如云烟[8]。焦遂五斗方卓然，高谈雄辩惊四筵[9]。

① 本篇当作于天宝五载（746），由篇中称李适之为左相而知。李适之于该年四月罢相，故系杜甫初到长安时所作。篇中所述八公皆为同时代人，皆在长安生活过，又皆嗜酒而旷达，故得八仙之号。写此诗时，苏晋、汝阳王李琎、贺知章已去世，李白也已离开长安，杜甫将他们之旧事追忆而赋之，“各极生平醉趣，而各呈拂拂仙气，亦诗之仙也”（明代王嗣奭语）。

② 头仙曰贺知章。“知章”，贺知章（659—约744），字季真，自号四明狂客，越州永兴（今浙江萧山）人。证圣进士，官至秘书监。与李白友善，称其为“谪仙人”。性嗜酒，在长安曾“解金龟换酒为乐”（李白《对酒忆贺监序》）。“骑马似乘船”，骑马如乘船那样晃来晃去。相传晋代“阮咸尝醉，骑马倾欹，人曰：‘个老子如乘船游波浪中。’”（明王嗣奭《杜臆》卷一）杜甫用此典以写知章，正状其醉态。“眼花”句，写其醉眼昏花缭乱，即使跌入井中，也会在井底醉眠不醒。

③ 二仙曰汝阳王李琎。“汝阳”，指汝阳王李琎，系让皇帝（李宪）之长子，玄宗之侄。封汝阳王，与贺知章为诗酒之交。“三斗始朝天”，李琎大抵因其父让帝位予玄宗之故，宠极一时，致使其方敢饮三斗酒醉

后入朝也。“麴车”，酒车。“移封”，转移封地，即恨不得将其汝阳的封地移到酒泉。“酒泉”，郡名，地在今甘肃酒泉市。《三秦记》：“酒泉郡城下有金泉，泉味如酒，故名酒泉。”“斗”，酒器。

④ 三仙曰左相李适之。“左相”，指李适之。《旧唐书·李适之传》载，李适之于天宝元年（742）代牛仙客为左丞相，于天宝五载四月罢相。“日兴费万钱”，适之为相，雅好宾客，饮酒日费万钱之多。“长鲸吸百川”，比喻豪饮。“乐（lè）圣”，指乐于饮酒。圣，三国时，曹操下令禁酒，《魏志》：醉客谓酒清者为圣人，酒浊者为贤人。《李白》有句云：“已闻清比圣，复道浊如贤。”“世贤”，世上之贤人。

⑤ 四仙曰崔宗之。“宗之”，崔宗之，袭封齐国公，系李白之友。“潇洒”，丰姿超逸。“白眼望青天”，用白眼望青天，见其举觞傲然之状。白眼，晋代阮籍能作青白眼，见礼俗之士，以白眼对之。“玉树临风”，醉后摇曳之态。“皎”，白，指面庞白皙。宗之美少年，故以玉树喻之。

⑥ 五仙曰苏晋。苏晋，进士及第，曾任户部侍郎，终太子庶子。“长斋”，长期食素，指学佛。“醉中”句，言其贪杯而醉，醉酒而悖佛教，故曰逃禅（不守法戒）。

⑦ 六仙曰李白。李白是伟大的诗人，斗酒百篇，言其兴豪而才敏。“长安”句，言玄宗沉香亭之召，李白却正眠酒家。《新唐书·李白传》载：李白天宝初至长安，“往见贺知章，知章见其文，曰：‘子谪仙人也！’言于玄宗，召见金銮殿，奏颂一篇，帝赐食，亲为调羹，有诏供奉翰林。白犹与饮徒醉于市。帝坐沉香亭，意有所感，欲得白为乐章，召入而白已醉，左右以水颒（huì，洗）面，稍解。援笔成文，婉丽精切，帝爱其才，数宴见。”“天子”句，言玄宗白莲池之召，李白因酒醉不能上船，被人扶以登舟（而非竟不上船）。范传正《李白

新墓碑》："玄宗泛白莲池，公不在宴，皇欢既洽，召公作序，时公已被酒翰苑中，命高将军扶以登舟。"

⑧ 七仙曰张旭。张旭，当时大书法家，被誉为草圣（草书之圣）。《旧唐书·张旭传》："吴郡张旭，善草书，好酒，每醉后呼号狂走，索笔挥洒，变化无穷，若有神助。""挥毫"句，言其挥笔作草书，笔走龙蛇，神采飞动，状若云烟。"脱帽露顶"，既言其傲然而不拘礼仪，又言其以头濡墨作书之状。《国史补》载：张旭饮酒辄草书，挥笔而大叫，以头揾水墨中而书之，醒后自视，以为神异。

⑨ 八仙曰焦遂。焦遂为布衣，善饮酒。五斗"方卓然"，饮五斗酒后方意气风发，高谈阔论。

八仙歌一韵到底，一气呵成，一体八仙，一调贯串，自为殊调，故王嗣奭评曰："此创格，前无所因。"

投简咸华两县诸子[①]

赤县官曹拥材杰，软裘快马当冰雪[②]。长安苦寒谁独悲？杜陵野老骨欲折[③]。南山豆苗早荒秽，青门瓜地新冻裂[④]。乡里儿童项领成，朝廷故旧礼数绝[⑤]。自然弃掷与时异，况乃疏顽临事拙[⑥]。饥卧动即向一旬，敝衣何啻联百结[⑦]。君不见空墙日色晚，此老无声泪垂血[⑧]。

① 此诗题旧注以为是作者上元二年在成都府所作，"咸华"原作"成华"，指成都、华阳（二县为成都附郭），非。因诗中所述，乃杜甫困守长安之时。当是天宝十载召试后送隶有司参选时作。杜甫在诗中述

写了自己饥寒交迫的窘况以及不平则鸣的控诉。“投简”，投赠书信。“咸华”，指长安附近的咸阳和华原（地在今陕西铜川市耀州区）。

②“赤县”，指长安。《元和郡县志》：“唐县，有赤畿望紧上中下七等之差，京都所治为赤县，京之旁邑为畿县。”“拥材杰”，聚集着才能杰出的人。材杰，此处语含讽刺。“官曹”，官署。曹，分职治事的官署或部门。“软裘”，轻软的狐裘。

③ 杜陵在长安东南，古为杜伯国，秦时为杜县地，汉宣帝陵在此，故曰杜陵。杜甫先祖曾居于此，杜甫困守长安期间，曾在此住过，故自称杜陵布衣或杜陵野老。

④ 这两句以古人自况，述自己饥寒之状。“南山”句，汉杨恽《报孙会宗书》：“田彼南山，芜秽不治，种一顷豆，落而为萁。”“青门瓜”，用秦召（邵）平典。召平为秦东陵侯，秦亡，为民。尝种瓜于长安青门外，品极佳，人称东陵瓜。

⑤ 这两句慨人情世故之不公。“乡里儿童”，骂乡里小官吏挟势骄人。陶潜骂督邮为“乡里小儿”可佐证。“项领成”，《诗经·小雅·节南山》：“驾彼四牧，四牧项领。”《诗经笺》：“四牡者，人君所乘驾，今但养大其领（脖颈），不肯为用。喻大臣自恣，王不能使也。”“朝廷故旧”，言自己在朝廷任职的亲友。“礼数”，即礼节。

⑥ 这两句慨叹自己疏顽而被时所抛弃。“自然”，理所当然。“与时异”，与当时风气不同。“疏顽”，疏懒任性。“临事拙”，犹言遇事不会变通。

⑦ 这两句言饥寒交迫之状。“饥卧”，因饥而难于行动，故只有以卧而已。“动即向一旬”，是说动不动就是十来天。动即，动辄，动不动就。向，将近，接近。“何啻”，用反问的语气表示不止。啻，但，只，仅。

⑧ 这两句向两县诸子诉说自己悲惨之处境。“空墙”，即家徒四壁，言家贫无物之状，即陶潜“环堵萧然”意。“泪垂血”，即泪滴血，言伤心已极。诗可以怨，此为力证。

醉时歌[①]

诸公衮衮登台省，广文先生官独冷。甲第纷纷厌粱肉，广文先生饭不足[②]。先生有道出羲皇，先生有才过屈宋。德尊一代常坎坷，名垂万古知何用[③]。杜陵野客人更嗤，被褐短窄鬓如丝。日籴太仓五升米，时赴郑老同襟期[④]。得钱即相觅，沽酒不复疑。忘形到尔汝，痛饮真吾师[⑤]。清夜沉沉动春酌，灯前细雨檐花落。但觉高歌有鬼神，焉知饿死填沟壑[⑥]？相如逸才亲涤器，子云识字终投阁[⑦]。先生早赋归去来，石田茅屋荒苍苔[⑧]。儒术于我何有哉，孔丘盗跖俱尘埃。不须闻此意惨怆，生前相遇且衔杯[⑨]！

① 原注云：“赠广文馆博士郑虔。”黄鹤注：“《旧书》：天宝十二载秋，令出太仓米，诗言日籴太仓五升米，正其时也，当是十三载春作。”这是写给其好友郑虔的。鸣郑虔之不平，悲自己之不遇，叹世道之不公，激愤而道苦情，故以醉歌命题。

② 此四句，慨广文先生郑虔之遭遇。郑虔是著名学者，其诗、书、画被誉为“三绝”。天宝初年，因有人告发其私修国史而被贬十年，后被任为广文馆博士。《新唐书·郑虔传》：“玄宗爱其才，欲置左右，以不事事，更为置广文馆，以虔为博士。”“善著书，时号郑广文。在官

贫约甚，淡如也。”“衮衮”，多貌。“台省”，即御史台和中书、尚书、门下三省，是唐中央政权的要害机构，此中诸公，多中枢清要之职。诸公衮衮，语中大含贬抑。“广文先生”，指郑虔。“甲第”，豪门贵族的宅第。

③ 此四句是为郑虔鸣不平。“羲皇”，即伏羲氏，古代传说中的部落酋长，相传他始画八卦，教民捕鱼畜牧，以充庖厨。“屈宋”，指战国时楚国的屈原和宋玉，系著名诗人。“德尊一代”，即德高一代。尊，敬重，推崇。“坎坷”，比喻不得志。“名垂”句，系激愤语，而非字面的本义。

④ 这四句是杜甫自道其处境的窘困。“杜陵野客”，杜甫自指。“嗤”，嗤笑，即讥笑。“日籴（dí）”句，《旧唐书》：“天宝十二载八月，京城霖雨，米贵，出太仓米十万石减价粜（tiào）于贫人。”“籴”，买谷米；“粜”，卖谷米。“太仓”，京师所设之御仓。“郑老”，指郑虔。郑虔较杜甫长二十岁左右，属于忘年交，故曰郑老。“襟期”，情怀，抱负。

⑤ 这四句写二人之交谊。“觅”，指觅酒。“忘形”，因得意或高兴而忘掉应有礼貌和应持的态度。“尔汝”，指彼此亲昵，不拘形迹。《文士传》：“祢衡有逸才，小与孔融交，时衡未满二十，而融已五十，敬衡才秀，忘年殷勤。”

⑥ 这四句写痛饮狂歌以破愁绝。“清夜”，深夜清静，故云。“檐花”，指房檐瓦上所滴之水。其在灯光映照下，闪烁如花，故云。“但觉”句，言高歌动神，饮之兴也；死填沟壑，焉能知也。“高歌”，放歌，即“放歌破愁绝”之谓。“有鬼神”，指能感鬼神。“死填沟壑”，乃愤激之语。

⑦ 此两句借用古人才大而命薄之例以解愁。“相如”，指西汉文学家司马

相如。《汉书·司马相如传》："司马相如令（卓）文君当垆，身着犊皮裤，涤器于市中。""子云"，指西汉末文学家扬雄（字子云）。王莽时，刘棻以献符事得罪，扬雄因教刘棻作奇字，被连及。"雄校书天禄阁上，治狱使者来收雄，雄从阁上自投下，几死。"

⑧ 这两句劝郑虔弃官而归隐。"归去来"，即陶潜之赋《归去来兮辞》，系其辞彭泽令归田园时所作。"石田"，多石不可耕的田。比喻无用。

⑨ 这四句是杜甫之舒愤懑。"儒术"两句，以泄醉后之牢骚，"不闻"两句，以申刺世之激愤。并非真谓儒术可废，亦非真欲孔、跖齐观，亦非真谓垂名无用，亦非真欲同寻醉颜。以此篇观之，正如其《咏怀》诗中所云"沉醉聊自遣，放歌破愁绝"也。"盗跖"，相传为春秋末期人，名跖。《荀子·不苟》："盗跖吟口，名声若日月，与舜禹俱传而不息。""闻此"，指"孔丘"句。"且衔杯"，无话可说，聊以喝酒自慰。

奉先刘少府新画山水障歌[①]

堂上不合生枫树，怪底江山起烟雾[②]。闻君扫却赤县图，乘兴遣画沧洲趣[③]。画师亦无数，好手不可遇。对此融心神，知君重毫素[④]。岂但祁岳与郑虔，笔迹远过杨契丹[⑤]。得非悬圃裂，无乃潇湘翻[⑥]。悄然坐我天姥下，耳边已似闻清猿。反思前夜风雨急，乃是蒲城鬼神入[⑦]。元气淋漓障犹湿，真宰上诉天应泣[⑧]。野亭春还杂花远，渔翁暝蹋孤舟立。沧浪水深青溟阔，欹岸侧岛秋毫末。不见湘妃鼓瑟时，至今斑竹临江活[⑨]。刘侯天机精，爱画入骨髓。自有两儿郎，挥洒亦莫比。大儿聪明到，能添老树巅崖里。小儿心孔开，貌得山僧及童子[10]。若耶溪，云门寺，吾独胡为在泥滓，青鞋布袜从此始[11]。

① 天宝十三载（754）秋，霖雨六十馀日，杜甫困居长安，犹雪上加霜，只好携家赴奉先安置，奉先县令杨某，系杜甫妻子之同族。此诗即在奉先而作。“奉先”，县名，《长安志》：蒲城县秦名重泉，后魏名白水，又改蒲城。开元四年（744）建睿宗桥陵，改为奉先县，隶京兆府，十七年升为赤县（凡县治设在京师内者称为赤县）。位于长安东北（在今陕西蒲城县境）。“刘少府”，指县尉刘单。《文苑英华》注：“奉先尉刘单宅作。”“少府”，见王勃《杜少府之任蜀州》注①。“山水障”，画着山水的屏障。

② 这两句起句惊人，堂上不应长枫树，而竟生长之；更难有江山，而竟有之，且烟雾缭绕。极言画作气韵生动。宋人杨万里认为此乃“惊人”句。“底”，相当于“什么”，属六朝后之方言，唐时仍用。

③“君”，指刘单。“扫却”，扫，画。谓挥洒笔下，形容技法娴熟，一气呵成。“赤县图”，指另一幅画作的名称。“赤县”，唐人称京师所辖县为赤县，奉先县已升为赤县，这幅图可能是画奉先山水的图。这句点出画作，陪衬下句。“沧洲趣”，隐士的乐趣。沧洲，临水的地方，古称隐者所居。这句是一篇之主，照应枫树烟雾画。

④ 这四句赞扬刘单注重绘事。遇好手，至难得也；重丹青，融心神也。“毫素”，指作画所用的毛笔和绢素。此处代指作画。

⑤ 这两句赞扬刘单笔意超绝。“祁岳郑虔”，皆为杜甫同时代著名山水画家。尤其是郑虔，被唐玄宗誉为“诗书画三绝”。杨契丹，隋朝大画家。祁、郑、杨，山水画之大家也，胜此大家，非卓异而何！

⑥ 这句写画之神奇。“得非”，莫非。“无乃”，莫非，岂不是。“悬圃”，玄圃，亦作“县圃”。山名。传说为昆仑山顶，也泛指仙境。屈原《离骚》：“朝发轫于苍梧兮，夕吾至乎县圃。”县圃裂，意指画中所见，仅为悬圃的一部分，故曰“裂”。“潇湘”，犹言清深的湘水。水在今湖南境。潇湘水翻，言其迹近仙境也。

⑦“天姥（mǔ）”，山名，在今浙江省绍兴市新昌县境。天姥系杜甫旧游之地，其《壮游》有句云：“归帆拂天姥。”“反思”，回思。“蒲城”，即奉先县东的故蒲城。天姥清猿，蒲城鬼神，言其画作美夺化工也。

⑧“元气淋漓”，指刘少府画障气韵雄浑酣畅。“障犹湿”，因该山水障系新画，故曰“犹湿”。“真宰”，天神。天泣，无云而雨，谓之天泣。元气淋漓，真宰天泣，言其巧夺天工也。

⑨ 这六句写画中之景，应前“沧洲之趣”。野亭春还，言其节也；渔翁日暝，言其时也。沧浪青溟，言水阔也；攲岸侧岛，见细微也。湘竹临江，又兼映山水也。“暝”，日暮。“沧浪”，水名。“青溟”，此处指水面阔大。“秋毫末”，言其细微。“湘妃斑竹”，晋张华《博物志》：“舜崩于苍梧，二妃（娥皇、女英）啼，以泪挥竹，竹尽斑。”

⑩ 这八句写刘单父子绘画之才。“刘侯”，对刘单的尊称。“天机精”，言天才也。“入骨髓”，言酷爱而功深厚也。“莫比”，别人比不上。“心孔”，心眼。“貌”，描绘工肖也。

⑪ 这几句写见画而生托身世外之感慨。“若耶溪”，溪名，又名五云溪，在若耶山下，相传西子浣纱于此。溪上有云门寺。此应前“天姥”二句。时杜甫困居长安已达八九年之久，故有此感。“泥滓”，泥垢渣滓。比喻卑下的地位或耻辱。“从此始”，从此去遨游沧洲。指意是：因刘单所画之神妙，故而愿去画中游。

官定后戏赠[①]

不作河西尉，凄凉为折腰[②]。老夫怕趋走，率府且逍遥[③]。
耽酒须微禄，狂歌托圣朝[④]。故山归兴尽，回首向风飙[⑤]。

①此诗作于天宝十四载。该年杜甫被任命为河西县尉，他不愿去履职，后改任右卫率府胄曹参军（正八品下），这是个看守甲兵器仗的官职，与其“致君尧舜”的政治抱负差距甚大，不得已而为，遂作此诗以自嘲。“戏赠”，杜甫自赠。据其《夔府书怀》句“昔罢河西尉，初兴蓟北师”，则此诗当作于天宝十四载十月前后。

②“折腰”，弯腰。晋陶渊明为彭泽令，郡遣督邮至，吏告当束带迎谒。渊明叹曰：“吾不能为五斗米折腰向乡里小儿！”（《晋书·陶潜传》）后因称屈身事人为折腰。

③“趋走”，快走，指拜迎长官，侍候上司。“且逍遥”，逍遥自在。指率府与县尉之职相较，显得逍遥，此乃牢骚语。

④这两句写任率府之因由，皆牢骚语，亦戏语也。嗜酒须资金，故须任职以得微禄；狂歌无忌讳，只因遇到圣明的君王。“禄”，古代称官吏的俸给。“托”，托庇。“圣朝”，封建时代称当代王朝。

⑤“故山”，即家乡，其时家在奉先县（今陕西蒲城）。“归兴尽”，因官职所累，难以回家，故曰“归兴尽”。“向风飙”，因难以回家，而思念家乡，既想回家，遂临风而回首，故曰“向风飙”。（杜甫写此诗后不久，还是探亲而回家，且写出了《自京赴奉先县咏怀五百字》这史诗性的作品。）

哀王孙[1]

长安城头头白乌，夜飞延秋门上呼。又向人家啄大屋，屋底达官走避胡[2]。金鞭断折九马死，骨肉不待同驰驱。腰下宝玦青珊瑚，可怜王孙泣路隅[3]。问之不肯道姓名，但道困苦乞为奴。已经百日窜荆棘，身上无有完肌肤[4]。高帝子孙尽隆准，龙种自与常人殊。豺狼在邑龙在野，王孙善保千金躯[5]。不敢长语临交衢，且为王孙立斯须[6]。昨夜东风吹血腥，东来橐驼满旧都。朔方健儿好身手，昔何勇锐今何愚[7]。窃闻天子已传位，圣德北服南单于。花门剺面请雪耻，慎勿出口他人狙[8]。哀哉王孙慎勿疏，五陵佳气无时无[9]。

① 天宝十五载（756）六月九日，安史叛军破潼关，十二日，玄宗自延秋门出，踉跄奔蜀。七月间，安禄山使人杀霍国长公主及王妃驸马等，又杀王孙及郡县主二十馀人。从诗中“已经百日窜荆棘”看，时在该年九月间。（七月，肃宗即位灵武，改元至德，即至德元载也），诗当在此时所作。

②“白头乌”，俗谓不祥之物，初号延秋门上，故明皇由此门出逃。“延秋门”，《雍录》：玄宗幸蜀，自苑西门，在唐为苑之延秋门。“啄大屋”，在达官屋上啄。“屋底”，屋里。“达官”，职务显赫之官，即受命于君者，名达于上，谓之达官。“胡”，指安史叛军。

③“骨肉”句，《旧唐书》载：“十二日凌晨，上自延秋门出，亲王妃主王孙以下，多从之不及。”“玦”，环形而有缺口的玉佩。“珊瑚”，原

为海中动物，常用作饰物。

④ 这四句，写王孙之苦痛与狼狈。不道姓名，怯且羞也；乞为奴，困苦无路也；百日窜荆棘，故身无完肤也。

⑤ 这四句写王孙相貌特殊，恐为叛军所得。“高帝”，指汉高祖刘邦。《史记·高祖本纪》：“高祖为人，隆准而龙颜。”此处代指唐朝皇帝。“隆准”，高鼻。“龙种”，皇帝被称为龙。龙种，指皇帝的子孙。“殊”，不同。“豺狼”，指安禄山。“邑”，城市，此处指长安。“龙”，指玄宗。“善保”句，言处境之危险。

⑥ 这两句写与王孙屏迹而密语。不敢长语，交衢人多眼杂也；立斯须，欲屏迹而密语也。“交衢”，交通大道。“斯须”，一会儿。

以下十句为密语之内容。

⑦ 这四句写叛军猖獗与官军之失计。“昨夜”两句写叛军陷长安。“吹血腥”，指安史之乱。“橐驼”，能负囊橐而驮物之马。“旧都”，长安时为安史叛军所陷，故云。“朔方”两句，哀官军潼关之败也。时哥舒翰将河陇朔方兵及蕃兵二十万守潼关，因杨国忠促战，败于桃林，致使潼关失守。“好身手”，言其兵善战。

⑧ 这四句写太子（即肃宗）即位而喜回纥军之助战平叛也。“窃”，谦指自己，私下。“天子已传位”，指玄宗传帝位与太子李亨（即肃宗）。肃宗即位于灵武。“圣德”句，玄宗临行，谕太子曰：西北诸胡，我抚之素厚，汝必得其用，所谓圣德北服单于也。（见仇兆鳌《杜少陵集详注》所引卢注）又，肃宗即位后，与回纥和亲，二载二月，其首领入朝。“南单于”，南匈奴王。东汉光武帝时，匈奴分为南北两部，南单于归顺汉朝。这里借喻回纥王。“花门”，即花门山堡，在甘州，天宝时为回纥占领。故唐人借“花门”称呼回纥人。“剺（lí）面”，谓披（割）其面皮，示诚悃（真心诚意）。“请雪耻”，请求帮官军雪

安史乱之耻。“慎勿”句，劝王孙不要将此事说出，小心听者暗中侦视。“狙”，猕猴。因善伺伏攫食，以喻人暗中侦视。

⑨“慎勿疏”，戒之千万不要疏忽。“五陵”句，借汉以比唐，言唐室正统之治时时有也。“五陵”，原指长安汉五陵，此处亦指玄宗以前的唐五陵，即高祖献陵、太宗昭陵、高宗乾陵、中宗定陵、睿宗桥陵。“无时无”，即时时有也。

月夜①

今夜鄜州月，闺中只独看②。遥怜小儿女，未解忆长安③。
香雾云鬟湿，清辉玉臂寒④。何时倚虚幌，双照泪痕干⑤。

① 此诗系至德元载（756）在长安陷叛军时所作。是年五月，杜甫从奉先移家至其北的邻县白水，六月，潼关失守，玄宗奔蜀，杜甫又移家北行至于鄜（Fū）州三川县，七月，肃宗即位灵武（在今宁夏），杜甫只身投奔，途中被安史乱军掳至长安。此诗则是八月间在长安所作。

② 这两句揣妻子之心而写离情。月夜怀念妻子，不言己思家，却言妻子思己，自见其深情。清人浦起龙云：“心已神驰到彼，诗从对面飞来”，可谓的论。“闺中”，指妻。

③ 这两句借小儿女点出妻子的忆长安心事。“未解忆”，含两义，一指儿女年龄尚小，不懂得怀念远在长安的父亲；一指儿女尚不知母亲月夜怀念父亲之情。此两句又使上句之“独”更含深意。丈夫不在，“独”也；儿女无知，亦“独”也。唯此“独”，更见其怅然。

④ 这两句写妻子独自看月的形象。香雾清辉，看月之痴也；鬓湿臂寒，看月之久也。惟痴惟久，则见心愈苦悲也。“清辉”，指月亮。

⑤ 这两句写与妻团聚之期望。“虚幌”，挂起的帷幔。“双照”，月光照耀着杜甫及妻子。“双”承“独”来，“照”应“月”生，“泪痕干”，反衬妻子今夜望月之泪。更见期望之殷切。

送郑十八虔贬台州司户，伤其临老陷贼之故，阙为面别，情见于诗①

郑公樗散鬓成丝，酒后常称老画师②。万里伤心严谴日，百年垂死中兴时③。苍惶已就长途往，邂逅无端出饯迟④。便与先生应永诀，九重泉路尽交期⑤。

① 安史之乱的第三年，即至德二载（757）九、十月间，西京、东京先后光复。十二月，朝廷对那些受过安禄山伪职的官员进行处理，六等定罪。三等者流贬。郑虔陷叛军中，安禄山授其水部郎中，虔称病，并暗中与唐政府通消息，被定为次三等，故贬台州。郑虔排行十八，是杜甫的挚友。“阙为面别”，就是未能送行。杜甫因此而写下这首“情见于诗”的七律。

②“樗（chū）散”，松散无用的材料。樗，臭椿树。《庄子·逍遥游》：“吾有大树，人谓之樗。其大本拥肿而不中绳墨，其小枝卷曲而不中规矩。立之途，匠者不顾。”又《庄子·人间世》：“匠石之齐，见栎社树，其大蔽牛，谓弟子曰：散木也，无所可用。”杜甫据此创“樗散”一词，言郑材不合世用。“鬓成丝”，两鬓斑白。“老画师”，郑

虔曾被玄宗誉为诗书画三绝，但也只是个广文馆博士的冷官。此其自知语，亦其自慨语。

③“万里”，指台州（治临海，今属浙江省）。“谴”，官吏谪降称谴。此见杜甫对郑虔遭遇的斥责意。“百年”，指人的一生。“垂死”，有两义，一谓垂暮之年，一谓遭贬而加速其死。“中兴时”，指唐王朝收复两京，故曰：“中兴时”。中兴，由衰落而重新兴盛。严谴中兴四字含无限痛楚。

④“苍惶”，今作“仓皇”，匆忙，慌张。“邂逅无端”，是说碰到意外的事情故而未能相会。邂逅谓不期而会。“出饯”，设宴送行。这两句说，一个被凌逼仓皇上道，一个因故未及送行。

⑤“永诀”，死别。郑虔后来果然于代宗广德二年（764）卒于台州。“九重泉”，即九泉，谓死后葬于地下。“交期”，交谊。“末竟作‘永诀’之词，诗到真处，不嫌其迫，不妨于尽也。”卢德水评得切。

述怀一首

去年潼关破，妻子隔绝久②。今夏草木长，脱身得西走③。
麻鞋见天子，衣袖露两肘④。朝廷愍生还，亲故伤老丑⑤。
涕泪授拾遗，流离主恩厚⑥。柴门虽得去，未忍即开口⑦。
寄书问三川，不知家在否⑧。比闻同罹祸，杀戮到鸡狗⑨。
山中漏茅屋，谁复依户牖⑩。摧颓苍松根，地冷骨未朽⑪。
几人全性命，尽室岂相偶⑫。嵚岑猛虎场，郁结回我首⑬。
自寄一封书，今已十月后⑭。反畏消息来，寸心亦何有⑮。
汉运初中兴，生平老耽酒。沉思欢会处⑯，恐作穷独叟⑰。

① 本篇是杜甫逃归凤翔后的思家之作。时在至德二载。

② 天宝十五载（756）六月，安史叛军破潼关，七月，肃宗即位灵武，改是年为至德元载。也是在该月，杜甫安顿家眷于鄜州后，即投奔灵武，途中被叛军所俘，至此将近一年，故曰“隔绝久”。

③“西走”，指诗人由长安逃脱叛军魔掌而潜行凤翔。

④ 这句写逃窜至凤翔行在后见天子的狼藉之状。

⑤“悯生还”，自见了杜甫不附叛军之气节。“悯（mǐn）”，哀怜。“亲故”，指亲友或亲旧。“伤老丑”，以其老而憔悴伤心。

⑥“授拾遗”，至德二载五月十六日，肃宗任杜甫为左拾遗。唐有左右拾遗二人。“拾遗”官秩虽不高（从八品上），却因系谏官，常在皇帝左右，能对皇帝讽谏。“流离”句，是说因在流离的非常时期，益觉主恩之厚。

⑦“柴门”，家之代称，应前“妻子”句。“未忍”句，是说因在非常时期，故不忍开口言归。

以上十二句述其来由及未忍去探家的原因。

⑧“三川”，唐县名，在鄜州（治所在今陕西富县）南，为其所辖。杜甫于乱后安家于此。

以下十二句写不忍言归，故只有寄书，恐其室家遭乱难保也。《资治通鉴》载，安禄山入潼关后，自京畿鄜坊，至于岐陇皆附之。鄜州已在叛军控制之下，杜甫故以室家之罹祸为忧。

⑨“比闻”，近闻。比，近来。“罹祸”，遭祸害。罹，遭遇，遭受（灾祸或疾病）。《通鉴》卷二百十八：“潼关既败，于是河东、华阴、冯翊，上洛防御使皆弃郡走，所在守兵皆散。”

⑩“漏茅屋”，指杜甫之家。“谁复依户牖”，破屋谁依。意即不知谁尚能生存。户牖，门窗。代指房屋。

⑪“摧颓”句，指忧虑妻子被害，妻子的骨头撑持狼藉。“苍松根”，代指妻子的棺木所在处。苍松，儿子乘凉之大树也，喻妻子。解作“摧颓”苍松之根而挖墓穴，亦通。“骨未朽”，意即死后不久。

⑫“几人”句，意谓全家尚存者能有几人。“尽室”句，写全家人岂能团聚。“尽室”，全家人。

⑬“嵚（qīn）岑”，山高峻貌。“猛虎场”，喻安史叛军的残暴统治。“郁结”句，写诗人心情郁结而摇头叹气。“回我首”，指诗人自己摇头叹气。

⑭ 这两句说去年寄家书后，至今已历十月之久，仍未得到回音。此处的“十月”是指十个月而非指冬十月。因嗣后的“闰八月初吉”，他已赴鄜州探家了。（见《北征》）

以下八句忧伤家书杳然，又恐眷属存亡莫必，将来欢会之处，反成孤独之人。

⑮ 这两句写心理矛盾，典型且深刻。消息不来，虽畏，犹存希望；消息已来，反畏，畏希望之破灭。故心中空虚而恐惧。此正如初唐宋之问所谓“近乡情更怯，不敢问来人”之心态也。

⑯“汉运”，即唐运。唐人常以汉比唐。“初中兴”，是说肃宗即位，时局已见转机，故云。“耽酒”，即嗜酒。

⑰“沉思”句，是说希冀全家欢聚的幻想恐怕要变成穷独一人的惨象。“叟”，作者自称，杜甫时年四十六岁。“独”，一作“途”。

赠卫八处士[①]

人生不相见，动如参与商[②]。今夕复何夕，共此灯烛光。
少壮能几时，鬓发各已苍[③]。访旧半为鬼，惊呼热中肠[④]。

焉知二十载，重上君子堂。昔别君未婚，儿女忽成行⑤。怡然敬父执⑥，问我来何方。问答乃未已，儿女罗酒浆⑦。夜雨剪春韭，新炊间黄粱⑧。主称会面难，一举累十觞⑨。十觞亦不醉，感子故意长⑩。明日隔山岳，世事两茫茫。

① 此诗大约作于乾元二年（759）春，杜甫时任华州司功参军。“处士”，隐居不仕的人。“八”是卫处士的排行。

②“参”“商”，二星名。参星即二十八宿的参宿，商星即商宿，两星此出彼没，永不相见，因以喻人离别不得相见。

③“苍”，灰白色，形容鬓发斑白。

④ 这两句是说，故旧友朋，死亡已过半数，心中极是震惊。“惊呼”，惊叫。“热中肠”，心中火辣辣地难受。

⑤“成行”，言儿女众多。“行”，行列。

⑥“父执”，语出《礼记·曲礼》：“见父之执。”即父亲的老朋友。

⑦“儿女”，一作“驱儿”。“罗酒浆”，陈设酒菜。

⑧“间黄粱”，掺和着黄粱的米饭，俗称“二米饭”。

⑨“主”，主人，即卫八。“累”，接连。

⑩ 这句是说感谢卫八处士友情深长。“子”，对男子的敬称。此处“子”指卫八。“山岳”，指西岳华山。“世事”，包括社会和个人。“茫茫”，模糊不清，结句言明日分手后社会和个人的命运便难知了。相会艰难，忽又作别，时在乱世，故有此感。

伤春五首[①]（选一首）

天下兵虽满，春光日自浓[②]。西京疲百战，北阙任群凶[③]。关塞三千里，烟花一万重[④]。蒙尘清路急，御宿且谁供[⑤]。殷复前王道，周迁旧国容[⑥]。蓬莱足云气，应合总从龙[⑦]。

① 广德元年（763）十月，吐蕃入侵关中，十一月，吐蕃陷邠州，进逼京师，代宗逃奔陕州，京师遂陷。然而身在巴山阆中的杜甫，闻代宗逃难事已在次年春日，因发其感愤，目极千里兮伤春心，故以《伤春》为题，作诗五首，此系第一首，记吐蕃陷京事，由此而见杜甫的忠君爱国思想。题下原注云："巴阆僻远，伤春罢，始知春前，已收宫阙。"原来吐蕃此次陷京十六天，因惧遭唐军合围被歼，遂在立广武郡王李承宏为皇帝后即溃去。

② 这两句写伤春之由。"兵"，兵戎，兵气。指战争。"春光日自浓"，言春深。此句淡化战乱，而更忧战乱，故而自伤春也。

③ 这两句言西京长安屡陷，宫阙任群凶肆虐。"疲百战"，疲于百战。"北阙"，古代宫殿北面的门楼，代指帝王宫禁。"群凶"，泛指侵占宫禁的安史叛军及吐蕃军队，以及反叛唐朝迎吐蕃入长安的高晖、王献忠等。

④ 这两句言阆州与长安距离遥远。"三千里"，言阆州与长安路迢迢也。"一万重"，言长安无处不飞花也。

⑤ 这两句忧代宗之安危。"蒙尘"，蒙被尘土。多以喻帝王流亡或失位，遭受垢辱。"清路"，即清道。使道路干净。古制谓因帝王或大官出巡而清扫道路，禁止行人来往。句下原注："广德元年吐蕃陷京师，代

宗幸华州，百官奔散，无复供拟（计划，打算）。”

⑥ 这两句寄代宗中兴之望。“殷复”句，指殷商君主盘庚复兴商朝事。帝盘庚继兄阳甲即位，时王室衰乱，盘庚率众自奄（今山东曲阜）迁都于殷（今河南安阳），商复兴。史称殷商。“前王道”，指商朝君主商汤等明君治国之道。“周迁”句，指周平王复兴周朝事。平王姬宜臼系东周第一代国君，幽王之子。犬戎入侵，幽王被杀后，镐京（今陕西西安西南）残破，他迁都雒邑（今河南洛阳），史称东周。“前王道”“旧国容”，讳其迁播之尴尬也。此以古比唐。

⑦ 这两句言代宗仍是真龙天子。“蓬莱”，山名。传说为仙人所居。代指代宗所幸地。其东奔第一天，“车驾至华州，官吏奔散，无复供拟。扈从将士，不免冻馁，会观军容使鱼朝恩将神策军自陕（州）来迎，上乃幸鱼朝恩营。”（《通鉴》卷二二三）“云气”，稀薄游动的云。《史记·项羽本纪》载，鸿门宴时，范曾劝项羽杀刘邦，曰：“吾令人望其气，皆为龙虎，成五采，此天子气也。”此处指代宗的天子之气。“应合”句，喻代宗是真龙天子。《易》：“云从龙。”

丹青引赠曹将军霸[①]

将军魏武之子孙，于今为庶为清门。英雄割据虽已矣，文彩风流犹尚存[②]。学书初学卫夫人，但恨无过王右军[③]。丹青不知老将至，富贵于我如浮云[④]。开元之中常引见，承恩数上南薰殿[⑤]。凌烟功臣少颜色，将军下笔开生面。良相头上进贤冠，猛将腰间大羽箭[⑥]。褒公鄂公毛发动，英姿飒爽来酣战[⑦]。先帝天马玉花骢，画工如山貌不同[⑧]。

是日牵来赤墀下，迥立阊阖生长风[⑨]。诏谓将军拂绢素，意匠惨澹经营中[⑩]。斯须九重真龙出，一洗万古凡马空[⑪]。玉花却在御榻上，榻上庭前屹相向[⑫]。至尊含笑催赐金，圉人太仆皆惆怅[⑬]。弟子韩幹早入室，亦能画马穷殊相[⑭]。幹惟画肉不画骨，忍使骅骝气凋丧[⑮]。将军画善盖有神，必逢佳士亦写真[⑯]。即今漂泊干戈际，屡貌寻常行路人[⑰]。途穷反遭俗眼白，世上未有如公贫[⑱]。但看古来盛名下，终日坎壈缠其身[⑲]。

① 此诗大约作于代宗广德二年（764）。有曹霸之丹青，方有杜甫之《丹青引》；有杜甫之《丹青引》，更彰显曹霸之丹青。腕生风，笔如椽，并见不朽。“丹青”，绘画所用的红绿等色的颜料，故为画之代称。“引”，乐曲体裁之一种，亦是一种诗体之名。“曹霸”，谯郡（今安徽省亳州市附近）人，是盛唐著名的画马大师，亦擅人物绘画。《历代名画记》卷九：“曹霸，魏曹髦（曹操曾孙）之后，髦画称于后代。霸在开元中已得名，天宝末，每诏写御马及功臣。官至左武卫将军。”安史乱后，曹霸潦倒漂泊西南，广德二年，杜甫与其相识于成都，有感于曹霸的遭遇，遂作此篇。

②“魏武”，魏武帝曹操。“庶”，庶民，即布衣。“清门”，寒素之家。仇兆鳌《杜少陵集详注》：“明皇末年，霸得罪，削籍为庶人。”“英雄”句，是说曹操所建的霸业成为历史。“文彩”句，是说曹操的文彩风流后继有人。引入工于书画之曹霸。

③“卫夫人”，卫铄，字茂猗。晋代汝阴太守李矩之妻，擅长书法，王羲之曾从而师之。“无过”，未能超过。“王右军”，即王羲之。他官右军

将军，为晋代大书法家，千百年来被誉为“书圣”。

④从此句起转为写曹霸之绘画。这两句写曹霸对艺术的执着与追求。诗句化用《论语》中语：“其为人也，发愤忘食，乐以忘忧，不知老之将至云尔。”言其倾心绘事也。“不义而富且贵，于我如浮云。”言其不慕荣利也。

⑤“开元”，唐玄宗年号（713—741年）。“引见”，召见。“南薰殿”，在南内兴庆宫中。

⑥“凌烟功臣”，《旧唐书·太宗本纪》：贞观十七年（643）二月“戊申，诏图画司徒赵国公（长孙）无忌等勋臣二十四人于凌烟阁”。阁在西内三清殿侧。“少颜色”，指勋臣旧画年久褪色。“开生面”，指曹霸奉命重绘，画得栩栩如生。以下四句写所画之勋臣像。“良相”，指卓异之宰辅。“进贤冠”，唐制：百官朝服，皆进贤冠。“猛将”，指功高之侯王。“大羽箭”，即大竿长箭。为箭中之利器。

⑦“褒公”，指褒国忠壮公段志玄（名列第十）。“鄂公”，指鄂国公尉迟敬德（名列第七）。二人皆一代战将。于功臣但言褒鄂，写此二人而见其馀，大抵因画此尤为生动也。“飒爽”，劲捷，神采飞动。“来酣战”，仿佛赴沙场鏖战似的。

⑧“先帝”，指唐玄宗。玄宗死于宝应二年（762）。“玉花骢”，玄宗所爱之名马，原产西域。“天马”，一作“御马”。“画工如山”，言画师众多。“貌不同”，所画貌不相同，即画得不像。

⑨“赤墀”，亦称丹墀，殿廷中红色的台阶。“迥立”，昂头卓立。“阊阖”，指皇帝宫门。“生长风”，写天马的雄峻气势。

⑩“绢素”，白绢（用以画马）。“意匠”，指画马的布局设色等巧妙构思。“惨澹经营”，言艰苦的艺术构思。

⑪“斯须”，一会儿。“九重”，因天子有九重门，故指皇宫。“真龙出”，

以龙比天马，此画已夺天马之神。马高八尺曰龙，此马即指玉花骢。“一洗”句，古今所有凡马与此马相比都黯然失色。意即所画的是旷古未有的天马图。一洗，犹一扫。

⑫“玉花”句，此句写画作，与《奉先刘少府新画山水障歌》“堂上不合生枫树”（极言堂上画中枫树逼真），属于同一手法。“玉花”，玉花骢，此处指画马，言画中马犹如真马，故曰“却在”。“却”，倒，反而。“御榻”，指画在御榻上的马；“庭前”，指赤墀下的真马。“屹相向”，屹立相向。指榻上画马，庭前天马，彼此交映，且又难分。

⑬“至尊”，指唐玄宗。“圉人”，养马的人。“太仆”，掌马的官。“惆怅”，言画马之神韵胜过真马，真天马与画马相比，相差甚远，因而惆怅，实为赞美画马之逼真。

⑭“韩幹”，《历代名画记》卷九：“韩幹，大梁人。……善写貌、人物、尤工鞍马。初师曹霸，后独自擅。”“入室”，《论语·先进》记孔子语云：“由（子路）也升堂矣，未入于室也。”后遂称得先生嫡传的学生为“入室弟子”。“穷殊相”，穷尽各种形态。

⑮“画肉”，韩幹所画之马，体形肥大，故云“画肉”。“骅骝”，骏马。“气凋丧”，神气凋谢丧失，马多肉则丧气，故云。这两句以韩幹画马作反衬，写曹霸画马之神妙。

⑯这两句结上而起下。“盖”，语气词。“必”，必逢。“写真”，肖像画。“必”，一作“偶”。

⑰以下六句，感慨曹霸的不幸遭遇。“即今”句，承前“于今为庶为清门”句。“漂泊干戈”，指避安史之乱而漂泊西南。“屡貌”句，为生存计，只得给普通人画像。“貌”，为人写真容（画像）。

⑱“反遭俗眼白”，反遭受俗人的白眼，即藐视。“眼白”，即白眼，指不

用正眼看人，表示鄙视。

⑲ 末两句作结，中寓多少感慨。“坎壈（lǎn）”，困顿，困穷。

钱 起

钱起（722—780），字仲文，吴兴（今浙江湖州）人，天宝十载（751）进士，曾任考功郎中、翰林学士等职。世称“钱考功”，系“大历十才子”之一。诗以五言为主，多道别送赠之作，虽温秀蕴藉，然内容稍失厚重。有《钱考功集》。《全唐诗》编其诗四卷。

赠阙下裴舍人①

二月黄莺飞上林，春城紫禁晓阴阴②。长乐钟声花外尽，龙池柳色雨中深③。阳和不散穷途恨，霄汉长怀捧日心④。献赋十年犹未遇，羞将白发对华簪⑤。

① 本篇是赠中书舍人裴某的，从诗中所写来看，很可能是未中第时的干谒之作。“阙下”，宫阙之下。借指朝廷。阙，宫门前的望楼。“舍人”，即中书舍人的简称。属中书省官员，掌管诏令、侍从、宣旨、接纳上奏文表等事。

② 这两句明写宫苑春景，却暗中烘托裴舍人的特殊身份。帝幸上林，裴舍人紧随而见黄莺也；帝临朝，裴舍人观皇城之春色也。“黄鹂”，黄

莺。“上林”，即上林苑。系秦旧苑，汉武帝扩建，地在长安城西南，周三百里。这里代指唐禁苑，在大明宫北。“春城”，指长安城。“紫禁”，古人以天上紫微星垣比喻帝居，故称禁中为紫禁。“阴阴”，此处指葱茏树木洒下的淡淡轻阴。

③ 这两句说裴舍人草诏，长乐钟声已在耳也；裴舍人时常经过处，龙池柳色犹在眼也。“长乐”，汉宫名。这里借指唐宫。“龙池”，在兴庆宫中瀛洲门南。此为名句，高仲武《中兴间气集》评之为“特出意表，标雅古今。”

前四句，写宫苑之春景。美裴舍人。

④ 这两句说，穷途之恨，阳和难散也；霄汉捧日，其心常怀也。“阳和”，春天的暖气。“穷途”，指境遇困窘。“霄汉”，天空极高处。霄，云；汉，天河。“捧日心”，旧时以日喻帝王，因以捧日为拥戴。《三国志·魏书·程昱传》裴松之注引《魏书》：“昱少时常梦上泰山，两手捧日。昱私异之，以语荀彧。及兖州反，赖昱得完三城。于是彧以昱梦白太祖（曹操）。太祖曰：‘卿当终为吾腹心。’昱本名立，太祖乃加其上‘日’，更名昱也。”“怀”，一作“悬”。

⑤ 这两句说，科场蹭蹬，已十年也；羞对贵官，发已白也。“献赋”，此处指献上文赋，即参加科举考试。“犹未遇”，犹未遇到主文柄者的赏识。钱起诗中，落第诗凡三见，“不遂青云望”，“对饮悲歌泪满襟”。“无媒献词赋”，“一回春至一伤心”。“羞将”句，是说头发已白，对着插着华簪的达官贵人，自觉惭愧。“华簪”，华贵的帽簪，比喻贵官。曲终奏雅，寓请求裴舍人援引之意。

长安落第[①]

花繁柳暗九门深[②]，对饮悲歌泪满襟[③]。数日莺花皆落羽[④]，一回春至一伤心[⑤]。

① 钱起系大历十才子之一，亦是热衷功名之人，就其科举事而言，集中落第诗有数首，看来他当时是郁郁未得其志的。此为该诗中的第三首。

②“花繁柳暗”，系春日长安明媚景致。“九门”，皇宫。

③“对饮”，相对而饮酒。对饮者同为下第人。

④“莺花”，莺啼花开之意，用以泛指春时景物。“落羽”，铩羽。加一“皆”字，言二人均落第也。

⑤ 春日系放榜日，一回春至一伤心，可见其也是屡试难第的。

省试湘灵鼓瑟[①]

善鼓云和瑟，常闻帝子灵[②]。冯夷空自舞，楚客不堪听[③]。苦调凄金石，清音入杳冥[④]。苍梧来怨慕，白芷动芳馨[⑤]。流水传潇浦，悲风过洞庭[⑥]。曲终人不见，江上数峰青[⑦]。

① 此诗系天宝九载（751）钱起应考的试帖诗，按规定须作五言六韵十二句（排律）。“省试”，指由尚书省礼部主持的考试。考中者方为进士及第。试帖诗，即应考者依题所作试卷。故须在试题前注明“省试”。“湘灵”，湘水之神，即传说中尧之女，即舜之妃娥皇和女英。

《楚辞·远游》："使湘灵鼓瑟兮，令海若舞冯夷。"试题即由此而来。明王世贞《艺苑卮言》评曰："凡省试诗，类鲜佳者，如钱起《湘灵》之诗，亿不得一。"

② 这两句点题，写湘灵善于鼓瑟。"鼓"，泛指弹奏乐器。"云和瑟"，云和山所产之木所做之瑟。《周礼·春官宗伯·大司乐》有"孤竹之管，云和之琴瑟"句。该山具体位置，现已不详。"瑟"，弹拨乐器（今有二十五弦）。 "帝子"，特指娥皇女英，即湘水之神，本文"湘灵"也。

③ 这两句写瑟曲曲调深沉哀婉。"冯（píng）夷"，河神名。"楚客"，指屈原，此处代指逐臣。

④ 这两句写瑟声的魅力。凄于金石，足见苦调之甚；音入天空，足见瑟声之清。"杳冥"，天空。

⑤ 这两句写瑟声感动神和物。舜帝之灵而怨慕，因瑟声也；白芷香草动芳馨，亦因瑟声也。"苍梧"，山名，又名九疑（今作九嶷）山。相传舜葬于苍梧之野。地在今湖南宁远县境。"白芷（zhǐ）"，香草名，夏开小白花。

⑥ 这两句写瑟声之感物。声随流水，传湘浦也；声入悲风，过洞庭也。"湘浦"，指湘水。"洞庭"，即洞庭湖。在今湖南省北部，长江南岸。

⑦ 这两句写听罢鼓瑟后的感受。曲终人不见，非女神而何？江上数峰青，非思恋瑟声而何？瑟声之魅力，非出神入化而何！此千古名句为钱起获得了极大的声誉，常为人所引用。这两句写音乐效应的诗，自是神来之笔，白居易《琵琶行》句"曲终收拨当心划，四弦一声如裂帛。东船西舫悄无言，唯见江心秋月白"，可引为同调。

韩 翃

韩翃，字君平，南阳（今河南沁阳附近）人，天宝末中进士第。曾充淄青和宣武节度使的幕僚。后官驾部郎中知制诰（负责起草皇帝诏书），终中书舍人。在大历十才子中，他与李益很是突出。韩翃集中送别诗竟占十之八九，最见圆熟。其诗兴致繁富，为时所称。《全唐诗》编其诗三卷。

送李中丞赴商州①

五马渭桥东，连嘶逐晓风②。当年紫髯将，他日黑头公③。
不异金吾宠，兼齐玉帐雄④。闭营春雪下，吹角暮山空⑤。
香麝松阴里，寒猿黛色中⑥。郡斋多赏事，好与故人同⑦。

①“李中丞”，或指李奂，其于乾元元年（758）至二年，为商州刺史、兴平军节度使兼御史中丞。中丞，御史台长官，专司对官吏的弹劾之职。“商州”，州名，因古为商於之地，故名。州治在上洛（今商洛市商州区）。

②“五马”，古代一乘为四马，《汉官仪》：汉时太守出行增加一马，为五马。后即以五马为太守的称谓。此处指李中丞，因其官阶与刺史（太守）同，故云。“渭桥”，唐时长安附近渭水上的桥。“逐”，一作“背”。

③“紫髯”，言其胡须之颜色。孙权称紫髯将，代指勇将李奂。“黑头”，即黑面，喻森严。中丞有弹劾之职，故称。

④“金吾”，仪仗棒。晋崔豹《古今注·舆服》：汉朝执金吾，金吾亦棒

也，以铜为之，黄金涂两末，谓为金吾。御史大夫，司隶校尉亦得执焉。“玉帐”，征战时主将所居的军帐。李中丞曾为将军，故云。这两句说是说，李中丞赴商州公干，与在御史台和将军任上同等荣耀。

⑤“角”，古乐器名。

⑥“香麝”，兽名，又名香獐。雄麝腹部香腺分泌出麝香。

⑦“赏”，玩赏。“好”，兴趣，爱好。

郎士元

郎士元，字君胄，中山（今河北定州）人。天宝十五载登进士第，宝应初，选畿县官。诏试中书，补渭南尉，历右拾遗，出为郢州刺史。与钱起齐名。《唐才子传》中说，郎、钱二人体调大抵相同，而郎比钱“稍更闲雅”。其赠别诗在当时较为有名。《全唐诗》编其诗一卷。

盩厔县郑礒宅送钱大[1]

暮蝉不可听，落叶岂堪闻。共是悲秋客，那知此路分[2]。

荒城背流水，远雁入寒云[3]。陶令门前菊，馀花可赠君[4]。

① 诗题一作《送别钱起》，又作《送友人别》。“盩厔”，县名。汉武帝时置，属右扶风。山曲曰盩，水曲曰厔。因山水之曲折而得名。今作“周至”，属陕西。

② 这四句写秋日送钱大。“悲秋客”，即词客。悲秋，对秋景而伤感。语出《楚辞》宋玉《九辩》：“悲哉秋之为气也，草木摇落兮而变衰。”作者与钱大（即钱起）俱是文人。

③“荒城”，指盩厔县城。

④“陶令”，陶渊明，陶曾任彭泽令，故称。此处借指郑礒。

长安逢故人[①]

数年音信断，不意在长安[②]。马上相逢久，人中欲认难[③]。一官今懒道，双鬓竟羞看。莫问生涯事，只应持钓竿[④]。

① 安史乱起，长安文人大量流亡，兵荒马乱数年后，亲朋旧友相见竟有不相识者。如李益《喜见外弟又言别》中所道：“问姓惊初见，称名忆旧容”，就是写出了丧乱后相逢如梦之情的，郎士元这首诗中既写出了相逢如梦的情感，也写出对宦情清冷之愤懑。

②“不意”句，言没想到能在长安见到老朋友。“不意”，意料之外。

③“人中”句，意谓在人群中相见恐怕也难以认出。

④ 这四句写见到故人后对自己境况的感慨。一官懒道，不足挂齿也；双鬓羞看，霜鬓渐繁也。莫问生事，事不如愿也；应持钓竿，无可奈何也。

黄甫冉

黄甫冉，字茂政，润州丹阳人，天宝十五载举进士第一，授无锡尉。历左金吾兵曹。大历初，官终右补阙。冉诗天机独得，远出情外。《全唐诗》编其诗二卷。

春思①

莺啼燕语报新年，马邑龙堆路几千②。家住层城临汉苑，心随明月到胡天③。机中锦字论长恨，楼上花枝笑独眠④。为问元戎窦车骑，何时返旆勒燕然⑤。

① 此诗写新春时，家住京城的妻子思念提剑救边之丈夫，盼其早日结束战事，立功归来。诗中内容，正是借汉以咏唐。

②“马邑”，县名，秦置马邑县，汉属雁门郡，地在今山西朔县境。汉时，汉与匈奴争夺此城。唐为郡名。“龙堆”，沙漠名。即白龙堆，地近玉门关，为古时通西域之交通要道。

③“层城”，因京城有内城外城，故以此指京华。“上苑”，汉苑名，此处指大明宫北之唐禁苑。“胡天”，指胡人尚在的马邑和龙堆。

④“机中”句，东晋列国时，窦滔为前秦苻坚秦州刺史，娶苏蕙。后窦滔又纳宠妾，镇襄阳，携妾同行。去后，断绝音问。苏蕙思滔，乃织锦为回文璇玑图诗赠滔，滔为感动，遂和好如初。璇玑图计八百馀字，纵横颠倒，皆成文意，有说可成诗二百馀首，有说可成数千首。“楼上”句，言其为何不在春花盛开时凭楼玩赏而黯然独眠。

⑤ 这两句是说，想问问军中元帅，何时可以凯旋。“窦车骑”，指东汉车骑将军窦宪。他曾大破匈奴，遂登燕然山，刻石纪功而还。“元戎”，军中主将。“返旆”，犹班师。“勒”，刻石。“燕然”，山名，即今蒙古杭爱山。

王之涣

王之涣（688—742），字季凌，并州（今山西省太原市及附近地区）人，官文安郡文安县（今属河北省）尉。《全唐诗》编其诗六首。

送别

杨柳东风树，青青夹御河①。近来攀折苦，应为别离多②。

①“御河”，此处指御沟，即流入宫内的河。“风”，一作“门”。

② 长安多柳，长安人常折柳送别，故云“攀折苦”，“别离多”。

高　拯

高拯，大历十三年登进士第。《全唐诗》编其诗一首。

及第后赠试官①

公子求贤未识真，欲将毛遂比常伦②。当时不及三千客，今日何如十九人③。

① 唐代宗大历十三年（778），高拯参加进士考试及第，试官（主考官）是薛邕。而在两年前，其应试时的试官仍是此人，却落第。于是在及第后，遂以此诗赠试官，非持感激之情，而怀愤懑之意，这在唐人诗作中甚是少见。是考试不公，还是高拯学识长进，以高拯看来，乃是前者。

② 这两句以战国时平原君作比，认为薛邕不识真才。“公子”，指赵国的平原君赵胜。其为赵相，善于招贤纳士，门下客多至三千人。“毛遂”，人名。系其门客之一。秦攻赵，赵使平原君求救于楚，在门客中挑选随行人员，要求文武兼备，毛遂自荐随往。谈判中，他见楚王犹豫不决，遂按剑逼楚王，慷慨陈词，迫使楚王同意赵楚“合纵”，共同抗秦。事成后平原君赞道：“毛先生以三寸之舌，强于百万之师。”遂以为上客。“常伦”，普通人。他曾弹铗慨叹食无鱼出无车无以为家，在自荐前，并未得到平原君的重视，故云。

③ 这两句仍以平原君门下士作比，写其对薛邕取士之不满。“当时”句，以毛遂作比，言自己上届应进士试时落榜，而主考官仍是薛邕。“三千客”，指平原君养士数量之多。而毛遂处于其中，默默无闻。“今日”句，言同榜进士二十人中，让主考官将自己与其他十九人做比较，自己的才华到底如何。语带怨讽之气。

顾　况

顾况（727—816），字逋翁，苏州盐亭（今浙江海盐）人。肃宗至德二载进士及第。曾任江南判官，著作郎。因嘲谑权贵而贬饶州司户。德宗贞元间，隐居茅山，以寿终。其诗质朴冲淡多反映现实之作。《全唐诗》编其诗四卷。

宫词五首[①]（选一首）

玉楼天半起笙歌，风送宫嫔笑语和[②]。月殿影开闻夜漏，水精帘卷近银河[③]。

① 所谓“宫词”，就是以宫廷生活为题材的诗。这首诗系《宫词五首》中的第二首，是写宫怨的，用玉楼笙歌、宫嫔笑语以对比主人公自己的冷落。

②“天半”，形容楼高。“宫嫔（pín）”，犹宫女。起笙歌，人喜我愁也；笑语和，人乐我忧也。

③“月殿”，指月宫。“闻夜漏”，此处指深夜。“漏”即宫漏，古代宫中计时器，用漏壶原理，故称漏。

⑤“水精帘”，形容质地精细而色泽莹澈的帘。闻夜漏，难以成眠也；看银河，百无聊赖也。

耿　沣

耿沣，字洪源，河东（治所在今山西永济）人。登宝应元年进士第，官右拾遗。工诗，与钱起、卢纶、司空曙诸人齐名。沣诗不深琢削，而风格自生。《全唐诗》编其诗三卷。

奉和元承杪秋忆终南旧居①

白玉郎仍少，羊车上路平②。秋风摇远草，旧业起高情③。乱树通秦苑，重原接杜城④。溪云随暮淡，野水带寒清。广树留峰翠，闲门响叶声。近樵应已烧⑤，多稼又新成。解佩从休沐，承家岂退耕。恭侯有遗躅，何事学泉明⑥。

① 这是作者奉和友人元承之作。“杪秋”，暮秋，阴历九月。杪，末尾，末端。“终南”，指终南山。

②“白玉郎”，言元承之颜色。“羊车”，吉祥之车。“羊”，通“祥”。

③“高情”，超逸之情。

④“杜城”，杜原之城。杜原在长安东南。

⑤“近樵”，因在终南山，便于樵采。“应已烧”，谓采用烧枝叶作底肥的耕作方法。

⑥“恭侯”，尊称元承之父祖。“躅（zhú）”，足迹。引申为事迹、门径。“泉明”，即晋代陶渊明。唐人避高祖李渊之讳，以“泉”代“渊”。如李商隐《隋宫》：“紫泉宫殿锁烟霞，欲取芜城作帝家。”亦是以“泉”代“渊”。

窦　牟

窦牟（749—822），字贻周，京兆（今陕西西安）人。贞元二年（786）进士及第。元和间，拜尚书虞部郎中，转洛阳令，都官郎中，出为泽州刺史，仕终国子司业。《全唐诗》编其诗二十一首。

晚过敷水驿却寄华州使院张郑二侍御①

春雨如烟又若丝，晓来昏处晚晴时。仙人掌上芙蓉沼②，柱史关西松柏祠③。几许岁华销道路，无穷王事系戎师④。回瞻二妙非吾侣⑤，日对三峰自有期⑥。

①“敷水驿”，在华州（州治在今渭南市华州区）城东三十里处。驿当两京官道。“使院”，唐节度使留后（官名）的官署。“侍御”，侍御史的简称。

②“仙人掌”，指华山东峰。“沼”，水池。“芙蓉沼”，在其峰之上。

③“柱史”，柱下史的简称，系周秦官名。相当于汉以后的御史。老子李耳曾为周柱下史，因以称老子。唐代侍御属御史台成员，相当于周时的柱下史。“关”，指潼关。“祠”，指老子祠。

④这两句是说，几多岁月都消耗在道路上，很多的公事都关系到军事。“王事”，为君王效劳的事，公事。

⑤“回瞻”，因使院在敷水驿西，华山在驿东，作者欲与张郑二人同游华山而未果，故曰“回瞻”。“二妙”，称同时以才艺著名的二人，此处指张郑二侍御。“侣”，同伴。

⑥“三峰”，指华岳三峰（东、南、西峰）。“期”，等候所约的人。这里指等待或盼望与张郑二侍御同游华山。

窦　巩

窦巩，字友封，京兆人。登元和进士第，历任侍御史、司勋员外、刑部郎中，又从元稹镇武昌。《全唐诗》编其诗三十九首。

汉阴驿与宇文十相遇旋归西川因以赠别①

吴蜀何年别，相逢汉水头②。望乡心共醉，握手泪先流③。
宿雾千山晓，春霖一夜愁④。离情方浩荡，莫说去刀州⑤。

①“汉阴”，唐县名，地在今陕南汉阴县。“旋”，顷刻，不久。“西川”，指蜀之西部，此处指益州。

②这两句先言昔别，再写今逢。“汉水头”，指汉阴驿。汉阴县城在汉水之南，水南为阴，故云。

③这两句言二人都是他乡之客。望乡心醉，思乡切也；握手泪流，友情深也。

④这两句写驿中所历所见。“宿雾”，昨夜之雾。“春霖”，春雨。

⑤“离情”，离别之情。“浩荡”，水势汹涌，壮阔貌。此处指离情多多。“刀州”，《晋书·王濬传》载，晋王濬夜梦悬三刀于卧室屋梁上，不久又益一刀，主簿李毅谓三刀为州字，又益一者为益州。后因以刀州为益州之代称。

卢　纶

卢纶（737—约 799），字允言，河中蒲（今山西永济）人。曾在河中任元帅府判官，官累检校户部郎中、监察御史。系“大历十才子”之一，诗多送别酬答之作。《全唐诗》编其诗五卷。

送夏侯校书归华阴别墅①

山前白鹤村，竹雪覆柴门。候客定为黍，务农因燎原②。乳冰悬暗井，莲石照晴轩③。贳酒邻里睦，曝衣场圃喧④。依然望君去，余性亦何昏⑤。

①“夏侯校书”，即夏侯审，时任校书郎。

②“黍”，黄米。此处指黄米饭。“燎原”，烧荒（为种地的一种耕作习惯）。

③“乳水”，即钟乳石。“暗井”，从崖缝中渗流出水的洞窟。“莲石”，指华山，华山亦称莲花山。

④“贳（shì）酒”，赊酒。贳，赊欠。“衣”，一作“禾”。

⑤“依然”，留恋的样子。“余性”句，言己之不明智。这两句露出羡慕之情。“亦”，一作“一”。

王　表

王表，代宗大历十四年登进士第，官至秘书少监。《全唐诗》编其诗三首。

清明日登城春望寄大夫使君①

春城闲望爱晴天，何处风光不眼前②。寒食花开千树雪，清明日出万家烟③。兴来促席唯同舍，醉后狂歌尽少年④。闻说莺啼却惆怅，诗成不见谢临川⑤。

①本篇是春望而寄给大夫使君的，"大夫"，古代官职，位于卿之下、士之上。"使君"，奉命出使者，即指该大夫某人。

②"春城"，指长安。韩翃《寒食》句"春城无处不飞花，寒食东风御柳斜"可徵。"不眼前"，即全在眼前。

③"寒食"，节令名。在清明前一日或二日。南朝梁宗懔《荆楚岁时记》："去冬节一百五日，即疾风甚雨，谓之寒食，禁火三日，造饧大麦粥。""烟"，清明节可以举火烹炊，烟指炊烟。

④"促席"，古人席地而坐，座位靠近叫促席，显示关系亲密。

⑤"谢临川"，指南朝宋诗人谢灵运，曾官临川内史。《宋书·谢灵运传》说他"文章之美，江左莫逮"。这里以谢灵运比之能诗的大夫使君。

李　益

李益（约 750—约 830），字君虞，陇西姑臧（今甘肃武威）人，大历四年（769）进士及第。初因仕途不畅，弃官游燕赵间，幽州刘济辟为从事。宪宗时，召为秘书少监，集贤殿学士，官至礼部尚书，有《李君虞诗集》。李益从军十八年，所作边塞诗在当时流传很广，既歌颂战士激昂慷慨、勇于牺牲之精神，也描写了久戍思乡者之忧伤，风格悲壮宛转，直类盛唐。其七绝可与王昌龄媲美，五古亦得李太白风味。《全唐诗》编其诗两卷。

宫怨①

露湿晴花春殿香，月明歌吹在昭阳②。似将海水添宫漏，共滴长门一夜长③。

① 本篇所写，是用了对比和夸张的手法，写出了宫怨。昭阳之幸，正见其所哀；长门不幸，正见其所怨。哀中有怨，怨中寓哀，收到了强烈的艺术效果。

②“春殿”，指昭阳殿。“歌吹”，歌声和鼓吹声。“昭阳”，殿名。汉武帝时后宫中有昭阳殿，成帝时赵飞燕居之，后多以此指皇后之宫。唐诗中通常也以此指得宠宫人之住地。

③“宫漏”，铜壶滴漏是古时计时之用具。大抵夜间加一次水，夜阑则漏尽。漏不尽则知夜未阑。宫中专用者称宫漏。“长门”，宫名。汉武帝陈皇后失宠后所居之宫。唐诗中通常也以此指失宠宫人之住地。似将

海水添宫漏，言长夜难明也；共滴长门一夜长，言夜永而人难寐也。

赋得路旁一株柳送邢校书赴延州使府[①]

路旁一株柳，此路向延州。延州在何处，此路起悠悠[②]。

①“延州”，府名。秦汉上郡高奴县地。隋改置延安郡，唐武德元年改延州，天宝元年改延安郡，乾元元年又改为延州。州治在今陕西省延安市宝塔区。“邢校书”，姓邢的校书郎。唐设此官以校雠文字典籍。“使府”，所使的官署。府，官署的通称。

②“悠悠”，遥远。“悠悠”，一作“边愁”。

李　端

李端（约734—785）字正己，赵州（今河北赵县）人。大历进士，为“大历十才子”之一。曾任秘书省校书郎、杭州司马。才思锐敏，一些诗也清丽深婉。《全唐诗》编其诗三卷。

赠郭驸马[①]

青春都尉最风流，二十功成便拜侯。金距斗鸡过上苑[②]，玉鞭骑马出长楸。熏香荀令偏怜少，傅粉何郎不解愁[③]。日暮吹箫杨柳陌，路人遥指凤凰楼[④]。

①郭子仪之子郭暧尚唐代宗女升平公主，贤明有才思，尤多招士，李端等才士多从暧游，暧进官，大宴，李端赋此诗最工，又顷刻而就，郭暧甚喜，一座叹赏。才子钱起曰：“此必端宿制，请以起姓为韵。”李端立献一章曰：“方塘似镜草芊芊，初月如钩未上弦。新开金埒看调马，旧赐铜山许铸钱。杨柳入楼吹玉笛，芙蓉出水妒花钿。今朝都尉如相顾，愿脱长裾学少年。”客惊伏。郭暧厚赐金帛，终身以荣。“郭驸马”，即郭暧，郭子仪第六子，官驸马都尉。

②“金距”，斗鸡时鸡爪所戴金属芒刺，用以刺伤对方的鸡。“上苑”，见黄甫冉《春思》注③。

③“荀令”，指汉代荀彧。曾为尚书令，故有是称。相传他的衣带有香气，所到之处，香经日不散，人称为令君香。后多用来指宰相大臣的风度神采。“怜”，爱。“傅粉何郎”，指郭暧。何郎，指三国时的何晏。娶魏公主，美姿仪，面至白，人以为施粉。“不解”，不知道。

④“凤凰楼”，指郭驸马的居处。

王　建

王建，字仲初，颍川（今河南许昌）人，大历中擢进士。初为渭南尉，再调昭应县丞，后官侍御史。大和中，出为陕州司马。又从军塞上，后归咸阳。工乐府歌行，格幽思远，简括爽利，与张籍齐名，为元、白“新乐府”之先导。所作宫词百首，亦为人所传诵。《全唐诗》编其诗六卷。

羽林行[①]

长安恶少出名字[②]，楼下劫商楼上醉。天明下直明光宫，散入五陵松柏中[③]。百回杀人身合死，赦书尚有收城功[④]。九衢一日消息定，乡吏籍中重改姓[⑤]。出来依旧属羽林，立在殿前射飞禽[⑥]。

①“羽林行”，乐府旧题名，属《杂曲歌辞》。羽林，即羽林军，皇帝卫军的名称。本篇写长安恶少入羽林军后之行径，揭露了当时政治之昏暗。

②“恶少”，有恶行的年轻者。“出名字”，著名，即恶名昭著。

③“明光宫”，汉宫名，在未央宫西，此处指代唐宫。“散入”句，意指其肆意抢劫的罪恶活动。“五陵”，汉代五位皇帝之陵墓，即高祖长陵、惠帝安陵、景帝阳陵、武帝茂陵、昭帝平陵。汉朝皇帝每立陵墓，都把四方富家豪族和外戚迁至陵墓附近居住，后遂以五陵为豪门贵族聚居之地。“下直”，即下班。“直”，同“值”。“明光宫”，汉宫名。此系借用。这两句是说，这些恶少天明从皇宫下值后，即散入五陵家中。“散”，分散，可见恶少恐非个别。“散入五陵”，可见这些人出身于客豪权贵之家。

④“身合死”，以法当死。“赦书”，免罪的文书。“收城功”，言其有攻城野战之功。这两句是说，对恶少们屡犯杀人之罪本应处死，但朝廷竟将其赦免。

⑤“九衢”，指长安城内的各条大街，此处代指京城。“消息”，指赦免恶少之罪的消息。“重改姓”，两次改姓。恶少犯死罪后，未收监，而是

暂避乡间，改姓名以避风头。而遇赦后，乡吏在人口簿籍中又将本姓名改了回来。

⑥ 这两句言恶少遇赦后还在羽林军，有恃而无恐。“射飞禽”，射皇宫之鸟。见其得宠骄纵之态。

赠华州郑大夫[①]

此官出入凤池头[②]，通化门前第一州[③]。少华山云当驿起，小敷溪水入城流[④]。空闲地内人初满，词讼牌前草渐稠[⑤]。报状拆开知足雨，赦书宣过喜无囚[⑥]。自来不说双旌贵，恐替长教百姓愁[⑦]。公退晚凉无一事，步行携客上南楼[⑧]。

① 本篇是赠御史大夫郑权的。其时郑权以谏议大夫头衔出任华州刺史。

②“凤池”，即太液池，也称凤凰池，在大明宫内，门下省与中书省也在其侧。左、右谏议大夫，分别属于门下省和中书省官员。“华州”，州名。在长安东，州治在郑县（今陕西省渭南市华州区）。

③“通化门”，唐长安城东门有三，最北为通化门（南为延兴门，中为春明门）。“第一州”，指华州。华州位于长安东不足二百里，是长安之东第一州，故云。

④ 这两句写华州风物。少华山，在华州境内，华山之西，以别于华山（太华），故曰少华。“驿”，指驿馆，即敷水驿。“小敷”，华州有罗敷河，河有东西两源，东为大敷，西为小敷，小敷流经州治所在的郑县。“城”，指华州城。

⑤ 这两句写因处理得当而讼事渐息。“空闲地”，指驿内空闲之地。“人

初满”，言开初诉讼之人多也。“词讼牌”，提交词讼的标志牌。“草渐稠”，此乃夸张之写法，言踩踏之人渐少而草渐稠，意谓诉讼之人渐少也。

⑥“报状”，即邸报，汉唐时地方长官于京师设邸，邸中传抄诏令奏章等，以报于诸藩，故称邸报。“赦书”，免罪的文书。“宣”，宣读。

⑦“双旌”，即“双旌节”。唐制，节度使初授，具帑抹兵仗诣兵部辞见。辞日，赐双旌双节，行则建节，树六纛。郑权曾以山南东道节度使领襄州刺史，此次又以镇国节度使领华州刺史，故以双旌称之。“恐替”句，意为华州百姓担心郑大夫调离而发愁，言其深孚民望。“替”，改变。

⑧“公退”，指郑大夫当日公事已毕。“公”，对郑大夫的尊称。“公退”句，一作“吏散月高衙府静”。

宋氏五女[①]

五女誓终养，贞孝内自持[②]。兔丝自萦纡，不上青松枝[③]。晨昏在亲傍，闲则读书诗。自得圣人心，不因儒者知[④]。少年绝音华，贵绝父母词[⑤]。素钗垂两髦，短窄古时衣。行成闻四方，征诏环珮随[⑥]。同时入皇宫，联影步玉墀[⑦]。乡中尚其风，重为修茅茨[⑧]。圣朝有良史[⑨]，将此为女师。

① 题下原有注云：“贝州宋处士若芬（愚按：“若”，当作“廷”）五女：若华、若昭、若伦、若宪、若茵（一作荀）。”《唐诗纪事》云，此五女皆警慧。“若昭文尤高。皆性素洁，鄙薰泽靓妆，不愿归人（嫁

人），欲以学名家。家亦不欲与寒乡凡裔为姻对。贞元中，昭义节度使李抱真表其才，德宗召入禁中，试文章并问经史大义，帝咨美，悉留宫中。帝能诗，每与词臣赓和，五人者皆预。又高其风操，不以妾侍命之，呼学士。自贞元七年，秘禁图籍，诏若华总领。元和末卒。后穆宗拜若昭尚宫，嗣其秩。历穆、敬、文三朝，皆呼先生。若宪文宗时以谗死。伦、荀早卒。廷芬男独愚，不可教，为民终身。”

②“终养”，奉养年老的亲人以终其天年。“贞孝”，贞节孝顺。

③“兔丝”，一作“菟丝”，药草名，俗名菟丝子。蔓生，茎细长，常缠络于其他植物上，以盘状吸根，吸取其他植物养分而生。

④“圣人”，指孔子。圣人心，指儒家学说。

⑤“音华”，指声音、妆容。“贵绝”句，指其终养之词。

⑥“行成”，言其学问炼成。“征诏”，皇帝征聘。“环珮”，佩玉。多指妇女佩的饰物。

⑦“玉墀”，铺砌玉石的台阶，此处指皇宫。

⑧“茅茨”，茅草屋顶，指简陋的房舍。

⑨“圣朝”，封建时代称当代王朝。“良史”，优秀的史官，纪事信而有徵者。

昭应李郎中见贻佳作次韵奉酬①

窗户风凉四面开，陶公爱晚上高台②。中庭不热青山入③，野水初晴白鸟来。精思道心缘境熟，粗疏文字见诗回④。诸生围绕新篇读，玉阙仙官少此才⑤。

①“昭应”，县名，地在今西安市临潼区。“李郎中”，名不详。郎中，官名，为六部下属诸司之长。“贻”，赠。

②“陶公”，东晋陶渊明，此处借指李郎中。

③“青山”，指骊山。

④“道心”，悟道之心。“粗疏文字”，即作者谦称写给李郎中的文字。“见诗回”，见到李郎中所贻之诗。

⑤“诸生”，众儒生。“新篇”，指李郎中所赠作者之诗。“玉阙”，指皇宫，六部在宫中，故云。“仙官”，对李郎中的美称。

权德舆

权德舆（759—818），字载之，秦州（今甘肃天水）人，以文章进身。德宗朝官至中书舍人，宪宗初为兵部侍郎，太子宾客，元和间官礼部尚书，同中书门下平章事。其诗工古调乐府，雅正赡缛，有的绝似盛唐。《全唐诗》编其诗十卷。

送商州杜中丞赴任①

安康地里接商於②，帝命专城总赋舆③。夕拜忽辞青琐闼，晨装独奉紫泥书④。深山古驿分驺骑，芳草闲云逐隼旟⑤。绮皓清风千古在，因君一为谢岩居⑥。

① 这是送杜中丞赴安康刺史任之作。“中丞”，官名。御史台之长。

②“安康”，此处指安康郡，即金州（治在今陕西安康市汉滨区）“商於”，古道名，秦汉称“武关道”，唐时称“商山道”。自今陕西商洛市商州区至河南内乡一带，计六百里。金州在商州西南，两州接壤，故曰“接商於”。

③“专城”，指主宰一城的州牧、太守等地方长官。杜赴刺史任，故云。“总赋舆”，统掌军政大权。“赋舆”，古以田赋出兵，故称兵车为赋舆。亦用以泛指军事。

④“拜”，授官。“清琐闼”，即青琐门。宫门刻为连琐文而以青色饰之，故称青琐门。闼，宫中小门。“奉”，恭敬地捧着，拿着。“紫泥书”，古人书信用泥封，泥上盖印。皇帝诏书用紫泥。

⑤“驺骑”，主驾车马的骑从。“分”，指二人分手。“芳草闲云”，作者自比。“隼旟（yú）”，绘有鸟隼的旌旗。隼，鸟名，凶猛善飞。即鹗。

⑥“绮皓”，美盛广大。“清风”，清廉之风。“谢”，辞却，即告别。“岩居”，“岩居穴处”的缩语，谓隐居生活。

杨巨源

杨巨源（755—?），字景山，河中（治所在今山西永济）人。贞元五年（789）擢进士第。初为张弘靖从事，拜虞部员外郎。后迁太常博士、国子祭酒。大和中，为河中少尹、礼部郎中，出为凤翔少尹，复召除国子司业。其七言诗平远深细，是中唐高手。《全唐诗》编其诗一卷。

寄昭应王丞[①]

武皇金辂辗香尘，每岁朝元及此辰[②]。光动泉心初浴日，气蒸山腹总成春[③]。讴歌已入云韶曲，词赋方归侍从臣[④]。瑞霭朝朝犹望幸，天教赤县有诗人[⑤]。

① 此诗是寄给昭应县丞王建的。“昭应”，见王建《昭应李郎中见贻佳作次韵奉酬》注①。

② 这两句是说唐玄宗每岁去骊山祭祀玄元皇帝李聃。“武皇”，本指汉武帝，这里代指唐玄宗。“辗”，同“碾”。“朝元”，道教徒礼拜神仙谓朝元。“及此辰”，在这个日子。

③ 这两句写旭日初升时骊山的景象。“泉”，指华清池。“浴日”，指旭日初升，光影与水流上下为浴日。“气”，指温汤华清池之蒸气。

④ 这两句说玄宗写温泉的诗已被乐入歌，其诗从臣奉和。“讴歌”，指玄宗的《温汤对雪》诗已谱曲入乐。“云韶曲”，指燕乐，即有别于雅乐的用以宴饮娱乐的俗乐，也称“宴乐”。

⑤ 末两句盼望玄宗去朝元祭祀。“望幸”，希望皇帝亲临。“赤县”，唐制，县有赤、畿、望、紧、上、中、下七等之差，凡县治设在京师内者称赤县（如长安、万年县），昭应县治距京师几十里，属次赤，故云赤县。“诗人”，指县丞王建。

赋得灞岸柳留辞郑员外[①]

杨柳含烟灞岸春，年年攀折为行人[②]。好风倘借低枝便，莫遣青丝扫路尘[③]。

①“灞”，指长安城东自南向北入渭的灞河。其地多植垂柳，“灞柳风雪（柳絮）扑满面”后来更成为关中八景之一。

②“杨柳含烟”，此系杨柳在暮春时所见之景色。“年年”句，长安送客，至于灞桥而折柳赠别，自汉至唐，相因成俗。“折柳”遂也成为送别之词。

③“莫遣”句，留辞郑员外。“遣”，使，令。“青丝”，柳树枝条。“扫路尘”，语双关，既言枝低，人易攀折；又言枝低弱柳扶风，可扫路尘也。

寄中书同年舍人①

晴明紫阁最高峰，仙掖开帘范彦龙②。五色天书词焕烂，九华春殿语从容③。彩毫应染炉烟细，清珮仍含玉漏重④。二十年前同日喜，碧霄何路得相逢⑤。

① 此诗是寄给中书舍人——同年登进士第的范彦龙的。杨与范于德宗贞元五年擢进士第，以“二十年”而言，此诗当写在宪宗元和初。“中书舍人”，官名。是中书省的属官，西晋初设置，历代名称和职务不尽相同。唐代管诏令、侍从、宣旨、接纳上奏文表等。

②“紫阁”，唐开元间改中书省为紫微省。范彦龙任职中书省，故云。“掖”，此处指掖省。唐代门下、中书两省在宫中左右掖，故称门下为左掖、左省，中书为右掖、右省。

③“五色”，此指五色笔，比喻文才。“天书”，帝王的诏敕。“焕烂”，光耀灿烂。“九华春殿”，即九华殿，汉代掖庭中殿名。此处代指唐

宫殿。

④“彩毫”，彩笔。能打动人主之笔，与杜甫“彩笔昔曾干气象”同义。“炉烟”，熏炉中的香烟。熏炉用以熏香或取暖。“珮”，玉珮。佩戴的饰物。“玉漏重”，指深夜。漏，古时计时之具。这句写其劳作至深夜。

⑤“同日喜”，指同榜进士。“碧霄”，天空。指范彦龙身在皇帝身边的中书省。

元日呈李逢吉舍人①

华夷文物贺新年，霜仗遥排凤阙前②。一片彩霞迎曙日，万条红烛动春天③。称觞山色和元气，端冕炉香叠瑞烟④。共说正初当圣泽，试过西掖问群贤⑤。

① 这首诗是元日早朝后写给李逢吉的。李逢吉后来官居宰相，当时尚为中书舍人。“元旦”，正月初一。

②“凤阙”，指含元殿前的栖凤阁和翔鸾阁。

③ 这两句写早朝时天尚拂晓，故殿上有很多红烛。

④“称觞”，举杯祝酒。“山色”，指皇帝。因臣下祝其“寿比南山”，故云。“炉香”，熏炉熏香之烟。

⑤“正初”，正月初一。“圣泽”，皇帝的恩泽。“西掖”，中书省的别称。

成辅端

成辅端，德宗时优人，被指诽谤国政，令决杀之。言者以为托诙谐讽谏，不可加罪，帝悔焉。《全唐诗》收其诗一首。

戏语[①]

秦地城池二百年，何期如此贱田园[②]。一顷麦苗硕伍米，三间堂屋二千钱[③]。

① 此优人之戏语。《旧唐书·李实传》云：德宗朝，宗室李实谄事礼部尚书李齐运，便升至京兆尹司农卿，他恃宠聚敛，以给进奉。贞元十九年（803）春，关中大旱，京畿乏食，可李实竟置民命于不顾，依然聚敛征求。每奏对，常言“今年虽旱，而谷甚好”，由是租税皆不免，百姓苦不堪言，有的竟至贱卖房屋青苗，成辅端遂作戏语以纪此惨状，反映民之疾苦。如此者数十篇。李实大怒，言于帝，成辅端陷此文字狱而被杀。

② 这两句言贱卖田园，可见人穷无奈也。“秦地城池”，指京兆之地。

③ 这两句言青苗房屋低价贱卖，更是赋敛之毒也。“硕”，通“石”，古时也称容量单位石为硕。愚按：容量单位“石”，在唐代读音仍为shí。唐代中叶诗人韩翃《陪孟都督察祭岳途中有赠》可证：“封疆七百里，禄秩二千石。拥节祠太山，寒天霜草白。”直到清乾隆年间，此音亦仍其旧，袁枚《随园诗话》补遗卷五载，时人张九钺登采石太白楼作歌，中有两联云：“乾坤浩荡日月白，中有斯人容不得。空播骏马五花裘，调笑风尘二千石。”后来其读音转化为dàn。

韩 愈

韩愈（768—824），字退之，河南河阳（今河南孟州）人。他常据先世郡望自谓昌黎人，世称韩昌黎。德宗贞元间中进士，才高，又好直言，屡被出贬。初为监察御史，上疏极论时事，贬阳山令，宪宗元和中，随裴度讨淮西，以功迁刑部侍郎。元和十四年（819），宪宗遣使迎佛骨入禁中，他上表极谏，触怒宪宗，被贬为潮州刺史。穆宗时官至吏部侍郎，故后世称韩吏部。与柳宗元同为古文运动倡导者，其散文被列为唐宋八大家之首。其诗豪放，不避粗险，驱驾气势，若掀雷挟电，撑抉于天地之间，在李杜之后，创建了新的流派。《全唐诗》编其诗十卷。

石鼓歌①

张生手持石鼓文②，劝我试作石鼓歌。少陵无人谪仙死③，才薄将奈石鼓何。周纲凌迟四海沸④，宣王愤起挥天戈⑤。大开明堂受朝贺，诸侯剑佩鸣相磨⑥。蒐于岐阳骋雄俊，万里禽兽皆遮罗⑦。镌功勒成告万世，凿石作鼓隳嵯峨⑧。从臣才艺咸第一，拣选撰刻留山阿⑨。雨淋日炙野火燎，鬼物守护烦抝呵⑩。公从何处得纸本，毫发尽备无差讹。辞严义密读难晓，字体不类隶与科。年深岂免有缺画，快剑斫断生蛟鼍⑪。鸾翔凤翥众仙下，珊瑚碧树交枝柯。金绳铁索锁钮壮，古鼎跃水龙腾梭⑫。陋儒编诗不收入，二雅褊迫无委蛇。孔子西行不到秦，掎摭星宿遗羲娥[13]。嗟余好古生苦晚，对此涕泪双滂沱。忆昔初蒙博士征，其年始改称元和[14]。故人从军在右辅，为我度量掘臼科[15]。濯冠沐浴告祭酒，如此至宝存岂多[16]。毡包席裹可立致，十鼓只载数骆驼[17]。荐诸太庙比郜鼎，光价岂止百倍过[18]。圣恩若许留太学，诸生讲解得切磋。观经鸿都尚填咽，坐见举国来奔波[19]。剜苔剔藓露节角，安置妥帖平不颇。大厦深檐与盖覆，经历久远期无佗[20]。中朝大官老于事，讵肯感激徒媕婀[21]。牧童敲火牛砺角，谁复著手为摩挲。日销月铄就埋没，六年西顾空吟哦[22]。羲之俗书趁姿媚，数纸尚可博白鹅[23]。继周八代争战罢，无人收拾理则那。方今太平日无事，柄任儒术崇丘轲。安能以此上论列，愿借辩口如悬河[24]。石鼓之歌止于此，呜呼吾意其蹉跎[25]。

① 欧阳修《集古录》云：石鼓在岐阳，初不见称于世，至唐人始盛称之。而韦应物以为周文王之鼓，至宣王刻诗尔。韩退之以为宣王之鼓。而据近人考证，鼓出于宝鸡市区南之三畤原（今名石鼓岭），为秦刻石。

② 张生，旧注以为是张籍，而据今人钱仲联先生考证，张籍时不在东都，此张生当是张彻。本年韩诗《李花》有“夜饮张彻投卢仝”句可证。石鼓文是我国最早的石刻文字，刻于十块鼓形石上，内容记述（与诸侯）狩猎情状，文为大篆，即籀文。其物今藏北京故宫博物院。

③“少陵”，汉宣帝许后之陵，因规模比汉宣帝杜陵小，故名。在长安南，其地因称少陵或少陵原。杜甫祖居杜陵，困顿长安十年间，又在

此居住，故自号少陵野老。故后世以“少陵”称杜甫。“谪仙”，谪居世间的仙人，指李白。唐贺知章于紫极宫一见李白，呼为“谪仙人”。

④ 这句说，因宣王之父厉王的虐政，致使“国人暴动”，他狼狈逃窜。“陵迟”，衰败。“沸”，荡。

⑤ 这句说周宣王即位，重整军旅，对淮夷、猃（xiǎn）狁等用兵事。“挥天戈”，指天子用兵。

⑥ 这两句说朝贺宣王的诸侯很多。“明堂”，古代帝王宣明政教的地方。“诸侯”句，言朝贺的诸侯很多，使得剑佩相摩擦而发出声响。“剑佩”，剑上的玉饰。

⑦ 这两句言宣王于岐阳田猎。“蒐（sōu）于岐阳”，打猎于岐山之阳。《诗经·小雅·车攻》：“我车既攻，我马既同。”《诗序》以为宣王诸侯田猎之作。据前人分析，宣王会猎诸侯含有震慑之意。而此八字又与石鼓文起句相同，韩愈诗或以此为根据。蒐，打猎。岐阳，岐山之南。“遮罗”，拦捕。

⑧ 这两句说与诸侯田猎功绩刻在石鼓之上，以示不朽。“镌”“勒”，俱是刻石。“隳（huī）嵯峨”，言石鼓是由巨石雕琢而成，所以采石毁坏了高山。隳，毁坏。嵯峨，山势高峻。

⑨ 这两句说石鼓是作在山中曲处。“山阿”，山中曲处。

⑩ 这两句说石鼓虽经雨淋日炙火燎而不至于毁坏，是由于鬼神之守护。“㧑呵”，意思是不令他物侵犯。㧑，通“挥”。呵，大声谴责。

⑪ 这六句是说张生的石鼓文拓片的。“公”，指张生。纸本完善，无错讹也。辞严义密，读难晓也；字体特殊，非隶非蝌也；年深日久，缺画难免也；字体生动，缺画之字亦如剑斩蛟龙也。“辞义严密”，指拓本文字庄严，义理精密。“隶”，隶书。“科”，通“蝌”，蝌蚪文。古代作书，以刀刻或漆书于竹简木牍之上，以漆书写，下笔时漆多，收尾

漆少，故笔画多头大尾小，形如蝌蚪，故名。石鼓文所用文字为大篆，即籀（zhòu）文，古书中所谓蝌蚪文，常指籀文。“缺画”，笔画残缺。“蛟鼍（tuó）”，犹蛟龙，因押韵而用鼍字。

⑫这四句是状石鼓文字的。字体活泼，犹鸾凤飞翔众仙而下也；字体交错，犹珊瑚碧树枝柯扶疏也。字体壮美劲韧，犹如金绳铁索锁钮壮也；字体变化莫测，犹如古鼎跃水龙腾梭也。“翥”，飞也。“锁钮”，喻石鼓文之结构如锁钮般勾连。“古鼎跃水”，相传周显王九鼎沦没于泗水，秦时派人入水而求之，龙咬断铁索而不得出（《水经注·泗水》）。“龙腾梭”，《晋书·陶侃传》载，侃少时，渔于雷泽，网得一织梭，以挂于壁，有倾雷雨，自化为龙而去。此句形容石鼓文字体变化莫测。

⑬这四句是申明石鼓文内容辞严义密，遗憾其未能收入《诗经》。“诗”，指《诗经》。“二雅”，指《诗经》中的《大雅》和《小雅》。“二雅”中有多首歌颂周宣王的诗，石鼓文也是称颂周宣王功业的，却未被收入“二雅”。故前两句是韩愈讥讽陋儒的目光短浅。“褊迫”，狭小。“委蛇（yí）”，雍容自得貌。“秦”，石鼓于唐初在天兴（今陕西宝鸡）渭河南岸的三畤原出土，其地春秋时属秦。“掎摭”（jǐ zhí），采取。“星宿”，泛指列星。“羲娥”，指羲和（为太阳驾车者）与嫦娥（成仙奔月宫者），代指太阳与月亮。这两句意思说，孔子西行未到达秦国，等于拾了星星而丢掉了日月。后两句说了自己的感慨。

⑭以下二十句自述己见。“好古”，爱好古代文化。“生苦晚”，苦于出生太晚。“此”，指石鼓文。“滂沱”，大雨貌，这里指涕泪交流。“忆昔”两句，言自己于元和元年任国子监博士。“蒙”，蒙受。“博士”，即国子监博士之省称。“元和”，唐宪宗年号。

⑮“故人”两句，是说故人为其出土了石鼓。“故人”，名不详。“右

辅”，即右扶风。《三辅黄图》谓，汉武帝时以京兆尹、左冯翊、右扶风为三辅。三辅所辖地约当今陕西中部（关中）。唐时犹沿袭此称。右扶风即凤翔府（今属陕西），“从军在右辅”，指在凤翔节度府从事。“度量”，计划，设计。“掘臼科”，挖掘埋放石鼓的坑穴。臼科，坑穴，指埋放石鼓之处。

⑯“濯冠”两句，是说所出土石鼓之可贵。“濯冠沐浴”，见敬畏也。“祭酒”，唐国子监之主管官员，时任此职者为郑馀庆。“至宝”，至为贵重之宝物。“存岂多”，保存岂能算多。

⑰“毡包”两句，是说石鼓迁运方便。“立致”，立即得到。

⑱“荐诸”两句，是说将石鼓荐之于太庙，其声价高出郜鼎的百倍还要多。“荐”，进献。“太庙”，皇家祠堂。“郜鼎”，《左传·桓公二年》：“四月，取郜大鼎于宋。戊申，纳于太庙。”此处将石鼓比作可献于太庙的文物。“光价”，犹声价。

⑲“圣恩”四句，是说若将石鼓留于太学（国子监），将会有全国人为之奔波。“太学”，古代的大学，属国子监。“切磋”，钻研，此处指对石鼓文的钻研。“观经鸿都”，东汉灵帝光和元年（178），置鸿都门学士。鸿都门是藏书之所。又，灵帝熹平四年（175），蔡邕奏请正定六经文字，并将经文刻成石碑文字，立于太学门外，即熹平石经。每天观看摹写者众多，十分拥挤。“填咽”，阻塞。“坐”，遂，即将。

⑳“剜苔”四句，是说清理安置石鼓事。“剜”，（用刀子）挖。“剔”，剔除。“节角”，指石鼓文字笔画的棱角。“不颇”，不偏斜。“期无佗”，希望石鼓不发生意外。“佗（tuó）”，同“他”。

㉑“中朝”两句，是说自己将石鼓置之太庙的建议未被当权者采纳。“中朝”，即朝中。“老于事”，实指老于世故，语含讥讽。“讵肯”，岂肯。“感激”，感动激发。“媕（ān）婀”，无主见。

㉒ 以上诸句是感叹石鼓之失所。“牧童”四句，言石鼓被弃荒野。“敲火”，敲石取火，指石鼓被牧童随便敲击损坏。“砺”，磨。“著手”，用手。“摩挲”，常指对文物古玩的抚摩，表示爱惜之意。“铄(shuò)”，熔毁。“就”，趋向，归于。“六年”，此诗作于石鼓出土后之第六年，即元和六年（811）。“西顾”，石鼓出土在岐阳，位于长安之西，故曰“西顾”。“空吟哦”，空费心思之意。

㉓“羲之”两句，一说（比如清代沈德潜）俗书相对古书（篆史）而言，俗乃时俗之俗，而非俚俗之俗，所以并无贬羲之书法之意。但就韩愈对石鼓文字的推崇来看，王羲之的书法自然会被认为是俗了。细味下文“趁姿媚”和“博白鹅”，可见其对王羲之的书法追求柔媚姿态和以字换鹅的做法实有微词。“数纸”句，是说王羲之爱鹅，曾以“数纸”写了《道德经》，去换取山阴道士的白鹅。（事见《晋书·王羲之传》）“博”，取得。

㉔ 这六句，对石鼓现状鸣不平。“继周八代”，指周朝以后的八个朝代，一说即秦、汉、魏、晋、北魏、齐、周、隋，一说汉、魏、晋、宋、齐、梁、陈、隋。这里意指秦以来诸朝。“收拾”，指将石鼓收集保存。“则那”，又怎奈何。“柄任”，指重用儒学之士。柄，权柄。任，任用。“崇丘轲”，尊崇孔丘、孟轲。“论列”，议论，建议。“悬河”，比喻有辩才，善于辞令。《晋书·郭象传》：“太尉王衍每云，听（郭）象语如悬河泻水，注而不竭。”

㉕ 结尾两句，又重申保护石鼓之意。“其”，将。“蹉跎”，本指岁月虚度，此处是白费心思之叹。与前文“空吟哦”相照应。

和武相公早春闻莺[①]

早晚飞来入锦城，谁人教解百般鸣[②]。春风红树惊眠处，似妒歌童作艳声[③]。

①“武相公”，即武元衡，因其在宪宗朝任门下侍郎平章事，行宰相事。汉魏以来，拜相者必封公，故称相公。“早春闻莺”，武元衡出任剑南节度使时，曾作《春晓闻莺》：“寥寥兰台晓梦惊，绿林残月思孤莺。犹疑蜀魄千年恨。化作冤禽万啭声。”韩愈的和诗即指此。“和(hè)”，依照别人诗词的题材和体裁做诗词。

②“锦城”，指成都。武元衡曾任剑南西川节度使，领蜀七年，驻节成都。“教解”，使其晓悟，理解。

③“红树”，春日著红花之树。“艳声”，指黄莺鸣声动听。

游太平公主山庄[①]

公主当年欲占春，故将台榭押城闉[②]。欲知前面花多少，直到南山不属人[③]。

①“太平公主”，唐高宗女，武则天所生。野心勃勃，武则天常谓“类我”。因其拥立中宗、睿宗有功，权震朝野。时宰相七人，五人出其门下。先天二年，谋废新立皇帝李隆基（即玄宗），事败被赐死。其山庄亦由朝廷分赐予宁、申、岐、薛四王。韩愈所游，乃其故地。“山庄”，在城东。其园林更是从城东向东南一直延伸到白鹿原一

带，盛极一时，皇帝及一些重臣亦曾去游览。“台榭”，指其城东山庄。

②“押城闉（yīn）”，逼近城垣。押，逼近。闉，古代瓮城的门。

③“直到南山不属人”，南山，即终南山，在长安南五十里。白鹿原亦高如山，故此为泛指。由“城闉”到南山，可见其田园之大。《新唐书·诸帝公主传》载，太平公主“田园遍近甸，皆上腴”。太平公主权倾一时，物占一时，权倾者身败名裂，物占者又能几何，读此诗，可令弄权贪腐者束手。

听颖师弹琴①

昵昵儿女语，恩怨相尔汝②。划然变轩昂，勇士赴敌场③。浮云柳絮无根蒂，天地阔远随飞扬④。喧啾百鸟群，忽见孤凤皇⑤。跻攀分寸不可上，失势一落千丈强⑥。嗟余有两耳，未省听丝篁⑦。自闻颖师弹，起坐在一旁⑧。推手遽止之，湿衣泪滂滂⑨。颖乎尔诚能，无以冰炭置我肠⑩！

①“颖师”，当时长安的一位僧人，善弹琴。从诗中“湿衣泪滂滂”来看，作者很可能听琴时触景生情，联想到自己政治上的遭遇，因言致谴，才高难容，故心中积郁不平，听琴而有此感慨，所谓别有怀抱也。而诗中摹写琴声之玄妙，直是神品。难怪清人方扶南将其与李贺《李凭箜篌引》、白居易《琵琶行》共推为“摹写声音之至文”。

② 这两句写琴声起初时轻柔而细碎。轻柔如小儿女昵昵而语，细碎如小儿女互说恩怨。“昵昵”，亲切，亲密。“尔汝”，指彼此亲昵，不拘

形迹。

③ 这两句写琴声轩昂而激越，如勇士杀敌。

④ 这两句写琴声又变得漫远悠长，如浮云柳絮。

⑤ 这两句写琴声在细碎之中突然清亮，如鸟中鸣凤。

⑥ 这两句写琴声的抑扬起伏。“跻”“攀”，登攀。

⑦“嗟余”以下写作者听琴的深切感受。“省（xǐng）”，懂，知。“丝篁”，犹言丝竹。弦乐器和竹管乐器。“未省”句，言自己不懂音乐。

⑧“起坐”，忽起忽坐，意即为琴声所感动，站也不是，坐也不是。

⑨ 这两句说自己受不了琴声所带来感情上的强烈刺激，于是推手制止，不忍卒听。“滂滂”，流淌貌。

⑩ 这两句渲染了颖师琴技的高超。“冰炭置我肠”，《庄子·内篇·人间世》：“事若成，则必有阴阳之患。”郭象注云：“人患虽去，然喜惧战于胸中，固已结冰炭于五脏矣。”同时将冰和炭投入听者的胸中，使人难以经受这种感情上的剧烈波动。此处形容自己被琴声感染的强烈艺术效果。

调张籍①

李杜文章在，光焰万丈长②。不知群儿愚，那用故谤伤③。
蚍蜉撼大树，可笑不自量④！伊我生其后，举颈遥相望⑤。
夜梦多见之，昼思反微茫⑥。徒观斧凿痕，不瞩治水航⑦。
想当施手时，巨刃摩天扬。垠崖划崩豁，乾坤摆雷硠⑧。
唯此两夫子，家居率荒凉⑨。帝欲长吟哦，故遣起且僵⑩。
翦翎送笼中，使看百鸟翔⑪。平生千万篇，金薤垂琳琅⑫。

仙官敕六丁，雷电下取将[13]。流落人间者，太山一毫芒[14]。
我愿生两翅，捕逐出八荒[15]。精诚忽交通，百怪入我肠。
刺手拔鲸牙，举瓢酌天浆。腾身跨汗漫，不著织女襄[16]。
顾语地上友，经营无太忙[17]。乞君飞霞佩，与我高颉颃[18]。

① 韩愈这首诗对李白和杜甫的诗歌成就作出了高度的评价，表现出强烈的倾慕之情。“调”，调侃、戏谑。“张籍”，字文昌。韩愈诗友。

② 这两句对李杜诗歌推崇备至。李杜齐名，当时已有人提出，然而杜成大名较晚，至中唐元和间方广为人知。韩愈对杜极为推重。

③ 这两句说没料到李杜诗歌竟被愚蠢的群儿谤伤。“群儿”，指轻薄之辈。“那用”，犹言因何。“故”，有意地。

④“蚍蜉”，大蚂蚁。

⑤“伊”，发语词。“举颈”句，言崇仰之甚也。

⑥ 这两句说只好在梦中瞻仰李杜的风采，白天回忆，反觉渺茫。

⑦ 这两句说李杜诗歌如同大禹治水时开山劈岭一样，虽有迹可寻，却无法想象当初是如何写出来的。

⑧ 这四句意谓李杜诗歌创作气势恢宏，如同大禹挥动摩天之巨斧，开山劈岭，天地震动。“划”，截裂。“垠”，边际、界限。“乾坤”，天地。“摆”，拨开。“雷硠（láng）”，山崩声。

⑨ 这两句说李杜一生陷入穷困之中。“二夫子”，指李杜，夫子是对男子的尊称。“率”，皆、都。

⑩ 这两句说天帝欲使他们长久地歌吟，故意造成他们升沉无定的命运。

⑪ 这两句承上，以鸟剪翎而送笼中喻李杜的困境，以笼外百鸟的高飞喻现实的不公。

⑫ 这两句写李杜诗歌创作之丰宏。“金薤（xiè）”，金谓金错书，薤为倒薤书，皆古体书名。“琳琅”，喻美好，此处喻李杜诗歌。

⑬ 这两句写李杜的作品多为天神取走。“仙官”，上帝左右的官。“敕”，命令。“六丁”，道书中的火神。“将”，携带。

⑭ 这两句承上，谓李杜文章流传在人间的已经极少。“太山”，即泰山。“毫芒”，喻细小。

⑮ 这两句写自己对李杜诗歌的无限向往，欲捕逐其创作的奥秘。“八荒”，八方极远之地。

⑯ 这六句写自己与李杜精神互通，千奇百怪的诗境便入于胸中。“刺手”，伸手进去。“天浆”，天上的美酒。“汗漫”，广漠无穷之处。“织女襄”，《诗经·小雅·大东》：“跂彼织女，终日七襄。”原指织女星座的移动，此处引申为织女所做的天衣。“拔鲸牙”，惊风雨也；“酌天浆”，泣鬼神也；“跨汗漫”，思之壮也；弃天衣，意无涯也。”明写韩愈从李杜作品得到启发，意在推崇李杜诗歌境界之高也。

⑰ 这两句告语张籍，不要徒自盲目创作，而要以李杜为榜样，以免误入歧途。“地上友”，指张籍。“经营”，指构思。

⑱ 这两句希望张籍和自己一起学习李杜的经验，在诗歌创作的天地中高高翱翔。“乞”，给予。“飞霞佩”，仙人身上的装饰物，此处指李杜诗歌的精髓。“颉颃（xié háng）”，鸟上下翻飞貌。

赠译经僧[①]

万里休言道路赊，有谁教汝度流沙[②]。只今中国方多事，不用无端更乱华[③]。

①这首诗是写给从天竺（印度）来长安翻译佛经的僧人的。韩愈以继承儒家道统自任，坚决反对佛教，曾因谏迎佛骨而差点丧命。所以赠诗表现出的只是冷峻和指斥。

②“赊”，长，久，遥远。唐时中原去天竺，须经流沙而南行。“流沙”，沙漠。沙常因风而流动转移，故称流沙。这两句语含指责。

③“中国”，上古时代，我国华夏族建国于黄河流域，以为居天下之中，故称中国，而把周围我国其他地区称为四方，后成为我国的专称。此处指唐朝。“方多事”，安史乱后，盛唐便黯然收场，而陷入多事之秋。安史之乱长达八年，在此期间，吐蕃又不断侵入。安史之乱结束后，河北、山东形成了藩镇割据的局面，在剑南、山南、河南和岭南，也经常发生节度使或军将的叛变。“乱华”，指外部势力来祸乱中华。这两句更是指斥。

王　涯

王涯（765？—835），字广津，太原（今山西太原）人。德宗贞元八年进士及第，宪宗时任中书侍郎平章事。穆宗长庆三年，入为御史大夫，迁户部尚书，盐铁转运使。敬宗宝历时，复出领山南西道节度使。文宗时，召拜太常卿，进尚书右仆射，代郡公，同中书门下平章事。大和九年（835）“甘露之变”，宰相李训败，祸及王涯，被宦官杀害。《全唐诗》编其诗一卷。

广宣上人以诗贺放榜和谢[①]

延英面奉入春闱，亦选功夫亦选奇[②]。在冶只求金不耗，用心空学秤无私[③]。龙门变化人皆望，莺谷飞鸣自有时[④]。独喜至公谁是证，弥天上人与新诗[⑤]。

① 作者主持某年进士考试，放榜后，广宣上人以诗贺之，作者和诗以谢。“广宣”，僧人名，元和、长庆两朝，并为内供奉，赐居安国寺红楼院。“上人”，佛教称具备德智善行的人，也指僧人。“和”，依照别人的诗词题材和体裁作诗词，称曰“和”。

② 这两句是说考试是为国家遴选人才。“延英”，引进英才。延，引进。“春闱”，春试。闱，考场。“功夫”，指学问和对策的功底。“奇”，喻卓异之士子。

③ 这两句是说主考官的公正之心。“冶”，熔炼金属，铸造器物。“耗”，耗损。借冶金喻试人，言不损耗人才。“秤无私”，以平准天下，故公正无私，言考官持心公允。

④ 这两句写举子之应试。“龙门”，在今陕西韩城与山西河津间，黄河夹流其中，水出龙门后，南流至华山而东折，洪波奔流射东海。传说鱼跃上龙门者则化为龙。“莺谷飞鸣”，《诗经・小雅・伐木》：“伐木丁丁，鸟鸣嘤嘤。出自幽谷，迁于乔木。”以莺往高处飞言人往高处走。

⑤“至公”，指取士至为公正。“证”，证明。“弥天”，满天，言其广大。“上人”，指僧人广宣。

柳宗元

柳宗元（773—819），字子厚，河东解州（今山西永济）人，世称柳河东。德宗贞元九年（793）进士及第，累官监察御史里行。顺宗时，参加了主张革新的王叔文集团，任礼部员外郎。宪宗立，此革新集团遭旧势力猛烈反击而惨败，柳宗元被贬为永州司马，十年后改为柳州刺史，故又称柳柳州。与韩愈同倡古文运动，为“唐宋八大家”之一，并称“韩柳”。其诗语意深切，苏轼论其诗：“发纤秾于简古，寄至味于淡泊，非馀子可及也。”可谓的评。有《河东先生集》。《全唐诗》编其诗四卷。

诏追赴都二月至灞亭上①

十一年前南渡客，四千里外北归人②。诏书许逐阳和至，驿路开花处处新③。

① 唐顺宗永贞元年（805），柳宗元因参与了王叔文、王伾领导的政治革新，触动了权贵的利益，遂招致反扑。该年八月，皇太子李纯（即后来的宪宗）继皇帝位，对永贞革新的主要人物或杀或贬。该年十一月，柳宗元被贬永州（州治在今湖南零陵县）。直到元和九年秋，诏书方征被贬者返长安，柳宗元到元和十年（815）二月方才到达，从被贬到返长安，中间已历十一年。这首诗是到长安东郊灞亭所作。“灞亭”，灞河上的驿亭，是西入长安的必经之处。

②“四千里”，指永州到长安的距离。

③“阳和”，春天的暖气。这两句写出返京时的愉快心情。（孰知其二月方至京，三月又被远贬柳州。）

刘禹锡

刘禹锡（772—842），字梦得，洛阳（今属河南）人。自言系出中山（今河北唐县定州一带）。贞元九年（793）进士，官监察御史。顺宗时因参加主张革新的王叔文集团，宪宗时即被贬朗州司马，连州刺史。后因裴度力荐，任太子宾客，加检校礼部尚书，世称刘宾客。刘禹锡不仅是当时进步的政治家，且是哲学家、思想家，又是杰出的诗人，其诗作多桀傲豪雄之气，绝无小儿戚戚之语。白居易评刘禹锡的诗：“其锋森然，莫敢当者。”被誉为“诗豪”。《全唐诗》编其诗十二卷。

元和甲午岁，诏书尽征江湘逐客，余自武陵赴京宿于都亭，有怀续来诸君子①

雷雨江山起卧龙②，武陵樵客蹑仙踪③。十年楚水枫林下④，今夜初闻长乐钟⑤。

① 刘禹锡是进步政治家，顺宗永贞元年（805），参与“二王（王叔文、王伾）”的政治革新，反对宦官和藩镇割据势力，任屯田员外郎。该年八月，在宦官和藩镇联合进攻下，顺宗被迫退位，其子李纯即位，

是为宪宗。王叔文随之被赐死，王伾遭贬病死，此次政治革新失败。刘禹锡柳宗元等八人，坐“二王”案皆被南贬远州司马，史称“八司马”。刘禹锡被贬为朗州（今湖南常德）司马。元和九年（甲午岁，814年），诏书尽征刘禹锡等被贬江湘诸人回京。是年季冬，刘禹锡自武陵（朗州州治）赴京，到元和十年（乙未岁，815年）仲春，行至长安近郊，宿于都亭，有怀被召将陆续回京的柳宗元、韩泰、韩晔、陈谏四人（凌准、韦执谊已死于贬所，程异另先任用），而作此诗。“都亭”，城郭附近的亭舍，此处指长安近郊。

②“起卧龙”，起用卧龙。卧龙，喻隐居或尚未露头角的杰出人才，此指“八司马”中仍健在的五人。

③“武陵樵客”，刘禹锡自指。“蹑”，踏。“仙踪”，仙人住的地方。唐时称尚书省诸曹郎官为仙郎，尚书省官署也被看作是仙人住的地方。

④“十年”，言其被贬达十年（805—814）之久。“楚水”，指朗州的河流，此地战国时属楚地。

⑤“长乐钟”，西汉长乐宫有钟室。这里代指唐宫的钟声。

元和十一年自朗州召至京戏赠看花诸君子①

紫陌红尘拂面来②，无人不道看花回。玄都观里桃千树③，尽是刘郎去后栽④。

①“元和”，唐宪宗年号。“十一年”，当为“十年”，系传写之误。《旧唐书·刘禹锡传》：禹锡贞元元年（805）贬连州刺史，半途又斥为朗州司马。从朗州被召回京是在元和十年（815），同年又贬往连州。

《资治通鉴》卷二三九元和十年二月条下载，“王叔文之党（包括刘禹锡在内）坐谪官者，凡十年不量移。执政有怜其才，欲渐进之者，悉召至京师，谏官争言其不可，上与武元衡亦恶之。”三月乙酉，皆以为远州刺史。亦可证当是“十年”。这年三月刘禹锡作此诗，“语讥忿，当路者不喜”，又被外贬。

②“紫陌”，帝都的道路。“红尘”，飞扬的尘土，形容热闹繁华。

③“玄都观”，在长安城内崇业坊。观，道教的庙宇。“刘郎”，作者自指。“去后栽”，指这些桃树都是在作者外贬十年间所栽。此诗被认为“语讥忿”：“看花诸君子”，讥趋炎附势之徒也；“桃千树”，讥新贵也；“刘郎去后栽”，讥中带忿，意含轻蔑也。

再游玄都观　并引①

余贞元二十一年为屯田员外郎时②，此观未有花，是岁出牧连州③，寻贬朗州司马④。居十年，召至京师。人人皆言，有道士手植仙桃，满观如红霞，遂有前篇以志一时之事⑤。旋又出牧⑥，今十有四年，复为主客郎中，复游玄都观，荡然无复一树。唯兔葵燕麦动摇于春风耳⑦。因再题二十八字，以俟后游⑧。时大和二年三月⑨。

百亩庭中半是苔，桃花净尽菜花开⑩。种桃道士归何处，前度刘郎今又来⑪。

① 元和十年二月，被贬远地的刘禹锡回到长安。在快到京城时，他有句云：“十年楚水枫林下，今夜初闻长乐钟。”希望做出一番事业。然而

三月作戏赠看花诸君子诗后，被认为讽刺权贵，当月又被贬往连州。此一贬竟达十四年。再回长安，再游玄都观，又再题二十八字，足见刘禹锡的铮铮傲骨。

②“贞元”，唐德宗年号。贞元二十一年，即公元805年。

③牧，担任州官。

④“寻”，不久。

⑤“前篇”，指《游玄都观》诗。“志”，记识事物。

⑥“旋”，不久。

⑦“兔葵”，草名。类似葵而小，春季开小白花。

⑧“俟”，等待。

⑨“大和”，唐文宗年号。大和二年，即公元828年。

⑩“百亩”句，言十四年前来时的“桃千树”不见了，“桃花”句言只剩下菜花的荒凉。

⑪这两句写种桃道士已不知归于何处，而前度来看桃花的刘禹锡，今日又来了！看“桃花净尽”，知当日权贵之销声匿迹也；问“种桃道士”，见其对打击当时革新运动的当权者极度蔑视也；而“刘郎又来”，见其百折而不挠也。两游玄都观，以斥权近，正见刘禹锡高贵之精神不稍衰也。

初至长安

左迁凡二纪[②]，重见帝城春。老大归朝客，平安出岭人[③]。每行经旧处，却想似前身[④]。不改南山色[⑤]，其馀事事新。

①题下原注："时自外郡再授郎官。"刘禹锡因参与顺宗朝"永贞革新"，后来在宪宗时被贬，二十四年，复还，任主客郎中。这是其任新职后初至长安时所作。

②"左迁"，降职。古以右为尊，左为卑，故云。"凡"，总共，总计。"纪"，十二年谓一纪。刘禹锡被外贬二十四年，故曰"二纪"。

③"老大"，作者归朝时已五十七岁，故云。"岭"，五岭。"出岭人"，作者自指，因其被贬地连州、朗州均在五岭以南，故云。

④这两句是说到长安行经故地，却想要像从前那样刚直。作者在《聚蚊谣》中，将邪恶势力比为渺小而又可恶的蚊虫，痛辟之："我躯七尺尔如芒，我孤尔众能我伤。"

⑤"南山色"，终南山山色。世态便如翻覆雨，而山色依然不改。此处以南山自喻，显以节操。

与歌者何戡①

二十馀年别帝京，重闻天乐不胜情②。旧人唯有何戡在，更与殷勤唱渭城③。

①刘禹锡因参与"永贞革新"，宪宗即位后，两次被贬远州，前后历二十四年，待再返京城，已是文宗大和二年。此诗当写于其任礼部郎中之时。

②"天乐"，天上的音乐。何戡系宫廷歌唱家，故称其所唱的歌为天乐。"不胜情"，即百感交集。

③"旧人"，指德宗贞元九年他中进士后和永贞革新时的朋友。

④“渭城”，即《渭城曲》。王维《送元二使安西》（渭城朝雨浥轻尘）一出，立即被配乐演唱，名曰《渭城曲》，亦名《阳关三叠》。

孟　郊

孟郊（751—814），字东野，洛阳（今属河南）人，少年时隐居嵩山，韩愈一见为忘形交。孟郊屡困科场，四十六岁才中进士，曾任溧阳尉、协律郎等职。他一生穷愁潦倒，多寒苦之音，苏轼评价“诗从肺腑出，出辄愁肺腑”。尽管有时横空盘硬语，但总体来说，其诗风质朴而深挚，是对大历以来空洞平庸诗风的矫正，并获诗歌创作上的独特成就。《全唐诗》编其诗十卷。

长安旅情①

尽说青云路②，有足皆可至。我马亦四蹄，出门似无地③。
玉京十二楼，峨峨倚青翠④。下有千朱门，何门荐孤士⑤。

① 本篇写旅居长安之不易。孟郊诗好作苦语，致有“郊寒”之讥评。本篇亦见此风。

②“青云路”，指登攀高位之路。青云，喻官高爵显。

③“无地”，指无路可走。

④“玉京”，指帝都。“峨峨”，高峻，高耸。

⑤“千朱门”，言朱门之多。朱门，红漆门。古代王侯贵族的大门漆红

色，表示尊贵。因称豪门为朱门。“荐孤士”，在唐代，文士未显时多求荐于达官显士以为升迁之助。这句是说，自己得不到推荐。寒苦幽愤之情，蕴于字里行间。

张　籍

张籍（约 767—约 830），字文昌，祖居苏州，后移居和州（今安徽和县）。贞元十四年（798）进士及第，历任太常寺太祝、水部员外郎、国子司业等职，故世称张水部或张司业。张籍最工乐府诗，风雅比兴之外，不发空泛议论，清丽而深婉，其五古、近体，在中唐也最为蕴藉。《全唐诗》编其诗五卷。

节妇吟寄东平李司空师道①

君知妾有夫，赠妾双明珠②。感君缠绵意，系在红罗襦③。妾家高楼连苑起，良人执戟明光里④。知君用心如日月，事夫誓拟同生死⑤。还君明珠双泪垂，恨不相逢未嫁时⑥。

① 古人诗中，若遇难言之事，往往托女性之口道出，便觉慰藉。与张籍有关者，则有朱庆馀求荐所上诗：“洞房昨夜停红烛，待晓堂前拜舅姑。妆罢低声问夫婿，画眉深浅入时无”。张籍答诗：“越女新妆出镜心，自知明艳更沉吟。齐纨未是人间贵，一曲菱歌敌万金。”张籍本篇是借节妇而答李师道的。李师道是当时藩镇（地方割据势力）之一

的平、卢、淄、青节度使，又有检校司空、同中书门下平章事的头衔，其势焰可想而知。中唐时，朝廷势力削弱，藩镇拥地自雄，割据一方，到了宪宗元和后期，更出现了吴元庆、王承宗和李师道这样的居心叵测者。他们利诱拉拢文人和政府官员，为其效力。李师道便是置书币聘张籍至其幕下之人。张籍主张统一，反对藩镇分裂，又不好明言，遂托兴寄之辞，表明了自己忠于唐王朝的坚决态度。

② 这两句语带微词责李师道不守臣道。“君”，指李师道。“妾”，作者自指。赠珠，表示结爱之意。古代延聘士人，先致金币，故用以为此。对有夫之妇赠珠勾引，见其并非遵礼守法之人。

③ 这两句言彼已送之，姑且为之。“缠绵”，情意深厚。“系”，打结。“红罗”，轻软红色的织品，多用以制作妇女衣裙。“襦”，短衣，短袄。

④ 这两句言其家境富裕，利诱也是徒劳。“高楼连苑起”，言高楼之多也；“良人”，夫妻之间的互称。多用于妻称夫。“执戟”，秦汉时的宫廷侍卫官，因值勤时手持戟而名，此处指唐宫侍卫官。“明光”，汉代宫殿名，后来也泛指宫殿。

⑤ 这两句言其拒绝拉拢，贞妇之志难夺。正显其主张统一，反对藩镇分裂的意志。“用心如日月”，言“君”用意之昭然。

⑥ 这两句写垂泪还珠，委婉拒绝拉拢。“何不”句，以假设而作感叹。倘未嫁时，尚可考虑，如今已嫁，成为唐王朝之官员，就不考虑再嫁或做越礼的事了。

诗中假节妇委婉之言，明节妇忠贞之志，表明自己忠于朝廷之态度。义理交融，比喻委婉，可谓名作。

送新罗使[①]

万里为朝使，离家今几年。应知旧行路，却上远归船。夜泊避蛟窟[②]，朝炊求岛泉。悠悠到乡国，远望海西天[③]。

①“新罗”，朝鲜古国名。也称斯罗、鸡林。唐时与高句丽、百济并立为三国，是受汉文化影响很深的国家。此诗是为新罗使送行所作。

②“蛟窟”，蛟螭海怪之窟。

③“海西”，指唐之国土。新罗在海东，故谓。

李　贺

李贺（790—816），字长吉，福昌（今河南宜阳）人。唐皇室远支，家世早已没落，生活困顿。因其父名晋肃，“晋”“进”同音，排挤他的人就说：“父名晋肃，子不得举进士。”被迫不得应进士考试。早慧，工诗，韩愈、皇甫湜颇奇其才。曾官奉礼郎，二十七岁早殁。李贺天才俊拔，弱冠即极擅名，其诗既表现对黑暗现实的不满，也表现自己壮志难酬的悲愤，他善于熔铸词采，驰骋想象，创造出新奇瑰丽的诗境，以积极浪漫主义精神，在诗歌史上卓然自成一家。难怪严羽在《沧浪诗话》中说：“天地间自欠此体不得。”有《昌谷集》。《全唐诗》编其诗五卷。

金铜仙人辞汉歌　并序[1]

魏明帝青龙元年八月[2]，诏宫官牵车西取汉孝武捧露盘仙人[3]，欲立置前殿。宫官既拆盘，仙人临载，乃潸然泪下[4]。唐诸王孙李长吉遂作《金铜仙人辞汉歌》。

茂陵刘郎秋风客，夜闻马嘶晓无迹[5]。画栏桂树悬秋香，三十六宫土花碧[6]。魏官牵车指千里，东关酸风射眸子[7]。空将汉月出宫门，忆君清泪如铅水[8]。衰兰送客咸阳道，天若有情天亦老[9]。携盘独出月荒凉，渭城已远波声小[10]。

① 本篇写三国时魏明帝诏令迁移汉宫铜人事，抒兴亡盛衰之感慨。“金铜仙人”，即汉武帝时以铜所做的捧露盘仙人。《汉武故事》云，汉武帝时祭太乙，升通天台以俟神灵。上有承露盘，仙人掌擎玉杯，以承云表之露。

②“青龙元年八月”，其中的“元年”，当为“五年”，确切地说，是在景初元年（233）。据《三国志·魏书·明帝纪》注：魏改青龙五年三月为景初元年四月。徙承露盘就在这一年。《资治通鉴》卷七十三记载：“是岁，徙长安钟簴（jù）橐铜人承露盘于洛阳，盘折，声闻数十里。铜人重不可致，留于霸城。”

③“捧露盘仙人”，系汉武帝时期建造的金铜仙人，矗立在建章宫的神明台上，“高二十丈，大十围”（《三辅故事》）。“潸然泪下”，《三国志·魏书·明帝纪》裴松之注引《汉晋春秋》：“帝徙盘，盘折，声闻数十里。金狄（铜人）或泣，因留霸城。”

④“唐诸王孙”，李贺是郑王李元懿的后代，故自称“诸王孙”。

⑤这两句写汉武帝风流已逝。“茂陵”，汉武帝刘彻陵，地在今陕西兴平市东北。“茂陵刘郎”，指刘彻。“秋风客”，犹言悲秋之人 。宋玉《九辩》：“悲哉秋之为气也！萧瑟兮草木摇落而变衰。”便是典型的悲秋之叹。刘彻《秋风词》中亦有句云：“欢乐极兮哀情多，少壮几时兮奈老何！”徙金人时在八月，故点出秋景。“夜闻马嘶”，写汉武帝魂魄出入汉宫，有人夜里听到其马的嘶叫声。写生命之短暂。

⑥这两句写汉宫的荒废。桂树悬秋香，树犹在也。“秋香”，指桂花，诸宫土花碧，宫湮灭也。班固《西都赋》言上囿禁苑（即上林苑）：“缭以周墙，四百馀里；离宫别馆，三十六所。”“土花”，指苔。

⑦这两句写魏官徙铜人。“指千里”，即徙金人于魏都洛阳。洛阳与长安相隔千里。“东关”，指长安东关。指出铜人所去之方向。“酸风”，苦凄酸楚之风。“眸子”，瞳仁。

⑧这两句写铜人的感受。“空将”句，是说金人徒然随同一起上路。“空”，徒然。“将”，伴随。“汉月”，汉宫的仙人承露盘。因其状圆如满月，故云。“忆君”句，是说金人想起汉武帝，眼泪便像铅水流下。铅水，既言色甚青白，又言痛苦深重。

⑨这两句写为金人送行之感慨。“衰兰”，切秋。“客”，指铜人。“咸阳道，”即长安道。咸阳为秦之首都，唐诗中常以咸阳代指长安，此处指长安。“天若”句，是说苍天若有感情，遇此凄凉之景象，也因含忧伤而变得衰老。

⑩这两句写武帝之事已矣，铜人终被东徙。“渭城”，秦都咸阳，因地在渭滨，故名。这里代指长安。

元　稹

元稹（779—831），字微之，洛阳（今属河南）人。年十五擢明经科，补校书郎。元和初，对策第一，拜左拾遗，历监察御史。因与宦官及守旧官僚斗争，贬江陵士曹参军。后转而依附宦官，官至同中书门下平章事。其后被贬，最后以暴疾卒于武昌军节度使任所。元稹与白居易齐名，世称“元白”。其诗反映现实多而有力，题材广泛，言浅而思深，词微而意显。成为所谓通俗诗派的旗帜，是中唐新乐府运动中仅次于白居易的人物，有《元氏长庆集》。《全唐诗》编其诗二十八卷。

离思五首（选一首）①

曾经沧海难为水，除却巫山不是云②。取次花丛懒回顾，半缘修道半缘君③。

① 元和四年（809）六月初，元稹出使东川后回到长安，七月九日，妻子韦丛病逝，年仅二十七岁。这是他写的一组悼亡诗，赞美了夫妻间的恩爱，痛悼爱妻的病逝。以比喻、映衬之手法，表达其对妻子爱情的专一。此系第四首。后来，元稹还写了《遣悲怀》等悼亡诗。白居易读了这些诗后颇受感动，作《见元九悼亡诗因以此寄》：“夜泪暗销明月幌，春肠遥断牡丹庭。人间此病治无药，惟有楞伽四卷经。”

② 这两句既赞美亡妻韦丛，又表达他对妻子爱情的专一。“沧海”“巫山”，均喻韦丛。“难为水”“不是云”，均喻除过韦丛外的其他女子，

对他难有吸引力。《孟子·尽心上》:“观于海者难为水。”“曾经”句用其义。宋玉《高唐赋》:“妾……旦为朝云,暮为行雨,朝朝暮暮,阳台之下。”后世以此喻男女之情。“除却”句用其义。这两句是传诵的名句。

③“取次”,随便,任意。“花丛”,喻众多美女。“缘”,因为,为了。“君”,指韦丛。这两句意谓此后即使遇到美女,也懒得回顾,半是由于自己修炼心性,半是由于再也没有比妻子韦丛更好的了。

白居易

白居易(772—846),字乐天,号香山居士,下邽(今陕西省渭南市临渭区)人,贞元进士及第,授秘书省校书郎,元和年间任左拾遗及左赞善大夫。因写讽喻诗得罪权贵,宰相武元衡被刺杀后,他上书请亟捕贼,以雪国耻,为当政者所恶,贬江州司马。后被召为主客郎中,知制诰,又出任杭州、苏州刺史,后官至刑部尚书。有《白氏长庆集》。白居易是中唐新乐府运动的倡导者,并以三千八百首的诗歌实践,对当时诗歌的发展起了重要作用。他的诗题材广泛,诗风平易通晓,广被传诵,以“讽喻诗”和“感伤诗”最为著名。《全唐诗》编其诗三十九卷。

秦中吟十首[①]（选四首）

重赋[②]

厚地植桑麻，所要济生民[③]。生民理布帛，所求活一身[④]。身外充征赋，上以奉君亲[⑤]。国家定两税，本意在爱人[⑥]。厥初防其淫[⑦]，明敕内外臣：税外加一物，皆以枉法论[⑧]。奈何岁月久，贪吏得因循[⑨]。浚我以求宠，敛索无冬春[⑩]。织绢未成匹，缫丝未盈斤。里胥迫我纳，不许暂逡巡[⑪]。岁暮天地闭[⑫]，阴风生破村。夜深烟火尽，霰雪白纷纷[⑬]。幼者形不蔽，老者体无温。悲喘与寒气[⑭]，并入鼻中辛。昨日输残税[⑮]，因窥官库门。缯帛如山积，丝絮似云屯。号为羡馀物，随月献至尊[⑯]。夺我身上暖，买尔眼前恩。进入琼林库[⑰]，岁久化为尘！

①《秦中吟十首》是白居易在长安见足悲之事所作之诗，这一组诗，一题写一事，抨击社会之不公，讽刺政治之昏浊，表现出正视现实的无畏精神。正如其所道："闻《秦中吟》，则权豪贵近者相目而变色矣。"《秦中吟》十首和《新乐府》五十首，都是这种富有积极现实主义精神的代表作。同时也继承了自《诗经》以来的优良传统，所以作者也认为："十首秦吟近正声。"

②"重赋"，系《秦中吟十首》中第二首的诗题，揭露当时税外添税、赋外加赋的行径。题一作《无名税》。

③"厚地"，意即大地。厚，厚大之意。"济"，在此处是供生活所需

之意。

④“理布帛”，即治布帛。唐人避唐高宗李治之讳，用“理”字代“治”字。唐时以麻织布，以丝织帛，首句“桑麻”，就贯此二者而言。棉花是公元七世纪由印度传入中国中原地区。以棉织布始于宋代。

⑤“身外”，指自己生活所需之外的布帛。“君亲”，指皇帝。

⑥“两税”，当时的税收制度。唐开元前，用租（粮谷）庸（力役）调（布帛）法；有田者皆有租，有力者皆有庸，有户者皆有调。开元后因户籍废坏，户口和田产都无法查核，故从德宗建中元年（780）起，改行两税法。将三者合并而统收钱帛，一年分夏秋两次征取，故云“两税”。“爱人”，一作“忧人”。

⑦“厥初”，开初，始初。厥，语助。“淫”，过度。这里指乱增税目税额。

⑧这两句是说开征重赋并不是皇帝的本意，作者将讽刺矛头指向贪吏，这实在是不敢直接揭露皇帝，而用了较委婉的说法。“枉法”，违法。

⑨“因循”，这里指沿袭旧制度，仍在两税定额之外勒索实物。

⑩“浚（jùn）”，索取，榨取。《国语·晋语》：“浚民之膏泽以食之。”“求宠”，博取上级的欢心，借以升官加禄。“无冬春”，不分冬春，即一年到头，随时（敛取），这是对“两税”制的夏秋二征的规定而言。

⑪“里胥”，即里正。唐制，一百户为里，设里正，掌管督察及“课植农桑，催驱赋役”诸事。（见《唐六典》）“逡巡”，迟缓，迟慢。

⑫“天地闭”，有冥塞不开之意。这是古人对自然现象、季节气候的一种想象的解释。

⑬“霰（xiàn）”，雪珠。常在雪前出现，系因雨点在空中遇冷而凝结为小颗下降，俗称雪珠儿。

⑭“喘”，一作“啼”。

⑮“残税”，尚未交清的税捐。

⑯“羡馀”，正赋外的无名税收，为唐以来巧取豪夺的杂税。号曰羡馀，即美其名曰“赋税的盈馀”。当时的地方大官僚搜刮人民财产贡献皇帝以买宠。有“日进”者，有“月进”者，亦有将常赋正额也进献给皇帝者。皆名之曰“羡馀”。“随月”，随月献焉，谓之“月进”。（见《唐会要》卷八八）

⑰“琼林库”，唐德宗一意聚敛，曾于奉天（地在今陕西乾县）置“琼林”“大盈”两库（袭玄宗时旧称），别藏贡物。（见《旧唐书·陆贽传》）

轻肥[①]

意气骄满路，鞍马光照尘[②]。借问何为者，人称是内臣[③]。
朱绂皆大夫，紫绶或将军[④]。夸赴军中宴[⑤]，走马去如云。
樽罍溢九酝，水陆罗八珍[⑥]。果擘洞庭橘，脍切天池鳞[⑦]。
食饱心自若，酒酣气益振[⑧]。是岁江南旱，衢州人食人[⑨]！

①该诗是《秦中吟十首》中的第七首。“轻肥”，语出《论语·雍也》：“乘肥马，衣轻裘”。作者借此指达官显宦，兼喻其生活之奢华。正当其“食饱”“酒酣”之时，江南百姓却饿得“人食人”，通过这强烈的对比，反映了当时的社会问题之严重。

②“意气”句，指不可一世之态。意气，即意气神态。“骄”，言其行止间意气之骄纵，极写其目中无人。“骄”，高傲，傲慢。“光照尘”，光照纤尘。

③“内臣”，本义指皇帝左右的近臣，后来多用以指宦官，此处即指

宦官。

④“朱绂”“紫绶”，古代系印纽或佩玉的丝织绳带，官阶高者用红色或紫色。《旧唐书·舆服志》：“亲王纁朱绶”，“二品、三品紫绶”。“绂”，绶也。“或”，一作“悉”。

⑤“军”，指神策军（唐代禁军名）。此时的神策军由宦官管领。

⑥“樽罍（léi）”，盛酒的壶罐。“九酝（yùn）”，美酒名。《西京杂记》：“以正月旦作酒，八月成，名曰酎，一曰九酝。”“水陆”句，言水产陆产的各种美食。“八珍”，八种珍贵食品，说法不一，如驼蹄、鹿唇、熊掌、豹胎等。

⑦“洞庭橘”，太湖洞庭山所产之橘，味极美。“脍”，将鱼肉等细切作菜，名脍。“天池鳞”，指天池所产的鱼。天池，海之别称。

⑧“食饱”句，言吃饱后心中很舒服。“心自若”，心里很自在。“振（读平声）”，盛貌。这句说酒喝够了神气十足。

⑨“江南旱”，元和四年（809）“南方旱饥”（见《通鉴》卷二三七）。“衢州”，唐代州名，其治所在今浙江省衢州市衢江区。“人食人”，人吃人。至痛也，至惨也！

歌舞①

秦中岁云暮，大雪满皇州②。雪中退朝者，朱紫尽公侯③。贵有风雪兴④，富无饥寒忧。所营唯第宅，所务在追游⑤。朱轮车马客⑥，红烛歌舞楼。欢酣促密坐⑦，醉暖脱重裘。秋官为主人，廷尉居上头⑧。日中为一乐，夜半不能休。岂知阌乡狱，中有冻死囚⑨！

①该诗是《秦中吟十首》中的第九首，将官僚们优裕的生活和阌（wén）乡狱中囚徒的生活作了强烈的对比，在当时具有普遍的意义。题一作《阌乡县囚》。

②“秦中”，关中中部，长安在关中中部，故亦指长安。“岁云暮”，一年将尽时，指腊月。“云”，语助词。“皇州”，京城。

③“退朝”，官吏们朝见皇帝之后退班下来，也叫下朝。“朱紫”，唐代高级官僚的服色。唐制：三品以上紫色官服，四品、五品，绯（朱）色官服。“尽公侯”，言其尽是达官显贵。

④“风雪兴”，赏雪的闲情逸致。

⑤“追游”，追逐遨游，恣为荒嬉之事。

⑥“朱轮”，高级官吏所乘之车，车轮涂上红色，以示高贵。

⑦“促密坐”，多人迫近而坐。促坐，迫近而坐。“裘”，毛皮的衣服。

⑧“秋官”，指刑部的官员，专掌刑法。武后光宅元年（684），曾改刑部为秋官，系用《周礼》名称。“廷尉”，秦汉掌管刑狱审判的官员，唐改称大理寺卿，少卿。“居上头”，坐在首席。

⑨“阌乡”，唐县名，地在今河南灵宝和陕西潼关间。作者另有《奏阌乡县禁囚状》，中有云：“县狱中有囚十数人，并积年禁系，其妻儿皆乞于道路，以供狱粮。其中有身禁多年、妻已改嫁者；身死狱中，取其男收禁者：云是度支转运下，囚禁在县狱，欠负官物，无可填陪（赔），虽死不放。”死狱冤狱，枉屈如此，而刑狱官长却歌舞不休。亦可见其大概。

买花[1]

帝城春欲暮，喧喧车马度。共道牡丹时[2]，相随买花去。

贵贱无常价，酬直看花数[3]。灼灼百朵红，戋戋五束素[4]。上张幄幕庇，旁织笆篱护[5]。水洒复泥封，移来色如故。家家习为俗，人人迷不悟[6]。有一田舍翁[7]，偶来买花处。低头独长叹，此叹无人喻[8]。一丛深色花，十户中人赋[9]！

① 该诗是《秦中吟十首》中的第十首，言京城贵游尚牡丹之迷而不悟，末以“一花”价抵十户中人之赋，足见显贵阶层豪奢风气为害之烈。唐玄宗时，牡丹盛于长安，嗣后几十年间，虽经安史之乱的惊天之变，及唐由盛而转衰，此耽玩之风却迷误至深。作者在《牡丹芳》诗中有云：“秾姿贵彩信奇绝，杂卉乱花比无方。”“遂使王公与卿士，游花冠盖日相望。”“共愁日照芳难驻，仍张帷幕垂阴凉。花开花落二十日，一城之人皆若狂。”便是对此社会病态之写照，可参读。《买花》，题一作《牡丹》。

②“牡丹时”，牡丹开花之时，始于谷雨前后，即上文之“春欲暮”。

③“无常价”，没有一定的价钱。“酬直”，给价，予以价款。“直”同“值”。“看花数”，要看花的品种名贵与否而定。数，计算之义。

④“灼灼”，《诗经·周南·桃夭》：“桃之夭夭，灼灼其华。”此处用以形容红牡丹之美。“戋（jiān）戋”，少。此处系用《易经·贲卦》“束帛戋戋”语。“五束素”，五捆白绢。绢之精白谓之素。此句形容白牡丹价格昂贵。

⑤ 这两句说对这些牡丹上面张设帷幕遮蔽，周围编起篱笆以保护。“移来”句，是说从地里移来，花色依然如故。

⑥ 这两句的“家”，指富豪之家。“人”，当然指富贵之人。

⑦“田舍翁”，老农。

⑧“喻”，知道，理解。

⑨这两句是说，一丛花的价格与十户中等人家所缴的赋税金额相等。唐时赋税制度按百姓家产多少分为上户、中户、下户。据唐李肇《国史补》记载，执金吾所种的牡丹，“一本有值数万者”。奢侈之风，至此方极，敛赋聚金，而挥金如泥，迷而不悟，尚何言哉！

后宫词[①]

雨露由来一点恩，争能遍布及千门[②]。三千宫女胭脂面，几个春来无泪痕。

①此后宫词，言宫女之痛，可谓一针见血。

②“争能”，犹怎能。

欲与元八卜邻先有是赠[①]

平生心迹最相亲，欲隐墙东不为身[②]。明月好同三径夜，绿杨宜作两家春[③]。每因暂出犹思伴，岂得安居不择邻。可独终身数相见，子孙长作隔墙人[④]。

①“元八”，元宗简，字居敬，河南人，排行为八。历官侍御史、员外郎、京兆少尹，系白居易诗友，有《元少尹文集》，白居易为之作序。此诗大约作于元和八年至十年在长安官太子左赞善大夫时。“卜邻”，选择好邻居。

②“墙东”，喻隐者居处。用王君公典故。《后汉书·逢萌传》记时谚“避世墙东王君公”。这句是说自己与元八都愿僻居此处，不愿与人争名位。

③ 这两句说，若能与元八为邻，可共赏明月，平分柳色。“三径”，西汉末，王莽专权，兖州刺史蒋诩告病辞官，隐居乡里，于院中辟三径，唯与求仲羊仲往来。后常用“三径”指家园。“绿杨”，因南朝齐代陆慧晓与张融结邻事。《南史·陆慧晓传》：“慧晓与张融并宅，其间有池，池上有二株杨柳。”

④ 此四句由卜邻说到子孙们仍为邻居的愿望。“数（shuò）”，屡次。有邻，出行可有伴侣也；择邻，以图所居安然也。得邻，岂止今世相处也；芳邻，可使子孙“隔墙”同住也。

送元八归凤翔①

莫道岐州三日程②，其如风雪一身行。与君况是经年别，暂到城来又出城③。

①“元八”，见《欲与元八卜邻先有是赠》注①。“凤翔”，府名。春秋时曾为秦都（历十九君，二百九十四年），汉为右扶风地，北魏置岐州。唐为西京凤翔府。治所在今陕西凤翔县。本篇道出与元八惜别之情。

②“岐州”，指凤翔。“三日程”，是指从长安至岐州所需之时日。

③ 这两句写对元八离别的惋惜和无奈之情。

和钱华州题少华清光绝句[1]

高情雅韵三峰守[2]，主领清光管白云。自笑亦曾为刺史，苏州肥腻不如君[3]。

①“钱华州”，指华州刺史钱徽。钱徽与白居易系同年进士及第，在禁中时交往最多。此处以官爵相称，是尊称。“少华”，即少华山，在华山西南。“清光”，美好的风采。

②“三峰守”，华山有最高之东、南、西三峰，故以三峰代华山，以华山代华州。“三峰守”，代指华州钱刺史。

③这两句说，自己也曾为苏州刺史，但苏州没有华山清劲。因华州有号称天下险的西岳，而苏州多是红尘滚滚。“肥腻”，喻尘俗。

初与元九别后，忽梦见之，及寤，而书适至，兼寄桐花诗；怅然感怀，因以此寄[1]

永寿寺中语，新昌坊北分[2]。归来数行泪，悲事不悲君[3]。悠悠蓝田路[4]，自去无消息。计君食宿程，已过商山北[5]。昨夜云四散，千里同月色。晓来梦见君，应是君相忆。梦中握君手，问君意何如。君言苦相忆，无人可寄书。觉来未及说，叩门声冬冬。言是商州使，送君书一封。枕上忽惊起，颠倒著衣裳[6]。开缄见手札[7]，一纸十三行。上论迁谪心，下说离别肠。心肠都未尽，不暇叙炎凉[8]。云作此书夜，夜宿商州东。独对孤灯坐，阳城山馆中[9]。夜深作书毕，山月向西斜。月下何所有，一树紫桐花[10]。桐花半落时，复道正相思。殷勤书背后，兼寄桐花诗。桐花诗八韵[11]，思绪一何深。以我今朝意，忆君此夜心。一章三遍读，一句十回吟。珍重八十字[12]，字字化为金。

①题下原注："元九初谪江陵。""元九"，即元稹。元和五年（810），元稹被贬江陵郡（治所江陵县，今属湖北），途经商州，寄书身在长安的白居易，附其诗《三月二十四日宿曾峰馆（即层峰驿）夜对桐花寄乐天》。此篇为乐天答诗。

②"永寿寺"两句，是追忆元稹谪官起程时两人仓促话别事。白居易《和答诗》序："五年春，微之从东台来，不数日，又左转（贬官）为江陵士曹掾（掾是地方长官属下的佐吏）。诏下日，会予下内直归，而微之已即路，邂逅而遇于街衢中，自永寿寺南，抵新昌里北，得马上语别。永寿寺在长安城中部永乐坊，寺南即靖安坊北街，此处有元稹宅，由此向东，抵延兴门内，即新昌坊，白居易宅在此。

③"悲事"，是说所悲的是元稹遭遇之两事。《新唐书·元稹传》记载，元稹被贬，是因其在御史任弹劾东川节度使严砺贪暴罪状而触怒严党，又在从洛阳召还长安途中敷水驿忤宦官仇士良，被辱打破面。而宰相却以元稹"年少轻树威，失宪臣体，贬江陵士曹参军"。当时白居易等人曾为他的屈枉争辩。

④"蓝田路"，蓝田县在长安东南，路通商於古道，为长安通往东南方的交通要道。

⑤"商山"，在商州东南。是元稹由长安谪江陵的必经之地。

⑥ 这两句形容其心情之急切，一听有商州来使送信，惊坐而起，忙得连衣服都穿颠倒了。《诗经·齐风·东方未明》：“东方未明，颠倒衣裳。”笺云：“上曰衣，下曰裳。”疏云：“以裳为衣，今上者在下，是为颠倒也。”“急促惶惧，不暇整理衣服，故颠倒著衣裳……。”

⑦“缄（jiān）”，书函。“手札”，亲笔书简。

⑧“炎凉”，寒暄。此处包括季候、冷暖、起居等情况而言。

⑨“阳城”，驿站名，在商州东（其地今属陕西省商南县）。

⑩“紫桐”，桐树，花色有白有紫，开紫花者称紫桐。

⑪“八韵”，古典诗歌一般是隔句而押韵，八韵即十六句。此处指元稹原诗。

⑫“八十字”，五言诗八韵十六句，全篇八十字。

杨　凝

杨凝，字懋公，弘农（县名，地在今河南省灵宝市境）人。由协律郎三迁侍御史，终兵部郎中。《全唐诗》编其诗一卷。

夜泊渭津[①]

飘飘东去客，一宿渭城边[①]。远处星垂岸，中流月满船。
凉归夜深簟[②]，秋入雨馀天。渐觉家山小，残程尚几年[③]。

① 杨凝因权幸所忌，遭排挤，后被宣武节度使董晋表为判官。亳州刺史

缺，董晋以其行州事，这首诗很可能就是赴亳州时所作。“东去客”，作者自指。“渭城”，地名。秦咸阳，汉高祖元年改名新城，武帝元鼎三年又改名渭城，在长安西。

②“簟（diàn）”，竹席。

③“渐觉”句，乘舟东去，渐行渐远，故有此感。“残程”句，谓己之前程惨淡。

杨敬之

杨敬之，字茂孝，元和初登进士第，曾任屯田、户部郎中。坐李宗闵党，贬连州刺史。文宗尚儒术，以敬之为国子祭酒。《全唐诗》编其诗二首。

赠项斯[①]

几度见诗诗总好，及观标格过于诗[②]。平生不解藏人善，到处逢人说项斯[③]。

① 大抵在唐武宗会昌二年（842）后，江东人项斯名微时以诗谒杨敬之。杨时任国子祭酒，“爱士类，得其文章，孜孜玩讽，人以为癖”。敬之见项斯之诗，苦爱之，遂赠此诗。

②“几度”，几次，可见项谒杨非一次也，可谓知音。“标格”，风范，风度。

③“解”，懂得，知道。“善”，美好。这两句说，自己平生不知道将别人的美德善行压在心底（意即只要得知，必定要向人道），故而凡是所到之处，都要向人夸赞项斯。这首诗迅速传播，并在文学史上留下了“说项”（替人说好话）的典故。《唐诗纪事》云：“未几诗达长安，明年（项斯）擢上第。”

周匡物

周匡物，字几本，漳州（今属福建）人。元和十一年进士及第，仕至高州刺史。《全唐诗》编其诗五首。

及第后谢座主①

一从东越入西秦，十度闻莺不见春②。试向昆山投瓦砾，便容灵沼濯埃尘③。悲欢暗负风云力，感激潜生草木身④。中夜自将形影语，古来吞炭是何人⑤。

① 周匡物应试十年不中，然败而又战，第十一年终于遂愿。他在《及第谣》中得意道：“风吹金榜落凡世，三十三人名字香。”“物经千载出尘埃，从此便为天下瑞。”故在这首诗中，特别感谢座主使其“草木身”而平步青云。“座主”，唐时登进士第的人称主考官为座主。此指元和十一年主考官李逢吉。

②“东越”，指闽浙一带。“十度闻莺”，即历时十年。莺，鸟名。初春始

鸣。“不见春”，婉言未能考中。

③“昆山”，昆仑山之省称。其山盛产玉。昆山片玉，喻出类拔萃。晋郤诜对武帝说：“臣举贤良对策，为天下第一，犹桂林之一枝，昆山之片玉。”（见《晋书·郤诜传》）“瓦砾”，对自己文章之谦称。“灵沼”，喻帝王的恩泽。“濯埃尘”，洗去凡俗之尘。

④“悲欢”句，言自己能考中，是仰仗座主暗中相助。“感激”句，言自己微贱，而能登第，非常感谢座主。“风云力”“潜生”，皆指座主之惠。

⑤“中夜”，半夜。“自将形影语”，在灯下对着自己的影子自言自语。“吞炭”，战国时豫让为报智伯之仇，恐人识之，乃自刑变其容，吞炭变其音。诗人用此典，言自己像换了一个人似的。

舒元舆

舒元舆，婺州东阳（今浙江金华）人。元和中登进士第。擢监察御史。敢言能文，再擢御史中丞、兼刑部侍郎，累官同中书门下平章事。与郑注、李训善。文宗大和九年（834），注、训潜谋尽杀干政之宦官，元舆密谋其事，未发事泄，与注等皆被仇士良（宦官头子）所害。《全唐诗》编其诗一卷。

桥山怀古[①]

轩辕厌代千万秋，渌波浩荡东南流[②]。今来古往无不死，独有天地长悠悠。我乘驿骑到中部，古闻此地为渠搜[3]。桥山突兀在其左[4]，荒榛交锁寒风愁。神仙天下亦如此，况我戚促同蜉游[5]。谁言衣冠葬其下，不见弓剑何人收[6]。哀喧叫笑牧童戏，阴天月落狐狸游[7]。却思皇坟立人极，车轮马迹无不周[8]。洞庭张乐降玄鹤，涿鹿大战摧蚩尤[9]。知勇神天不自大，风后力牧输长筹[10]。襄城迷路问童子，帝乡归去无人留[11]。崆峒求道失遗迹，荆山铸鼎馀荒丘[12]。君不见黄龙飞去山下路，断髯成草风飕飕[13]。

① 桥山，在唐坊州中部县（治在今陕西黄陵县），有沮水穿山而过，山呈桥形，因此得名。上有黄帝陵。《史记·五帝本纪》："黄帝崩，葬桥山。""怀古"，指怀念黄帝所生发的感慨。

②"轩辕"，即黄帝。因其居于轩辕之丘，故名曰轩辕。黄帝战胜炎帝于阪泉，战胜蚩尤于涿鹿，诸侯尊为天子，后人以黄帝为中华民族的祖先。"厌代"，帝王去世。这里指黄帝去世。"渌波"，指黄帝陵下沮水的清波。渌，清澈。

③"驿骑"，驿站的马匹。"中部"，地名。东晋置中部郡，后改中部县，天宝年间曾置州，治在今陕西黄陵县。"渠搜"，古县名，《汉书·地理志》言其属朔方郡。

④"突兀"，高貌。"荒榛"，杂乱丛生的草木。

⑤"戚促"，忧愁短促。"蜉蝣"，虫名，成虫存活时间短者数小时，长者六七日。

⑥"衣冠葬其下"，传说黄帝陵系衣冠冢，故云。"弓剑"，神话传说黄帝骑龙去，小臣攀附欲上，致堕帝弓；又黄帝葬桥山，山崩，棺空，仅

存剑、鞋。(见《史记·五帝本纪》《封禅书》) 后因以弓剑为对黄帝寄托哀思之词。

⑦“牧童戏”，牧童游戏，言不知黄帝之尊也；“狐狸游”，言荒冢无人管理也。

⑧“皇坟”，传说中三皇时代的典籍，即伏羲、神农、黄帝之书《三坟》，是传说中最古的书籍。“人极”，为人的准则。“车轮”句，言黄帝造车船、建屋宇、制衣服等人文初祖之为作。

⑨“张乐”，奏乐。“洞庭”，洞庭湖地区。“涿鹿”，古山名。在今河北涿鹿县东南。《史记·五帝本纪》记载：黄帝与蚩尤战于涿鹿之野，擒杀之，被诸侯推为天子。

⑩“知勇”，即智勇。“知”同“智”。“神天”，神奇如天。古人认为天是有意志的神，是万物的主宰。“风后”，相传为黄帝相。“力牧”，相传为黄帝将。《史记·五帝本纪》：“举风后、力牧、帝尧，大鸿以治民。”“输长筹”，献纳长远之筹策。筹，谋划。

⑪“襄城”句，《庄子·徐无鬼》：“黄帝将见大隗乎具茨之山，……至于襄城之野，七圣皆迷，无所问途，偶遇牧马童子，问途焉。”童子答后，“黄帝曰：异哉小童，……请问为天下。”后遂以“襄野”喻指受到帝王称许的少年、童子。“帝乡归去”，言黄帝升天。帝乡，神话中天帝居住的地方。《庄子·天地》：“千岁厌世，去而上仙，乘彼白云，至于帝都。”

⑫“崆峒求道”，《庄子·在宥》说黄帝闻仙人广成子在空同（崆峒），遂前去问道。《抱朴子·内篇》云黄帝“荆山铸鼎”。关于铸鼎的荆山，说法不同，有说是今陕西富平县西南之荆山，《辞海》说是今河南灵宝市阌乡南之荆山，“相传黄帝采首山之铜，铸鼎于此”。

⑬“黄龙飞去”，传说黄帝乘黄龙上天。“断髯”，传说民众争相与黄帝乘龙上天，有人挽住龙髯。龙髯断而众人堕地，未能乘龙得仙。

殷尧藩

殷尧藩，苏州嘉兴（今属浙江）人。元和中登进士第，辟李翱长沙幕府，加监察御史。又尝为永乐令。《全唐诗》编其诗一卷。

送韦侍御报使西蕃①

归奏圣朝行万里，却衔天诏报蕃臣②。本是诸生守文墨，今将匹马静烟尘③。旅宿关河逢暮雨，春耕亭障识遗民④。此去多应收故地，宁辞沙塞往来频⑤。

①“韦侍御”，名不详。侍御，此处系侍御史的省称。其职能之一就是奉使出外执行指定任务。以诗中所述，此次去吐蕃是交涉归还唐河湟故地之事。“报”，前往。“西蕃”，指吐蕃，因其地在唐之西，故云。

②“圣朝”，封建时代称当代王朝。“衔天诏”，手持皇帝的诏书。

③“静烟尘”，谓消弭战争或争端。

④“关河”，指河湟与附近的关隘。“春耕”，点明出使时在春日。“亭障”，古代边塞的堡垒。“遗民”，亡国之民，此处指唐失地之百姓。

⑤这两句写对韦御史的企盼，愿其一言兴邦。“收故地”，收回被吐蕃掠去的唐故土。“宁”，岂。

崔　郊

崔郊，元和间秀才。《全唐诗》编其诗一首。

赠去婢[1]

公子王孙逐后尘，绿珠垂泪滴罗巾[2]。侯门一入深如海，从此萧郎是路人[3]。

① 唐末范摅《云溪友议》记载，宪宗元和年间，秀才崔郊的姑母有婢女，姿容妙曼，与崔郊互相爱恋。姑贫，将此婢卖与显贵于頔。崔郊思慕不已。一次寒食节，婢女外出与崔郊邂逅，崔百感交集，写此诗以赠。后来于頔读到此诗，便让崔郊将婢女领去，传为诗坛佳话。这首诗写所爱者被夺的悲哀，寓言颇深，而表现手法却怨而不怒，含蓄委婉。

②“公子”句，以公子王孙争相追求以烘托婢之美也。“绿珠”句，以绿珠遭遇以形容婢之痛也。绿珠美而艳，是西晋豪富石崇的宠妾，赵王司马伦专权时，其手下的孙秀与石崇有宿憾，向石崇索要绿珠，石崇不允，被收下狱，绿珠跳楼自杀。此句以绿珠的悲惨遭际暗示婢女被劫夺的不幸。

③“侯门”，指权贵势要之家。于頔官居司空，故云。侯门如海，言婢女入侯门后，与自己疏远隔绝。“萧郎”，指梁武帝萧衍，后以泛指所亲爱或为女子所恋的男子，或云萧郎即为传说中春秋时善吹箫的箫史。此处是崔郊自谓。这两句表达出的绝望，较直抒胸臆更加哀感动人。

"侯门如海"也因此喻形象生动，而成为成语，以比喻旧日的相识因权势地位的悬殊而疏远隔绝。

朱庆馀

朱庆馀，名可久，以字行。越州（今浙江绍兴）人，宝历二年（826）登进士第，官秘书省校书郎，又曾客游边塞。在仕途并不得意，与张籍、姚合、贾岛、顾非熊等交游。其诗受知于张籍，更由于张籍的推而赞之，诗名遂得大著。《全唐诗》编其诗两卷。

近试上张籍水部①

洞房昨夜停红烛②，待晓堂前拜舅姑。妆罢低声问夫婿，画眉深浅入时无③。

① 题一作《闺意献张水部》。这是朱庆馀临近进士考试时寄给张籍的诗。唐代风气，应试之人常以诗作干谒有权势或有名望之人，希望借其影响力，使诗作得到推荐传播，以助应试者达到目的。古诗中美人香草的写法，自先秦始，男人难言之事，有时以女性口吻道出，自然显得蕴藉。朱庆馀亦用此法。"张籍水部"，张籍时任水部郎中，故有此称。张籍是当时文学大家，名望颇为当时所重，又善于提携后进，故不少士子皆录所作求其推荐。而张又是朱的知音，平素对朱所作，推

赞不已。尽管如此，在临近考试时，朱庆馀还献此诗以征求意见，诗中借闺房情事而隐喻考试。自比新娘，比张籍为新郎，比主考官为舅姑。

②“洞房”，新婚夫妇的新房。“停”，安置。“停红烛”，即让红烛点着，通夜不灭。“舅姑”，丈夫的父母，即公婆。古时近亲通婚，舅姑子女间多联姻，公公或岳父多为其舅，婆婆或岳母多为其姑，相渐成俗，就以舅姑代女子之公婆，或男子之岳父或岳母。首云“昨夜”，次云“晓”，时间特定。

③“画眉”，以黛饰眉。用汉张敞典故。《汉书·张敞传》载，京兆尹张敞为妻画眉之事，当时传为美谈。后世常以“画眉”指夫妇“闺房之乐”。“深浅”，浓淡。“入时无”，时髦不时髦。这是借喻文章是否合格。张籍见此诗，立即作《酬朱庆馀》以答之，诗云：“越女新妆出镜心，自知明艳更沉吟。齐纨未是人间贵，一曲菱歌敌万金。”朱是越州人，故以“采菱越女”称之；镜湖是当地名胜，“镜心”，镜湖的湖心。“自知明艳更沉吟”，当然知道自己的美丽，但因过于爱好，还暗自忖度。其实没有什么放心不下的。那些穿着齐纨（齐地所产的细绢，以质佳而著名）的浓妆美人，人们并不看中。相反，采菱姑娘的一曲菱歌，才抵得上万金。张诗为消除朱庆馀“入时无”之顾虑，故以“时人”的贵与贱答之，极妙。献诗妙，答诗妙，妙到毫颠，更成佳话，故载于《唐诗纪事》中。

杜　牧

杜牧（803—约852），字牧之，京兆万年（今陕西西安）人，大和进士，曾为黄、池、睦等州刺史，后入朝任司勋员外郎、中书舍人等职，有《樊川文集》。杜牧刚正有奇节，敢论列大事，指陈时弊，企求恢复唐帝国昔日的繁荣昌盛，自称“平生五色线，愿补舜衣裳”，然其势难为，故理想必然落空。其诗文以意为主，以气为辅，诗情豪迈，语率惊人，识者以拟杜甫，故称“大杜”“小杜”以别之。与李商隐并称“小李杜”。其诗追求高绝，在晚唐浮浅轻靡的诗风之外，独树一帜，古体诗流丽之中骨气遒劲，近体诗俊爽之中味永趣长。《全唐诗》编其诗八卷。

新柳①

无力摇风晓色新，细腰争妒看来频。绿阴未覆长堤水，金穗先迎上苑春②。几处伤心怀远路，一枝和雨送行尘③。东门门外多离别，愁杀朝朝暮暮人④。

① 本篇所说的新柳，指长安之柳。

②“金穗”，指柳树穗状种子，生于初春，暮春成熟后为柳絮。“上苑”，此指唐之禁苑。

③ 这两句以柳拟人，言送别也。“几处伤心”，言送行人和行人之伤别。“远路”，指远行人之行程遥远。

④“东门”，指长安城东门（由南至北分别为延兴门、春明门、通化门）。出此门，通向东方、南方广大地区。

及第后寄长安故人[①]

东都放榜未花开，三十三人走马回[②]。秦地少年多酿酒[③]，已将春色入关来[④]。

① 唐文宗大和元年（826），杜牧在东都洛阳参加进士考试。太学博士吴武陵荐于主考官——礼部侍郎崔郾，杜牧一举得中。翌年春，崔郾东都放榜，西都（长安）过堂。所谓过堂，是因唐科举制度规定，及第进士还须到吏部参加另一次考试——关试，录取后方能得到官职。这首诗就作于赴长安入潼关之时。

② 唐时进士放榜，时在春日。这两句写东都放榜时在早春，尚未进入花季，同榜进士三十三人随之走马回西都以参加吏部关试。

③ 杜牧年二十六而中进士，故要其西都的年轻朋友多多酿酒准备庆贺。“酿”，一作“办”。

④ 这句写其已带着及第后的喜悦入潼关而来。“春色”，双关语。既指大自然的春色，亦指及第后，又将通过关试之春色。“入关”，双关语，既言其由洛阳入潼关回长安，又言要参加吏部的关试。“将”，携带。“已”，一作“即”。

赠终南兰若僧[①]

北阙南山是故乡[②]，两枝仙桂一时芳[③]。休公都不知名姓，始觉禅门气味长[④]。

① 杜牧及第后方月馀，即在长安参加了文宗亲自主持的考试，并被录取。他少年得意，又擅诗文（尤其是此前所作的《阿房宫赋》，为他赢得了巨大的声誉），故进士及第，天下皆知，关试告捷，更是了得！据孟棨《本事诗·高逸》载：“杜舍人牧，弱冠成名，当年制策登科（贤良方正能直言极谏科），名振京邑。尝与一二同年（同榜进士）城南游览，至文公寺，有禅僧拥褐独坐，与之语，其玄言妙旨，咸出意表。问杜姓字，俱以对之。又云：‘修何业?’傍人以累捷夸之，顾而笑曰：‘皆不知也。’杜叹讶，因题诗云（略）。”“兰若（rě）”，佛寺。

②“北阙”，帝王宫禁的称谓，也作朝廷的别称。“南山”，指长安城南的终南山。北阙南山，代指长安。杜牧《长安雪夜》：“秦陵汉苑参差雪，北阙南山次第春。”用法亦如此。其籍贯京兆万年之杜曲（在长安城东南），故云。“北阙”句，一作“家在城南杜曲傍”。

③“两枝仙桂”，指杜牧进士及第并通过关试。桂，晋郤诜举贤良对策列最优，自谓“犹桂林之一枝，昆山之片玉”。故后谓登科为折桂。

④ 这两句是说，应当一举成名天下知的自己，连这样功法深厚的禅师竟浑然不知，可见佛门意味之深长。“休公”，南朝诗僧汤惠休，人敬称休公。此处指对兰若僧的敬称。“始觉”句，可作两解：一，佛门四大皆空，对红尘之事并不留意，故不知杜牧之名姓；二，该禅师言外之意，说明杜牧的知名度尚不高，故须醒悟。第二解义长。“禅门”，佛教禅宗教门。

将赴吴兴登乐游原一绝[①]

清时有味是无能[②]，闲爱孤云静爱僧[③]。欲把一麾江海去[④]，乐游原上望昭陵[⑤]。

① 这首诗作于宣宗大中四年（850），系杜牧由吏部员外郎将离开长安赴吴兴任刺史时所作。杜牧胸有大志，刚直有奇节，非但擅诗文，更具政治、军事才能。然而在当时，由于党争激烈，朝中关系复杂，致使其难展长才，故请求出守外郡。“吴兴”，古郡名，隋时改称湖州，唐天宝时又改吴兴郡，地在今浙江湖州市。“乐游原”，在长安城东南延兴门内侧，为长安城最高处。“绝”，即绝句。诗体名，四句为一首。

②“清时”，太平盛世。“有味”，有个人情趣，即闲情逸致。这句是说，在这清平有为之时，自己追求个人情致而出守外郡，是因为无能的缘故。此不平语也，言已尽而意有馀。

③ 此句承上句“味”与“无能”而发，“闲”，言官事也。“静”，言心态也，不与世争。

④“把”，持。“一麾（huī）”，南朝宋颜延之《五君咏》：“屡荐不入官，一麾乃出守。”指阮咸受人排挤，一挥手而出任始平太守。此处的“麾”，指挥手。杜牧借动词之麾作了名词之用。麾，本意为调度指挥的旗帜，古时称出任地方长官为建麾。“江海”，指吴兴。吴兴北濒太湖长江，东近大海，故云。

⑤“昭陵”，唐太宗李世民的陵墓，在今陕西礼泉县东北九嵕山。这句写对“贞观之治”的追怀。“有味”“无能”，见心中之不平也；爱云爱僧，见心中之抑郁也；欲去江海，见心中之愤懑也；遥望昭陵，见心中之寄慨也。语虽宛转，称名虽小取类也大也。

许　浑

许浑，字用晦，一作仲晦，润州丹阳（今属江苏）人。大和六年（832）进士，官虞部员外郎，转睦、郢二州刺史。其诗长于律体，句法圆稳工整。当时颇为杜牧、韦庄等所重。亦被陆游推为晚唐的“杰作”。清代田雯又云：“诗律之熟，无如浑者……七言拗句亦自挺拔，兼饶风致。”然缺乏精辟警策，故清代李重华评之曰：“格甚凝练，气未深厚。”《全唐诗》编其诗十一卷。

长安岁暮①

独望天门倚剑歌，干时无计老关河②。东归万里惭张翰，西上四年羞卞和③。花暗楚城春醉少，月凉秦塞夜愁多④。三山岁岁有人去，唯恐海风生白波⑤。

① 这首诗是许浑下第后所作，以其“四年”观之，当属再次下第（其诗集中，下第诗最少有六首，亦可证其下第并非一次），下第而又逢岁暮，故而感慨多矣。

② 这两句写诗人有志难伸之感慨。“天门”，帝王宫殿的门。“干时”，求合于时。干，求取。“关河”指秦地。《史记·苏秦列传》：“秦四塞之国，被山带渭，东有关河，西有汉中。”这两句一作“每望青云忆薜萝，长安九陌独悲歌”。

③ 这两句写诗人与进退两难的感慨。“张翰”，晋吴郡吴人，齐王司马冏招为大司马东曹掾。时政局混乱，翰为避祸，急于南归，乃托词见秋

风起，思故乡莼羹鲈鱼脍，辞官归吴。这句是说自己的东归与张翰的南归比起来，更显惭愧。“西上四年”，言其至长安四年，几次下第。“卞和”，春秋楚人。相传他发现一块玉璞，先后献给楚厉王和武王，都被认为欺诈，被砍去双脚。文王即位后，卞和又抱璞哭于荆山下，楚王使人剖璞加工，果得宝玉，称为和氏璧。这句言在长安无所作为不被采纳，比卞和还羞耻。

④ 这两句写干时无计的感慨。“楚城”，诗人故乡润州为故楚地，故云。“秦塞”，秦地，此处指长安。“春醉少”，少欢趣也；“夜愁多”，多愁烦也。

⑤ 这两句写无奈欲求仙的感慨。“三山”，古代神话中的三神山，即方丈、蓬莱、瀛洲。这两句一作“蓬瀛有路求知处，涨洒悠悠空碧波”。

李商隐

李商隐（813—858），字义山，号玉谿生，怀州河内（今河南沁阳）人。开成年间登进士第，曾任县尉、秘书郎和东川节度判官等职，因受牛李党争影响，被人排挤，终身潦倒。他反对藩镇割据，反对宦官擅权。常以诗歌揭露批判时政，所作“咏史”诗多托古以讽，无题诗也有寄寓，至其实际含义，诸家解释不一。因其政治抱负难以实现，故诗中常带感伤之情调。李商隐的诗，擅长律、绝，富于文采。律诗于秾丽之中时露沉郁，流美之中不失厚重；绝句往往是精工之中巧于用笔，缜密之中唱叹有情，具有独特风格，结集为《玉谿生诗》。《全唐诗》编其诗三卷。

乐游原[①]

向晚意不适，驱车登古原[②]。夕阳无限好，只是近黄昏[③]。

①“乐游原”，在长安城东南延兴门内侧，原是汉宣帝乐游苑的故址。其地四望宽敞，可眺望全城，每到二月一日（中和节）、三月三日（上巳）和九月九日（重阳），京都士女多到此处游赏。李商隐生不逢时，终身潦倒，所谓“虚负凌云万丈才，一生襟抱未尝开”也，他这次去乐游原，正是“意不适”时。

②“不适”，不悦，不快，“古原”，指乐游园。

③“夕阳”两句，是慨叹时光的流逝，也可能有盛衰之感。作者另一首《乐游原》中有句云：“羲和自趁虞泉（神话传说中日落的地方）宿，不放斜阳更向东。”亦是同调。清人纪晓岚评此诗：“百感茫茫，一时交集，谓之怨身世可，谓之忧时事亦可。”解得切，解得切。

宿骆氏亭寄怀崔雍崔衮[①]

竹坞无尘水槛清[②]，相思迢递隔重城[③]。秋阴不散霜飞晚，留得枯荷听雨声[④]。

①“骆氏亭”，据清人冯浩考证，此亭当为唐代处士骆峻隐居的水榭。在霸陵东坂下。“崔雍崔衮”，是李商隐从表叔兼知遇者崔戎的两个儿子，系李商隐的从表兄弟。

②“竹坞”，绿竹丛生的土坡。坞，筑土为障称坞。“水槛”，临水的

栏杆。

③“迢递”，高貌。“重城”，指长安城。中有外城、内城和宫城，故云。

④“阴”，阴晦。飞霜须在晴夜，秋阴不散，故而霜飞晚也。“听雨声”，言其深夜无寐，思念二崔。这两句乃是神来之笔。留得枯荷，为听雨也；听雨怀人，自见情谊之重也。“留得枯荷听雨声”，曾得到曹雪芹的宝爱，在《红楼梦》第四十回《史太君两宴大观园　金鸳鸯三宣牙牌令》中，他借黛玉之口，道出了对此句的激赏。“枯荷”，《红楼梦》中作“残荷”。

为有①

为有云屏无限娇，凤城寒尽怕春宵②。无端嫁得金龟婿，辜负香衾事早朝③。

①“为有”，也是李商隐的无题诗。为有，依《诗经》例，取诗之前二字权作题目。诗中以达官贵妇之口道出怨情，其实是借之以吐胸中之块垒。屈复《玉谿生诗意》对此分析得头头是道：“玉谿（李商隐号玉谿生）以绝世香艳之才，终老幕职，晨入暮出，簿书无暇，与嫁贵婿、负香衾何异？其怨也宜。”

②“云屏”，云母屏风。“无限娇”，指娇艳的少妇。“凤城”，指都城长安。这两句是说夫贵妻艳，春宵苦短，而着一“怕”字，自然引出下文。

③这两句以少妇之口道出所怕的原因，即在于丈夫辜负香衾要去上早朝的。唐时上早朝，是在天未明时，如白居易“遥认微微上朝火，一条

星宿五门西”（《登观音台望城》）。“无端”，无因，引申为无缘无故。“金龟婿”，佩有金龟袋的夫婿。《新唐书·车服志》：“天授元年，改佩鱼皆为龟。其后三品以上龟袋饰以金。”“为有”而道闺房之乐，“无端”而见娇妇之怨，最显委婉情致。

及第东归次灞上却寄同年①

芳桂当年各一枝，行期未分压春期②。江鱼朔雁长相忆，秦树嵩云自不知③。下苑经过劳想像，东门送饯又差池④。灞陵柳色无离恨，莫枉长条赠所思⑤。

① 李商隐于文宗开成二年（837）进士及第。这是他及第东归故乡怀州河内（今河南沁阳）行至灞上所作。“灞上”，即长安城东灞水之上。此指灞桥。“同年”，同榜进士称同年。

②“芳桂”，喻进士及第，出类拔萃。见杜牧《赠终南兰若僧》注③。“各一枝”，两人同时折桂。“分”，料。“压春期”，在春末。其行期是三月二十七日。

③“江鱼朔雁”，此处喻同年鱼雁传书，“秦树嵩云”，分别指在长安的同年和归嵩洛的自己。“秦”，代指长安。“嵩”，嵩山，代指故乡。

④“下苑”，即宜春苑，地在曲江。“劳想像”，靠想象去回味。指进士及第后曲江宴会雁塔题名等事。想像，今作“想象”。“东门”，长安城之东门。“送饯”，饯行。“差池”，不齐。引申为差错。此处指分离。

⑤“灞陵”，古地名，本作霸陵，地在长安城东。长安风俗，送别者至灞

陵北之灞桥而折柳相赠。“无离恨”，柳谐音留，相留不成，故言离恨。而此次分离，是东归报喜，故曰“无离恨”。“枉”，徒然，白费。“长条”，即柳条。

重有感①

玉帐牙旗得上游，安危须共主君忧②。窦融表已来关右，陶侃军宜次石头③。岂有蛟龙愁失水？更无鹰隼与高秋④。昼号夜哭兼幽显，早晚星关雪涕收⑤？

① 对于唐文宗大和九年（835）的“甘露之变”，李商隐已写了《有感》二首，以纪其痛。事变后，宦官凶焰尤炽，“迫协天子，下视宰相，陵暴朝士如草芥。”（《通鉴》卷二百四十五）开成元年（836）二三月，昭义军（地辖泽州、潞州）节度使刘从谏三次上表，要求公布甘露事变中被株连遇害的宰相王涯等人的“罪名”，并揭露阉竖头子仇士良之罪恶，表示“誓以死清君侧”，李商隐有感于此并当时之严重形势，写这首诗以纪感，主张“清君侧”，恢复文宗之自由。

②“玉帐”，征战时主将所居的军帐。“牙旗”，大将所建，以象牙为饰的大旗。“得上游”，掌握着有利形势。这两句说，刘从谏掌握着兵权，能够控制形势，应当在国家危难时与皇帝共忧患。

③“窦融”，东汉初任凉州牧，当得知光武帝将讨伐西北军阀隗嚣，他便整顿兵马，上表问出兵日期，准备效力。“关右”，函谷关以西，凉州在关右，故云。这句以窦融比刘从谏，当时刘从谏已三次上表，欲消灭祸政之宦官。“陶侃”，东晋明帝时任荆州刺史，苏峻叛乱，京城建

康（即今江苏南京）危急，他被推为盟主，挥师石头城下，杀了苏峻。这句希望王从谏联合其他节度使共同赴长安讨逆。“次”，到达。“石头”，石头城，指建康。

④“蛟龙失水”，指文宗为宦官所控制。“岂有”，表示对蛟龙失水的强烈义愤。“鹰隼与高秋”，喻武臣勤王，应像鹰隼击杀鸟雀那样击杀宦官。《左传·文公十八年》：“见无礼于其君者，诛之，如鹰隼逐鸟雀也。”“隼（sǔn）”，猛禽，亦名鹘（hú）。“与”，通“举”。“高秋”，阴历九月。《礼记·月令》载，此时宜行诛伐之事。“更无”，根本没有。这句是说，还未看到节度使们伐无道、清君侧的实际行动，是对“鹰隼”们的失望与希望。

⑤“幽”，指鬼神。“显”，指人。这句是说，对于宦官的凶横，人神共愤，天地不容。“早晚”，何时，何日。“星关”，犹天门，指皇帝的住所。“雪啼”，拭擦眼泪。这句是说，什么时候才能收复被宦官盘踞的宫阙，使君臣拭泪欢庆呢。

龙池①

龙池赐酒敞云屏，羯鼓声高众乐停②。夜半宴归宫漏永，薛王沉醉寿王醒③。

①“龙池”是兴庆宫中的池名。李商隐以此为题，讽刺唐玄宗的荒淫生活。

②“龙池赐酒”，指皇家龙池宴饮时唐玄宗赐酒予诸王与嫔妃，自然也包括杨贵妃。“云屏”，云母屏风。“羯鼓”，古羯族乐器。形如漆桶，下

以水牙床承之，击用二杖，声音急促高烈。唐玄宗好羯鼓。

③“宫漏”，古代宫中计时器，用漏壶原理，故称漏。“永”，长。“薛王”，指玄宗侄李瑁。“寿王”，指玄宗子李瑁。杨玉环原为李瑁之妃，被玄宗看中，度为女道士，然后纳入宫中，天宝初册立为贵妃。李瑁另娶韦昭训女为妃。宫漏永，言李瑁宴归后难以入睡，故知宫漏声不绝也。“薛王沉醉”，言薛王饮酒过多而入醉乡也；“寿王醒”，言寿王因在宴席上受玄宗贵妃刺激而难以成眠也。

杜司勋[①]

高楼风雨感斯文[②]，短翼差池不及群[③]。刻意伤春复伤别，人间惟有杜司勋[④]。

①“杜司勋”，指杜牧。宣宗大中三年（849）正月，杜牧由湖州刺史转任司勋员外郎、史馆修撰。同在长安的李商隐为杜牧写了这首诗，赞美其诗歌创作。据诗中“刻意伤春”语，可知是当年春日所作。

②“高楼风雨”，既有风雨凄凄的自然景象，亦寓风雨如晦的时代氛围。“斯文”，指杜牧伤春伤别的诗作。“斯”，此。全句意思是，值此高楼风雨，四顾茫茫，对杜牧的诗作也就有了更深切的感受。

③“短翼”句，转说自己。意为自己翅短力微，不能与杜牧比翼。此系自谦才短，自慨不能奋飞远举。“差池”，不齐貌。“群”，朋辈，此指杜牧。有的注本或鉴赏说此两句意指李商隐与杜牧，言二人同样有壮心不遂之恨，请读者诸君自鉴之。

④这两句高度推崇杜牧的诗歌。“刻意”，专心一意。指写作态度严肃，

用意深刻。“伤春”“伤别”，既概括了杜牧诗歌的主要内容和基本主题，更点出了杜牧诗歌的风格和晚唐衰颓的时代特征。加一“惟有”，可知杜牧诗歌的地位当世无两。清人何焯评曰：“高楼风雨，短翼差池，玉谿方自伤春作伤别，乃弥有感于司勋之文也。”可谓的评。

哭刘蕡①

上帝深宫闭九阍，巫咸不下问衔冤②。广陵别后春涛隔，湓浦书来秋雨翻③。只有安仁能作诔，何曾宋玉解招魂④。平生风义兼师友⑤，不敢同君哭寝门⑥。

①“刘蕡（fén）”（？—842），字去华，昌平（今北京昌平）人，大和二年（828）举贤良方正直言极谏科考试，对策痛辟宦官乱政，危害国家，要求“揭国柄以归于相，持兵柄以归于将”，此直言在士大夫中激起了强烈反响，因此也遭到宦官的忌恨。考官赞赏其文章，却因惧怕宦官，不敢录取。开成二年，令狐楚任山南西道节度使，刘蕡与李商隐同在幕。随后，刘蕡遭宦官诬陷，被贬为柳州司户参军，大中元年方放还。会昌二年（842），客死于浔阳，当时李商隐在长安，闻噩耗作诗四首以吊。此是其中之一首。

②这两句写刘蕡遭诬而被贬。“九阍”，九重宫门。“巫咸”，古代传说中的神巫名。上帝不遣巫咸问刘蕡的冤情是失察，以此痛惜朝廷不察真相。

③这两句写最后见面与闻讣的时间和地点。“广陵”，郡名。地在今江苏扬州。“湓浦”，亦名湓口，属江州（浔阳）所辖，故址在今江西省九

江市柴桑区西。“书”，指讣音。据清人冯浩《玉谿生诗集笺注》云，刘蕡卒于江州时在会昌二年秋。“春涛隔”，言思念也；“秋雨翻”，悲噩耗也。

④ 这两句痛言只能如潘岳那样的诗文哀悼而不能使其死而复生。“安仁能作诔”，西晋文学家潘岳（字安仁）长于作哀诔之文。“诔”，哀悼死者之文。“宋玉解招魂”，《楚辞》中有一篇《招魂》。中有云：“怜哀屈原忠而斥弃，……魂魄散佚。”汉王逸以为宋玉作，以招屈原之魂。

⑤ 这句写作者对刘蕡的评价。“风义”，风概高义。也作“风谊”。“兼师友”，亦师亦友。指风义为师，交谊为友。

⑥ 这句写不敢以待友之礼而待刘蕡，自见对其尊崇。“同君”，与君（指刘蕡）同列。“寝门”，内室的门。《礼记·檀弓上》载，孔子云：“师，吾哭诸寝，朋友，吾哭之寝门之外。”古礼：哭师在正寝之内，哭友，在寝门之外。表示师重于友。

韩冬郎即席为诗相送，一座尽惊。他日余方追吟“连宵侍坐裴回久”之句，有老成之风，因成二绝寄酬，兼呈畏之员外（选一首）[①]

十岁裁诗走马成，冷灰残烛动离情[②]。桐花万里丹山路，雏凤清于老凤声[③]。

① 大中五年（851）冬，李商隐离京赴梓州（州治在今四川三台县）东

川节度使柳中郢幕府，行前，连襟（姊妹丈夫之互称）兼同年韩瞻设宴相送，席间，韩瞻八岁的儿子韩偓即席以诗相赠，中有“连宵侍坐裴回久”句，原诗已佚。商隐赴东川途中，追吟韩偓诗句，写此诗寄酬。韩冬郎，即韩偓（842—923），冬郎系其小字。晚唐著名诗人。“畏之”，韩瞻字。韩瞻与李商隐于开成二年（837）同登进士第，娶王茂元女，与商隐为连襟。原题二首，此诗为第一首，赞美韩冬郎之诗才。“裴回”，即徘徊。

② “裁诗”，作诗。“走马成”，谓诗思敏捷。“冷灰残烛”，指韩瞻设宴相送时的情景，宴后又久坐相语。灰，指烛芯的灰烬。

③ 这两句赞美韩冬郎虽幼，诗才已在其父之上。“桐花”、“丹山”，一言凤凰居处（凤凰非梧桐树不栖），一言凤凰产地。《山海经·南山经》：丹穴山有鸟名曰凤。“雏凤”，幼凤。

潘　咸

潘咸，文宗时人《全唐诗》编其诗五首。

长安春暮

客在关西春暮夜，还同江外已清明[①]。三更独立看花月，惟欠子规啼一声[②]。

①“客”，作者自指。“关西”，函谷关、潼关以西。此处指长安。

②“子规”，即杜鹃鸟，其啼音略为“行不得也哥哥”。

刘得仁

刘得仁，公主之子，穆宗长庆中即以诗名。自文宗开成至宣宗大中三朝，昆弟以贵戚皆擢显仕，而得仁出入举场二十年，竟无所成。擅五言诗，体调清莹。《全唐诗》编其诗两卷。

乐游园春望

乐游原上望，望尽帝都春①。始觉繁华地，应无不醉人。
云开双阙丽，柳映九衢新②。爱此频来往，多闲逐此身③。

①“帝都”，指长安。“都”一作“城”。

②“双阙”，指大明宫含元殿前的栖凤阁和翔鸾阁。阙，宫门前的望楼。“九衢”，四通八达的道路。

③“多闲”句，寓有感慨。“多闲”，难以为用。科场屡败，故闲也；无所事事，亦闲也；难有为作，尤闲也，故曰多闲。“频来往”，一作“偏高野”。“多闲逐此身”，一作“闲来竟日频”。

春日雨后作

朝来微有雨，天地爽无尘。北阙明如画，南山碧动人①。
车舆终日别②，草树一城新。枉是吾君戚，何门谒紫宸③。

①“北阙”，帝王宫禁。“南山”，终南山。

②“车舆”句，言每日驾车外出。

③“枉”，徒然，白费。“吾君戚”，皇帝的亲戚。刘得仁是皇家外孙，其母系公主。故曰“吾君戚”。“紫宸”，殿名，大明宫第三殿为紫宸殿，是皇帝接见群臣、外国使者朝见庆贺的内朝正殿。这两句深有感慨。纵然为皇亲，却难由科举进入仕途，故叹出入却无门，充满了立身难的无奈。其句“外家虽是帝，当路且无亲”，可参读。

省试日上崔侍郎四首（选二首）①

衣上年年泪血痕，只将怀抱诉乾坤②。如今主圣臣贤日，岂致人间一物冤③。

①“省试”，指尚书省举行的考试，称会试，考中者即得进士第。“崔侍郎”，礼部侍郎崔某，唐时省试主试者多由礼部侍郎担任。这两首诗分别是四首中的第二、第四首。

②“年年泪血痕”，言其屡考不第也。“诉乾坤”，言其冤屈唯有诉于天地也。“泪”，一作“滴”。“怀”一作“幽”。

③这两句是鸣屡试不中的冤屈，亦见幽怨之情。“一物”，刘得仁自指。

方寸终朝似火然[①]，为求白日上青天[②]。自嗟辜负平生眼，不识春光二十年[③]。

①“方寸”，内心。“方寸似火然”，言其对科举的热衷。《唐才子传》录其语云：“尝立志必不获科第，不愿儋（dān）人之爵也。”“然”同“燃”。

② 这句是说，为求取功名，故屡败屡战。

③ 这两句言其出入举场二十年，竟无所成。“自嗟”“不识”云云，自有负屈之味。其《陈情上李景让大夫》句可参读：“一被浮名误，旋遭白发侵。”得仁卒，僧栖白吊之曰：“忍苦为诗身到此，冰魂雪魄已难招。直教桂子落坟上，生得一枝冤始销。”可见对其冤屈之同情。

薛　逢

薛逢，字陶臣，河东蒲州（今山西永济）人。会昌元年（841）登进士第。授万年尉，历官侍御史、尚书郎等职。持论鲠切，以谋略自显。曾两斥为刺史，后官至秘书监。《全唐诗》编其诗一卷。

送封尚书节制兴元[①]

大封茅土镇褒中[②]，醉出都门杀气雄。陌上晚花迎虎节，马前新月学弯弓[③]。珂临响涧声先合，旆到春山色更红[④]。欲识真心报天子，满旗全是发生风。

① 本篇写封尚书衔节制兴元，张直气而扶壮心，雄豪可赏。“封尚书”，指封敖。“节制”，节度使之简称。在其所节制的州郡，掌管军事民政及用人理财大权。“兴元”，府名。古梁州之境，唐德宗兴元元年升梁州为兴元府。治在今陕西省汉中市汉台区。

②“茅土”，谓受封为王侯。古代帝王社祭之坛以五色土建成，分封诸侯时，按封地所在方向取坛上一色土，以茅包之，称为茅土，给受封者在封国内立社。此处指封尚书又加节度使之任。“褒中”，县名。古褒国地，隋为褒中县，唐时改名褒城，故城在今陕西勉县东北。

③“虎节”，古代使节所持的虎形信物。“学弯弓”，学习弯弓射箭。

④“珂”，马笼头上的装饰品。马行有声。晋代张华《轻薄篇》：“文轩树玉盖，乘马鸣玉珂。”“旆（pèi）”，大旗。

⑤“发生风”，即春风。发生，萌发、滋长。《尔雅·释天》：“春为发生，夏为长嬴，秋为收成，冬为安宁。”注：“此四时之别号，《尸子》皆以为太平祥风。”

赵 嘏

赵嘏（gǔ），字承祐，山阳（今江苏淮安）人。会昌二年（842）进士及第，官渭南（今陕西省渭南市临渭区）尉，有《渭南集》。善七律，笔调清圆熟练，时有警句。因《长安晚秋》有句云：“残星几点雁横塞，长笛一声人倚楼”，被杜牧称为“赵倚楼”。《全唐诗》编其诗两卷。

同州南亭陪刘侍郎送刘先辈[1]

处处云随晚望开，洞庭秋水管弦来[2]。谢公待醉消离恨，莫惜临川酒一杯[3]。

①“同州”，汉代左冯翊地，北魏时改名同州，唐因之。治在今陕西大荔县。刘侍郎、刘先辈，名不详。

②“洞庭”，湖名，在今湖南省北部，长江南岸。应为刘先辈的故乡或去处。“水”一作“入”。

③这两句以谢灵运比刘先辈。“离恨”，恨别。“谢公”“临川”，均指南朝谢灵运。《宋书·谢灵运传》：“少好学，博览群书，文章之美，江左莫逮，太祖以为临川长史。”“临川”，郡名，三国时吴置，治在今江西省抚州市临川区。

经汾阳旧宅[1]

门前不改旧山河[2]，破虏曾轻马伏波[3]。今日独经歌舞地，古槐疏冷夕阳多[4]。

①此诗是诗人经郭子仪旧宅时感慨之作。郭子仪系唐朝大臣，安史乱，他为朔方节度使，率军征讨，破史思明于河北。肃宗即位，他出任兵部尚书，同中书门下平章事，至德二载，为关内、河东副元帅，收复两京，进封汾阳郡王。《旧唐书》称其“权倾天下而朝不忌，功盖一代而主不疑”。德宗即位，尊其为“尚父”。郭子仪长安府第在长安城

内亲仁坊（今西安建筑科技大学一带），还有园林在大通坊，占该坊四分之一土地（其遗址在今西安高新区电子商城广场一带）。

②“旧山河”，即山河依旧，意为风景依然。

③这句写郭子仪平定安史之乱的战功，比汉将马援更大。“破虏”，一指平定安史之乱，收复两京；二指抵御吐蕃。代宗时，吐蕃侵占西京，他予以收复，后又说服回纥联唐以拒吐蕃。“虏”，对敌方的蔑称。“马伏波”，即马援（前14年—公元49年），东汉光武帝时名将，曾参加攻灭隗嚣的战争，后又任伏波将军，南征，封新息侯。

④这两句写汾阳旧宅当年与后来的巨大差异。“歌舞地”，指当年汾阳王府中歌舞不断。“古槐”句，指旧宅此日的凄凉。郭子仪身后不久，家道即衰败。赵嘏写此诗时，是在四五十年后，触景而生情，可见感慨殊深。

长安晚秋①

云物凄凉拂曙流，汉家宫阙动高秋②。残星几点雁横塞，长笛一声人倚楼③。紫艳半开篱菊静，红衣落尽渚莲愁④。鲈鱼正美不归去，空戴南冠学楚囚⑤。

①此晚秋秋望，乃是伤秋。此伤秋，亦是赵嘏情怀之伤。题一作《秋望》，一作《秋夕》。

②这两句写诗人感受到的晚秋之色。“云物”，犹言景物。“拂曙”，拂晓。“汉家宫阙”，代指唐皇宫。唐诗中每每以汉比唐。“动高秋”，言宫阙周围环境始现深秋景象。“动”，萌动。“凉”，一作“清”。

③ 这两句写诗人拂晓之所见所闻。“残星几点”，因时在拂晓也；“雁横塞”，飞越关塞之雁结“一”字队形南飞也；“长笛一声”，其意似含凄清也；“人倚楼”，以吹笛人联想到自己倚楼而神伤也。此两句深得杜牧称赏，因称赵嘏为“赵倚楼”。（见《唐诗纪事》卷五十六）

④ 这两句写眼前景色和诗人的怅然。“紫艳”，篱菊之颜色。“红衣”，红莲花瓣。

⑤ 这两句写思归之情。“鲈鱼”句写思归故乡。西晋张翰在洛阳，感时局将乱，见秋风起，因以思故乡吴中莼菜羹和鲈鱼脍之由，辞官归里。“南冠”，楚冠。《左传·成公九年》：“晋侯观于军府，见钟仪问之曰：‘南冠而絷者，谁也?’郑人对曰：‘楚人所献囚徒也。’”后遂以“南冠”“楚囚”为囚徒的代称。“空”，虚。“学”，效法。

杜陵贻杜牧侍御①

紫陌尘多不可寻，南溪酒熟一披襟②。山高昼枕石床隐，泉落夜窗烟树深③。白首寻人嗟问计，青云无路觅知音④。唯君怀抱安如水，他日门墙许醉吟⑤。

①“杜陵”，地名。在今西安市东南，本名杜原。秦置杜县。汉宣帝在此筑陵，改名杜陵。杜牧是京兆万年杜陵人，其时为监察御史，系侍御史御史台成员。侍御史通常省称为侍御。题一作《题杜侍御别业》。“贻”，赠送。

② 这两句写寻到杜牧之后的怡然之情。“紫陌”，帝城的道路。“酒熟”，黍或米煮熟后，加酒曲经发酵、蒸馏而得的新酒，欲去其刺激性和辛

辣感，还必须经过一段时间的贮存，使口感更加绵柔，饮用感更加舒适，方算酒熟。“披襟”，敞开衣襟。喻舒畅情怀。

③ 这两句写杜牧别业之所见。“石床”，石制之床。

④ 这两句写寻觅知音之无奈。“白首”，赵嘏自指，言其年纪已老。“嗟”，叹息。“问计”，询问处身之计。“青云无路”，诗人自言难以及第。其困于举场数年，屡有下第诗，中有云：“晚路谁携手，残春自白头。”可证其登第之难。“知音”，了解自己特长的人，此处指杜牧。

⑤ 这两句写寻到杜牧之心态。“君”，指杜牧。“怀抱”，心胸。“门墙”，语出《论语·子张》：“夫子之墙数仞，不得其门而入，不见宗庙之美，百官之富，得门者或寡矣。”后遂以门墙为师门之称。

寒食遣怀①

折柳城边起暮愁，可怜春色独怀忧②。伤心正叹人间事，回首更惭江上鸥③。鶗鴂声中寒食雨，芙蓉花外夕阳楼④。凭高满眼送清渭，去傍故山山下流⑤。

① 此诗在《全唐诗》中列于《忆山阳》后，题作“二”，或系之第二篇，作者赵嘏是山阳人，诗中自见了乡愁。失意人之乡愁，愁中之愁也。

② “城边”，指长安城边。《三辅黄图·桥》：“霸桥在长安东，跨水作桥，汉人送客至此桥，折柳赠别。”后因以折柳为送别之词。

③ 这两句说自己科场屡挫的落寞心情，事伤心脾，堪悲叹也；“江上鸥”，谓与江上鸥鸟为友，比喻隐者生活。

④“鶗鴂（tí jué）”，杜鹃鸟。《临海物异志》：“鶗鴂，一名杜鹃，至三月鸣，昼夜不止，夏末乃至。”“寒食”，见王表《清明日登城春望寄大夫使君》注③。

⑤“清渭”，指渭水。故山，指故乡山阳。

马　戴

马戴，字虞臣，曲阳（今江苏省东海县西南）人。会昌四年登进士第。宣宗大中初，在太原幕府中任掌书记。以直言获罪，被贬为龙阳（今湖南常德）尉。懿宗咸通末，佐大同军幕，终太学博士。与贾岛、姚合为诗友，擅长五律。《全唐诗》编其诗两卷。

灞上秋居①

灞原风雨定，晚见雁行频②。落叶他乡树，寒灯独夜人③。
空园白露滴，孤壁野僧邻④。寄卧郊扉久，何门致此身⑤。

①“灞上”，本作“霸上”，地名。在长安城东，即灞浐合流附近灞水西之地。此篇写久寄灞原之无奈。

②“灞原”，即灞上。“雁行频”，雁队频频南飞，点出秋景。“他乡树”，指灞原之树，因诗人客居于此，故曰“他乡”。“独夜人”，即孤独对寒灯之人。

③“白露”，因秋日天气转寒水汽凝结成寒露而滴，故云。

④“寄卧”，寄居客卧。“郊扉”，城郊的房屋。“何门”，什么门。“致”，归，还。

春日寻浐川王处士[①]

碧草径微断，白云扉晚开[②]。罢琴松韵发，鉴水月光来[③]。
宿鸟排花动，樵童浇竹回。与君同露坐，涧石拂青苔[④]。

①“浐川”，浐河，发源于终南山，北汇灞水而入渭。“王处士”，名不详。

②“径微断”，小径细微，似续似断。

③“松韵”，指风入松之声。“鉴水”，临水照影，此指水中月影。

④“露”，即夜露。“拂青苔”，指与王处士同坐，而拂去涧石上的青苔。

项　斯

项斯，字子迁，会昌四年登进士第。名微时，以诗谒杨敬之，杨赠诗云：“几度见诗诗尽好，及观标格过于诗。平生不解藏人善，到处逢人说项斯。”其名从此而彰。终丹徒县尉。《全唐诗》编其诗一卷。

长安退将[1]

塞外冲沙损眼明，归来养病住秦京[2]。上高楼阁看星坐，著白衣裳把剑行[3]。常说老身思斗将，最悲无力制蕃营[4]。翠眉红脸和回鹘，惆怅中原不用兵[5]。

① 本篇写长安退将烈士暮年，壮心不已，以朝廷不对回鹘用兵的遗憾，表明其心中之恨事。

② 这两句写长安退将退役之故。“塞外”，边疆，险要之处，此外指玉门关外。“秦京”，代指长安。因长安古属秦地，故有是称。

③ 这两句写长安退将心在戎行。“看星”，因其驰骋疆场，在没有参考物的情况下，以星而辨别方向。“看星坐”，以见其悍将之概也；“把剑行”，因其指挥千军万马，更见其悍将之气也。“把”，执，握。

④ 这两句写长安退将未谐夙愿的悲愤。“斗将”，指挥冲锋陷阵的将军。“蕃营”，指回鹘的军营。

⑤ 这两句写长安退将因不对回鹘用兵之惆怅。“翠眉”句，指唐与回鹘和亲之事。安史乱时，回鹘（回纥）曾两次派兵协助唐政府军作战。唐王朝被迫与其和亲，计有德宗时的成安公主、燕国襄穆公主、宪宗时的安定（太和）公主等。“回鹘（hú）”，古民族名。维吾尔族的古称。其先匈奴，北魏时称高东部或敕勒，散居漠北，以游牧为生。唐德宗贞元四年（788），回纥可汗请改“回纥”为“回鹘”。

易　重

易重，字鼎臣，宜春（今属江西）人。武宗会昌五年（845）登进士第，官至大理评事。《全唐诗》存其诗一首。

寄宜阳兄弟[①]

六年雁序恨分离，诏下今朝遇己知[②]。上国皇风初喜日，御阶恩渥属身时[③]。内庭再考称文异，圣主宣名奖艺奇[④]。故里仙才若相问，一春攀得两重枝[⑤]。

① 会昌五年，易重及第后，再经内庭覆试，获第一，遂寄诗与在宜阳（今属河南）的兄弟，诗中洋溢着青云有路的得意之情。

② 这两句写赴京六年应试终于及第。“雁序”，喻兄弟。“遇己知”，得知遇之恩，指得官。

③ 这两句写接诏时的得意之情。“上国”，京师，首都。“皇风”，皇帝的德教，仁风。“御阶恩渥”，内庭恩泽所施。渥，沾润。

④ 这两句写内庭再考获得殊荣。“内庭”句，说的是重考之事。据《唐诗纪事》记载，会昌五年，陈商任主考，所录进士，张濆第一，易重次之。后诏白敏中重考，覆落张濆等八人，而易重居榜首。“宣名”，宣布中榜者易重的姓名。

⑤ 这两句写自己既中进士又获覆考第一。“仙才”，非凡的才华，此处是敬称故里有才华者。“一春”句，是说其春先获进士第，第后内庭覆考，又拔头筹。

郑 畋

郑畋（823—882），字台文，荥阳（今属河南）人。武宗会昌中进士及第。任秘书省校书郎，中书舍人，以兵部侍郎同平章事。后黜为节度使，又贬梧州刺史。僖宗即位，召还兵部侍郎，授检校尚书左仆射。《全唐诗》编其诗十六首。

禁直寄崔员外①

银台楼北蕊珠宫，夐与人间路不同②。在省五更春睡侣，早来分梦玉堂中③。

①“禁直”，在皇宫值班。皇宫称禁中。崔员外所直在蕊珠宫。本篇突出了禁直的重要。“员外”，即员外郎，官名，位于郎中之次。

②“蕊珠宫”，大明宫中的一宫，在右银台门内银台楼北。“夐”（xiòng），远，辽远。

③“省”，指蕊珠宫附近的秘书省。“侣”，指在秘书省（翰林院）夜直的郑畋。“玉堂”，官殿的美称。这里指蕊珠宫。这两句是说，天尚未明时，还在睡梦中的自己，便将梦分给了夜直的崔员外，故曰“分梦玉堂中”。能“分梦”，足见他们交谊之深。

薛　能

薛能，字太拙，汾州（今山西汾阳）人。会昌六年（846）进士及第。历御史、刑部员外郎。李福镇蜀，奏以自副。懿宗咸通间，摄嘉州刺史，迁刑部郎中、权京兆尹事，授工部尚书。节度徐州，徙镇忠武。广明元年，徐军戍溵水，经许州，薛能因其军多怀旧惠，馆待于城中，许州军惧遭袭击，大将周岌乘众疑怒，驱逐薛能，自称留后，随之将其杀害。《全唐诗》编其诗四卷。

折杨柳十首（选一首）[①]

嫩绿轻悬似缀旒[②]，路人遥见隔宫楼。谁能更近丹墀种，解播皇风入九州[③]。

①《折杨柳》曲，在唐盛传，薛能在该诗序中对那些作品自有微词，认为其“莫不条似舞腰，叶如眉翠，出品皆然，颇为陈熟”，故作此“暂脱常态”之诗，果然有味。

②“缀旒”，表率，归依。《诗经·商颂·长发》：“受小球大球，为下国缀旒。”毛《传》训为表章，郑《笺》释缀为结，言汤为天子，与诸侯同结其心，如旌旗之旒縿结。

③“丹墀”，古代宫殿前的石阶，漆成红色，称为丹墀。墀，殿上的空地，也指台阶。“解”，晓悟，理解。“皇风”，见易重《寄宜阳兄弟》注③。“九州”，古代中国设置的九个州，代指全国。

周 墀

周墀，字德升，汝南人。擢进士第，文宗时，曾知制诰，入为翰林学士。武宗时，以疾改工部侍郎，出为华州刺史。既而召为兵部侍郎，进同中书门下平章事。后罢为剑南西川节度使，终检校尚书右仆射。《全唐诗》编其诗二首。

贺王仆射放榜①

文场三化鲁儒生，三十馀年振重名②。曾忝木鸡夸羽翼，又陪金马入蓬瀛③。虽欣月桂居先折，更羡春兰最后荣④。欲到龙门看风雨，关防不许暂离营⑤。

① 武宗会昌三年（843），王起仆射再主文柄（主持进士考试），放榜后，华州刺史周墀以诗寄贺。据《唐摭言》记载，诗前有序云："仆射十一叔以文学德行，当代推高，在长庆（穆宗年号）之间，春闱主贡，采摭孤进，至今称之。近者朝廷以文柄重难，将抑浮华，详明典实，由是复委前务。三领贡籍，迄今二十二年于兹，亦缙绅儒林罕有如此之盛，况新榜既至，众口称公，墀忝沐深恩，喜陪诸彦，因成七言四韵诗一首，辄敢寄献，用导下情，兼呈新及进士。""仆射（yè）"，官名。唐时仆射为宰相之职，王起任尚书左仆射。

② 这两句谓王起三主文柄事。"文场"，指进士科考。"化"，变化、改变。"鲁儒生"，此次及第者二十二人。"三十"，当为"二十"之误。长庆元年至会昌三年，为二十二年。王起和诗中亦有"贡院离来二十

霜，谁知更忝主文场”之句。

③ 这两句周墀自言中进士及陪王起守职内庭事。两句下自注：“墀初年《木鸡赋》及第，常陪（王）仆射守职内庭。”“金马”，指金马门。汉武帝得大宛马，乃命善相马者东门京（人名，东门是复姓）以铜铸像，立马于鲁班门外，因称金马门。后遂沿用为官署的代称。“蓬瀛”，此处指大明宫。唐高宗时，改大明宫为蓬莱宫。

④ 这两句写师生之荣。“月桂先折”，即折桂，意为登科。写生也。“春兰”，代指王起。“最后荣”，指放榜后的荣耀。美其取士公允。写师也。

⑤ 这两句写不能前去称贺之原因。“龙门”，唐代极重进士，进士登科称为登龙门。“关防”，关隘有兵防守之处。周墀为华州刺史，自有防守潼关之任。

王　起

王起，字举之，扬州（今属江苏）人。宰相王播之子。贞元十四年登进士第，又登制策直言极谏科，累官尚书左仆射，终山南西道节度使。三典贡举，皆得人。集一百二十卷。《全唐诗》编其诗六首。

和周侍郎见寄[1]

贡院离来二十霜，谁知更忝主文场[2]。杨叶纵能穿旧的，桂枝何必爱新香[3]。九重每忆同仙禁，六义初吟得夜光[4]。莫道相知不相见，莲峰之下欲征黄[5]。

① 武宗会昌三年（843），王起仆射再主文柄，放榜后，华州刺史、侍郎周墀作七律《贺王仆射放榜》，此为答诗。

② 这两句写再主文场事。王起自长庆年间起，初主文柄，至会昌三年，三领贡籍（即主持进士考试），时已二十馀年，再主文柄，故云“二十霜”，故云“更忝主文场”。“忝”，羞辱，有愧于，自谦之辞。“文场”，指科举考试。

③ 这两句写对周墀的欣赏。“杨叶”句，以百步穿杨典故赞扬周墀当年高中。“纵”，放纵，恣肆。按：周长庆二年及第，为王起首次主试所取。“桂枝”句，言自己不特别偏爱新科进士，意为赏识周墀。“桂枝”，“犹桂林之一枝”的缩语，即“折桂”，为登科之称。

④ 这两句写与周侍郎同在内庭之回忆。“九重”句，言与周侍郎守职内庭也。“九重”，指宫禁，天子之门九重。“禁”，指宫殿。宫殿门户皆设禁，故称禁。“六义”句，言与周侍郎共同吟诗。《诗大序》说诗有六义：即风、雅、颂、赋、比、兴。指《诗经》中的三种体制和三种艺术表现手法。代指《诗经》。“夜光”，指夜光珠，指周墀的贺诗。

⑤ 这两句写与周侍郎之谊，欲去华州就教。“莲峰”，指华山，华山在华州，周侍郎时兼华州刺史，故以此称周的住地。“征”，求。“黄”，黄霸（？—前51），汉宣帝时任颍川太守、扬州刺史，得吏民心。被征

入朝，官至御史大夫、丞相，封建成侯。汉世言治民吏，以黄霸为第一。此处以黄霸誉周墀。征黄，意即向周墀请教。

丁　棱

丁棱，字子威，会昌三年进士，《全唐诗》编其诗一首。

和主司王起①

公心独立副天心，三辖春闱冠古今②。兰署门生皆入室，莲峰太守别知音③。同升翰苑时名重，遍历朝端主意深④。新有受恩江海客，坐听朝夕继为霖⑤。

① 会昌三年，进士放榜后，主持考试的王起有答周墀侍郎诗。新榜进士和王诗者多达二十二人。今且选一首。此诗系新榜进士丁棱所作，题一作《和主司王仆射答华州周侍郎贺放榜作》。

② 这两句写王主司三主文柄事。“副天心”，因其处以公心符合天帝（及天子）之心意。“春闱”，犹春试。闱，考场。“冠古今”，因其三主文柄，古今未有也。

③ 这两句写门生入室太守以诗致贺。“兰署”，高雅之署，指尚书省。唐制，参加“省试”（尚书省的考试）中式者为进士。“门生”，进士及第后称考官为主司，或座主，或恩门，对主司自称门生。“入室”，语出《论语·先进》，后用以比喻学问技艺的成就达到精深阶段。“莲峰

太守”，指周墀，因周墀时任华州刺史，而华山（以华山西峰莲花峰代指）又在华州境内，故云。“别”，另外。此处若理解为“特别”，则义更长。

④ 这两句称颂王起主司为国而择人。时名重者，因三榜进士同升翰林也；主意深者，因入朝为显宦者人数众多，王主司为国用意殊深也。“主”，指王起。“翰苑”，文翰荟萃之处。犹言翰林。“朝端”，位居首席的朝臣，此处指王起榜下的进士多已成为朝廷重臣。

⑤ 这两句写诗人及第后的所闻所感。“新有受恩”，言自己受主司之恩而进士及第也；“江海客”，自指身份也。“坐”，正，恰好。“听朝夕”，言每日两度诣主司之门听训诲也。唐代规定，新中进士先到主司宅门谢恩，“谢恩后，方到期集院。大凡敕下以前，每日期集两度，诣主司之门，然三日后，主司坚请已，即止。”（见《唐摭言》卷三）“朝夕”，就是指每天早晚两度诣主司之门事。“继为霖”，言相继如此，就是为感谢王主司的恩泽。“霖”，犹甘霖。《尚书·说命上》：“若岁大旱，用汝作霖雨。”《传》：“霖以救旱。”因以喻恩泽。

广　宣

广宣，僧人，俗姓廖氏，蜀中人。与刘禹锡最善。元和、长庆两朝，并为内供奉，赐居安国寺红楼院。有《红楼集》。《全唐诗》编其诗一卷。

贺王起[1]

从辞凤阁掌丝纶，便向青云领贡宾[2]。再辟文场无枉路，两开金榜绝冤人[3]。眼看龙化门前水，手放莺飞谷口春[4]。明日定归台席去，鹡鸰原上共陶钧[5]。

① 题一作《贺王侍郎典贡放榜》。“王起”，见王起《和周侍郎见寄》作者介绍。

② 这两句写王起衔命而持文柄之事。“凤阁”，唐代中书省的别称。“丝纶”，《礼记·缁衣》：“王言如丝，其出如纶。”疏：“王言初出微细如丝，及其出行于外，言更渐大如纶也。”后因称皇帝诏书为丝纶。“青云领贡宾”，旧指科举中式为平地青云或平步青云，言地位突然提高。此处指主持贡士考试。唐自高祖武德四年，敕诸州学士及早有明经及秀才、俊士、进士、明于理体为乡里所称者，委本县考试，州长重覆，取其合格者，每年十月随物入贡。（见《唐摭言》卷一）贡试合格即云登进士第。

③ 这两句写王起在会昌年间两主进士考试。“文场”，科举考试的考场。“无枉路”，没有不正直之路，意即开科光明正大。枉，不正直，邪恶。“金榜”，金制的匾额。旧多指科举应试考中者的名单。“绝冤人”，没有被冤枉之人，意即取士公允。

④ 这两句写王起录取进士事。“龙化”句，用鲤鱼跃龙门上者为龙之义；“莺飞谷口春”，暗用《诗经·小雅·伐木》典：“伐木丁丁，鸟鸣嘤嘤。出自幽谷，迁于乔木。”言所取之士将显达。莺谷，莺处深谷，喻人尚未显达。

⑤ 这两句写王起取士后，将造就这批人才。“台席”，此处指台阁，尚书省的别称。王起任尚书仆射，故有是称。“鹡鸰（jí líng）”，《诗经》作“脊令”。《小雅·常棣》：“脊令在原，兄弟急难。”后遂以鹡鸰喻兄弟。“陶钧”制陶器的转轮。比喻对事物的控制调节。此处指造就人才。

韦　蟾

韦蟾，字隐珪，下杜（今西安市东南）人。宣宗大中七年登进士第。初为徐商掌书记，懿宗咸通末，终尚书左丞相。《全唐诗》编其诗十首。

赠商山僧

商岭东西路欲分，两间茅屋一溪云[①]。师言耳重知师意，人是人非不欲闻[②]。

① 这两句点出商山僧茅屋之所在。“路欲分”，即岔路附近。

② 这两句点出商山僧远离红尘，真乃空门。“师”，指商山僧。“耳重（zhòng）”，耳朵听力不灵敏。

长乐驿谑李汤给事题名[①]

渭水秦川拂眼明，希仁何事寡诗情[②]。只应学得虞姬婿，书字才能记姓名[③]。

① 本篇是韦蟾戏谑李汤所作。“长乐驿”，在长安东郊。“给事”，李汤官职。唐人惯例常在驿亭题诗。白居易赠元稹句“每到驿亭先下马，循墙绕柱觅君诗”即是一证。李汤也在驿亭题诗，韦蟾以其东施效颦，遂嘲之。

② 这两句写在驿地本应诗兴大发，希仁（李汤字）其诗却缺少才情。“渭水秦川”，言长乐驿所在地也。“拂眼明”，言风光入青睐也。“拂”，一作“照”。“希仁”，一作“笑人”。

③ 这两句谑李诗索然无味。“虞姬婿”，指秦汉之际的西楚霸王项羽。项羽少时，学书不成，去学剑，又不成。其父项梁怒之，项羽曰：“书足以记名姓而已，剑一人敌，不足学，学万人敌。”（《史记·项羽本纪》）此处谑李汤只是粗识文字而已。虞姬，项羽的姬妾，常随军中。汉军围项羽于垓下，项羽夜起饮帐中，悲歌慷慨，虞姬以歌和之。

贾　岛

贾岛（779—843），字阆仙，一作浪仙，范阳（今河北昌黎北，一说涿州，一说北京附近）人。初落拓为僧，后以诗投韩愈，和孟郊、张籍、姚合酬唱，诗名大著。还俗后，屡举进士不第，文宗时，坐飞谤，贬长江（今四川蓬溪）主簿，人称贾长江。后迁普州（今四川省安岳县）司仓参军。有《长江集》。贾岛穷愁苦吟，其诗喜写荒凉枯寂之境，颇多寒苦之辞。虽与孟郊齐名，有“郊寒岛瘦”之称，然而贾不及孟，孟坚而贾脆，孟深而贾浅。其诗以五律见长，诗风清奇苦僻。《全唐诗》编其诗四卷。

题李凝幽居①

闲居少邻并，草径入荒园②。鸟宿池边树，僧敲月下门③。
过桥分野色，移石动云根④。暂去还来此，幽期不负言⑤。

① 李凝，是诗人之友，事迹不详。“幽居”，隐居之处。似是造访不遇之诗。李凝幽居，虽不详在何处，但依贾岛在长安“推敲”作诗，又访而未见还要再来，可断定其处相距不远。

② 这两句写李凝居处之幽，暗示出李凝的隐士身份。“闲居”，避人独居曰闲居。“少邻并”，没有邻居。并，并排。

③ 这两句写李凝居处之静。“鸟宿”句，言夜静也，“僧敲”句，言僧人独往来也。这两句亦是贾岛苦吟之名句。宋代胡仔《苕溪渔隐丛话》引《刘公嘉语》：“岛初赴举京师，一日于驴上得句云：‘鸟宿池边树，僧敲月下门。’始欲着‘推’字，又欲着‘敲’字，练之未定，遂于驴上吟哦，时时引手作推敲之势。时韩愈吏部权京兆（代理长安的行政长官），岛不觉冲至驾前，左右拥至尹前，岛具对所得诗句云云，韩立马良久，谓岛曰：‘作敲字佳矣。’”后世遂称斟酌字句，或对某种情状或意图的反复研究为“推敲”。此故事流传极久，又流传极广，

至今多种辞书亦如是说，万民之口亦如是道，然而误矣。愚案：《新唐书·贾岛传》中云，其赴举至京师后，“当其苦吟，虽逢值公卿贵人，皆不之觉也。一日见京兆尹，跨驴不避，呼诘（号呼责问）之，久乃得释。”以其所言，此京兆尹并不认识贾岛。故此京兆尹并非韩愈。元和六年，三十三岁的贾岛在洛阳谒见四十四岁的韩愈，从而成为韩门弟子，此后两人常有诗作往来。韩愈任京兆尹，已是五十六岁，相知十二年后，二人焉有互不认识之理？故贾岛所遇之京兆尹绝非韩愈，而是另有其人（很可能就是刘栖楚）。事虽以讹传讹，可发一叹，然而诗坛留此“推敲”佳话，足可慰怀也。

④这两句是说桥（河）将野色分断，云触石而出。“云根”，即深山高远云起之处。古人认为云“触石而出”，故称石为云根。

⑤这两句写还当重来，不负共隐之期约。

忆江上吴处士①

闽国扬帆去，蟾蜍亏复圆②。秋风生渭水，落叶满长安③。此地聚会夕，当时雷雨寒④。兰桡殊未返，消息海云端⑤。

①“吴处士”，名不详，系“越客”。贾诗另有《忆吴处士》：“半夜长安雨，灯前越客吟。”处士，隐居不仕之人，此诗为忆念吴处士去闽而作。

②这两句写吴处士乘船赴闽已历月馀。“闽”，指今福建省一带。“蟾蜍”，即月亮。《后汉书·天文志》注：“羿请不死之药于西王母，姮娥窃之以奔月，是为蟾蜍。”蟾蜍，蛤蟆，此处是月亮的代称。“亏复

圆”，月亮由亏而圆，指已历时月馀。

③ 这两句写作此诗时，长安已是深秋。“渭水”，横贯关中，经流长安城北，言落叶表明时在深秋。这两句系名句，概括长安深秋景象，妙。《唐诗纪事》记载：“岛赴举至京，骑驴赋诗，得‘僧推月下门’之句，欲改推作敲，引手作推敲之势，未决，不觉冲大尹韩愈，乃是言。愈曰：敲字佳矣。遂并辔论诗久之。或云吟‘落叶满长安’之句，唐突大尹刘栖楚，被系一夕，放之。”

④ 这两句写曾在长安聚会，时在傍晚，正值雷雨。

⑤ 这两句写想望忆念之情。兰桡未返，归路长也；欲得消息，望海云也。可见思念之殷切。“兰桡（ráo）”，用木兰树材所做之桨，代指船。“殊”，犹，尚。

长孙霞李溟自紫阁白阁二峰见访①

寂寞吾庐贫，同来二阁人②。所论唯野事，招作住云邻③。
古寺期秋宿，平林散早春④。漱流今已矣，巢许岂尧臣⑤。

① 紫阁峰，终南山山峰名，以日光照射烂然呈紫色而得名，在今陕西西安市鄠邑区东南。白阁峰，在紫阁峰不远处。

② 这两句写于贫庐接待长孙霞和李溟。

③ 这两句写所言所住。“野事”，村野山野俗事。“云邻”，与云为邻。

④ 这两句写两次相访。“古寺”，指草堂寺。“期秋宿”，约定秋日三人宿于寺中。“平林”，平原上的林木。“散早春”，指以前三人相见是在初春时候。

⑤ 这两句叹三人没有涉足仕途的奢望。“漱流”，漱石枕流的缩语。晋孙楚少欲隐，谓王济曰当“枕石漱流”，语误“漱石枕流”。王曰：“流可枕石可漱乎?”孙曰：“所以枕流，欲洗其耳；所以漱石，欲砺其齿。”（见《世说新语·排调》）“巢许”，巢父和许由。相传为尧时隐士，尧欲让位于二人，皆不受。许由隐于箕山，尧又召为九州长，许由不欲闻之，洗耳于颍水滨。“洗耳”，比喻不愿听，不愿闻世事。故曰“巢由非尧臣”。

李群玉

李群玉，字文山，澧州（今湖南省澧县）人。性旷逸，赴举一上而止。唯以吟咏自适。裴休观察湖南，延致之。及为相，以诗论荐，授弘文馆校书郎。未几假归，卒。《全唐诗》编其诗三卷。

请告出春明门①

本不将心挂名利，亦无情意在樊笼②。鹿裘藜杖且归去，富贵荣华春梦中③。

①“请告”，这是他任弘文馆校书郎不久，告假归故乡之作。“春明门”，长安东城墙三门（由南向北，依次为延兴门、春明门和通化门）中的一门。题一作《出春明门》。

②这两句写其本性之所在。不慕荣利，利难锁也；不入樊笼，身自由也。

③这两句写其归隐而去远离富贵荣华。“鹿裘”，用鹿皮做的大衣。“藜杖”，用藜的老茎制成的手杖。藜，草名，又名莱。茎老可作手杖。

温庭筠

温庭筠（约812—866），原名岐，字飞卿，太原（今属山西）人。屡举进士不第，官国子助教，常作诗忤时相令狐绹，由是渐被疏远，故不得大用。诗与李商隐齐名，时称“温李”，但温实不及李。作诗八叉手而成，时称“温八叉”，其诗风格秾丽，然而一些吊古咏史行旅之作则气韵清澈。此外，他又是晚唐词的专业作者，成就影响胜于诗，被称为“花间派”鼻祖。《全唐诗》编其诗九卷。

题柳

杨柳千条拂面丝，绿烟金穗不胜吹①。香随静婉歌尘起，影伴娇娆舞袖垂②。羌管一声何处曲，流莺百啭最高枝③。千门九陌花如雪，飞过宫墙两自知④。

①“吹”，一作“移”。“不胜”，不禁，承受不住。

② 这两句言柳之味与影。“静婉”，闲雅美好。“歌尘”，踪迹。即歌的流风馀韵。

③“羌管”，羌笛。乐器。“流莺”，莺鸟。流，谓其鸣声圆转。

④“千门”，千家。形容人户众多。“九陌”，汉长安城中有八街九陌，后来指京城大路。“花如雪”，指柳絮。柳絮，成熟的柳树种子，上有白色绒毛，随风飞落如飘絮，故称柳絮。“两”，谓柳絮与宫女。此句微有感喟。身如柳飞絮，而无根也。也可隐隐看到诗人不得意的影子。

秋日旅社寄义山李侍御①

一水悠悠隔渭城，渭城风物近柴荆②。寒蛩乍响催机杼，旅雁初来忆弟兄③。自为林泉牵晓梦，不关砧杵报秋声④。子虚何处堪消渴，试向文园问长卿⑤。

①“义山李侍御”，即李商隐，字义山。大中四年（850），李义山为侍御史。“侍御”，侍御史的简称。诗中深蕴了与李商隐的交谊。

②“一水”，指渭河。“渭城”，秦咸阳，汉高祖元年改名新城，武帝时改为渭城。此处指长安。“柴荆”，用柴荆做的简陋之门。也指村舍。此处指诗人所住的旅舍。

③“蛩（qióng）”，蟋蟀。亦名促织。“弟兄”，指李商隐。

④“林泉”，山林与泉石，指幽静宜于隐循之所。亦用以称隐退。“砧杵”，捣衣石与棒槌。喻浣洗。“晓”，一作“好”。

⑤“子虚”，赋名。指汉代司马相如所作的《子虚赋》。此处代指李商隐的作品。“消渴”，解渴。以解决读书的渴望。“长卿”，汉司马相如字，他曾任文园令。此处代指李商隐。

自有扈至京师已后朱樱之期[①]

露圆霞赤数千枝，银笼谁家寄所思[②]。秦苑飞禽谙熟早，杜陵游客恨来迟[③]。空看翠幄成阴日，不见红珠满树时[④]。尽日徘徊浓影下，只应重作钓鱼期[⑤]。

①“有扈”，古国名。故地在今陕西省西安市鄠邑区。“京师”，指京城长安。“已后朱樱之期”，已经过了樱桃的果期。

②“露圆霞赤”，状樱桃。

③“杜陵游客”，在杜陵一带滞留的游客，是诗人自指。

④“翠幄成阴”，指朱樱叶茂之状。“阴”，同荫。树荫。“红珠”，樱桃。

⑤“浓影”，指朱樱叶茂之影。“影”，一作“荫”。“钓鱼期”，借指朱樱果期。

许　棠

许棠，字文化，宣州泾县（今属安徽）人。久困名场，屡试不第。咸通十二年始登进士第，授泾县尉，又尝为江宁丞。诗负盛名，与李乔、郑谷等合称“咸通十哲”。《新唐书·艺文志》载其有集一卷。《全唐诗》编其诗二卷。

银州北书事[①]

南辞采石远，北背乞银深[②]。碛路虽多险，江人不废吟[③]。
雕依孤堠立，鸥向迥沙沉[④]。因共边人熟，行行起战心[⑤]。

①“银州”，地名。北周保定三年置，故城在今陕西米脂县西北。本苻秦骢马城，藩语骢马为乞银，故名。唐天宝初为银川郡，乾元时复为银州。

②“采石”，采石矶的简称。地在宣州当涂县西北。许棠本贯泾县，属宣州所辖，与采石矶地近，故云。“北背”句，是说已经到达银州的纵深地带。背，身之背面。“乞”，求，讨。引申为请求、希望。

③“碛（qì）”，沙漠，不生草木的沙石地。“江人”，作者自指。

④“堠（hòu）”，古代瞭望敌情的土堡。“迥”，远。这句是说从远处看鸥飞，如向下沉。

⑤“边人”，边境的住民。“行行”，刚强貌。“战心”，御敌战斗之心。

刘　沧

刘沧，字蕴灵。鲁人，宣宗大中八年（854）擢进士第，调华原尉，迁龙门令，诗句清丽，句法与赵嘏、许浑相仿佛。《全唐诗》编其诗一卷。

罢华原尉上座主尚书[①]

自怜生计事悠悠，浩渺沧浪一钓舟[②]。千里梦归清洛近，三年官罢杜陵秋[③]。山连绝塞浑无色，水到平沙几处流[④]。白露黄花岁时晚，不堪霜鬓镜前愁[⑤]。

①“华原”，唐县名，地在今陕西省铜川市耀州区境内。大中八年（861），刘沧登进士第后，任华原县尉，本篇是其罢官后抒发愤懑之作。“座主”，唐代进士称主考官为座主，刘沧的座主郑薰，当时系礼部侍郎，而后来又官居尚书左仆射（尚书省长官之一，辖户、礼、吏三部）。

② 这两句写罢官后的愁苦和无聊。因少俸禄，生计堪怜；无所事事，聊以垂钓。“悠悠”，深思，忧思。“沧浪”，水青色。

③ 这两句写罢官后的闲愁。“清洛”，洛河。洛河源出今陕西洛南，东流到洛阳，至偃师纳伊河后，称伊洛河，到巩义洛口入黄河。刘沧的籍贯一说是鲁中，依据是其《汶阳兄弟》句：“书信经年乡国远，弟兄无力海田荒。”然而依其《汶阳客舍》中句：“思乡每读登楼赋……，迢递旧山伊水畔。”伊洛同流，可推知其籍在洛阳附近，故以“清洛”为故乡之代称。“杜陵”，地名。地在今长安东南，秦置杜县，汉宣帝在此筑陵，改名杜陵。

④ 这两句写罢官后的惆怅。“浑无色”，全无颜色。浑，全，满。

⑤ 这两句写罢官后的愁苦。“白露黄花”，乃悲秋也；镜中霜鬓，自不堪也。

入关留别主人[1]

此来多愧食鱼心，东阁将辞强一吟[2]。羸马客程秋草合，晚蝉关树古槐深[3]。风生野渡河声急，雁过寒原岳势侵[4]。对酒相看自无语，几多离思入瑶琴[5]。

①“入关”，从东进入潼关。关，指潼关。

②“此来”句，感谢主人的盛情款待。“食鱼”，即食有鱼。战国齐孟尝君食客冯谖弹铗而歌：“长铗归来乎，食无鱼。”（见《战国策·齐四》）后来用以比喻有所希求于人。此处指对主人款待的感谢。“将”，取，拿。

③“羸”，瘦。“客程”，旅程。“关树”，潼关之树。

④“河”，指黄河，黄河流经潼关下转东去。“原”，指潼关原。“岳”，指西岳华山，潼关在华山东邻，故曰“岳势侵”。

⑤“瑶琴”，有玉饰的琴。

咸阳怀古[1]

经过此地无穷事，一望凄然感废兴[2]。渭水故都秦二世，咸原秋草汉诸陵[3]。天空绝塞闻边雁，叶尽孤村见夜灯[4]。风景苍苍多少恨，寒山半出白云层[5]。

①咸阳怀古，因感废兴而作。《唐才子传》谓，刘沧“尚气节，善饮酒，谈古今，令人终日喜听。慷慨怀古，率见于篇”。本篇即是一证。

②“废兴”，即兴废，犹盛衰。

③“秦二世”，指秦朝历经秦始皇嬴政和秦二世胡亥。秦至二世而族灭。“汉诸陵”，即汉九陵，指汉高祖长陵、惠帝安陵、景帝阳陵、武帝茂陵、昭帝平陵、元帝渭陵、成帝延陵、平帝康陵、哀帝义陵，九陵均在咸阳附近。

④“天空”，天际空阔。“边雁”，从北部边塞飞来的大雁。

⑤“苍苍”，茂盛貌，大貌。“寒山”，指咸阳南之终南山。其时在初冬，故曰寒山。

长安逢友人①

上国相逢尘满襟②，倾杯一话昔年心。荒台共望秋山立，古寺多同雪夜吟③。风度重城宫漏尽，月明高柳禁烟深④。终期白日青云路，休感鬓毛霜雪侵⑤。

①此诗作于诗人未得第时。诗人与所逢友人皆为落第之人，故诗中所话二人昔年遭际颇多感慨，结以奋发向上励志，足见名不显时心不朽也。

②“上国”，京师，都城。

③“荒台共望”，见处境之窘迫也；“古寺”“夜吟”，见其求进之专注也。

④这两句，言依依一布衣，宫漏可听，宫禁可望，而不可即也。

⑤“终期”，最终期望。“青云”，喻官高爵显，后世称登科为“平步青云”。

李　频

李频（？—876），字德新，睦州寿昌（今属浙江建德市境）人。宣宗大中八年（854）擢进士，调秘书郎，为南陵主簿，迁武功令。性耿介，敢于抑制地方豪强，打击恶势力，又重视农业，深得百姓拥护，守法不阿，迁都官员外郎，后为建州（今福建建瓯）刺史，以礼治下，建州赖以安。其诗风近似刘长卿。诗集本名《建州刺史集》，又称《梨岳集》。《全唐诗》编其诗三卷。

长安即事①

长遇豪家不敢过，此身谁与取高科②。故园久绝书来后，南国空看雁去多③。中夜永怀听叠漏，先秋归梦涉层波④。愁人白发自生早，我独少年能几何⑤。

①本篇是其赴长安科考时所作。诗中所言的“事”，当与科考和故乡有关。

②这两句说，常到豪家家门口而不敢进去请其荐举。当时风气，应试之人若能得到名流的荐举，当自高声价。李频不敢求荐举，心怯也。“高科”，指进士登第。

③“书”，指书信。“南国”，泛指南方，李频本贯寿昌（今浙江寿昌县），故云。

④“中夜”，半夜。“漏”，古时计时器。《说文》：“‘漏’，以铜受水，刻节，昼夜百刻。”引申为时间，时刻。“涉层波”，指乘舟返家乡。

⑤这两句说，人愁早生华发，叹自己本为愁人，少年黑发又能几何。

夏日题盩厔友人书斋[①]

修竹齐高树，书斋竹树中[②]。四时无夏气，三伏有秋风[③]。黑处巢幽鸟，阴来叫候虫[④]。窗西太白雪，万仞在遥空[⑤]。

①“盩厔”，县名。今作“周至”，属西安市所辖。

②“修竹”，长竹。

③“三伏”，阴历夏至后第三个庚日起为初伏，第四个庚日起为中伏，立秋后第一个庚日起为末伏。三伏是一年中最热的时候。“秋风”，此处言风凉爽似秋。

④“黑处”，指树木浓密荫翳处。“候虫”，随候节出没的虫类，如蝉、蟋蟀等。

⑤“窗西”，因太白山在盩厔西南，故曰窗西。“太白雪”，太白指太白山，其主峰高三千七百馀米，山顶终年积雪，“太白积雪六月天”为关中八景之一。

春日鄜州赠裴居言[①]

虽将身佐幕[②]，出入似闲居。草色长相待，山情信不疏[③]。灯前春睡足，酒后夜寒馀。笔砚时时近，终非署簿书[④]。

①“鄜（Fū）州”，因春秋时秦文公立鄜畤而名，后魏时立鄜州，隋改鄜城郡，唐复为鄜州，州治在今陕北富县。

②“佐幕”，在将帅幕府中担任职务，也指在幕府里参谋议、管文书的人员。

③“信不疏”，的确不会疏远。信，的确。

④“署簿书”，指对官署文书的封检题字。这两句说，裴居言时近笔砚，将在文学上有所成就，终非凡庸之佐幕也。

储嗣宗

储嗣宗，大中十三年登进士第。《全唐诗》编其诗一卷。

长安怀古①

祸稔萧墙终不知，生人力屈尽边陲②。赤龙已赴东方暗，黄犬徒怀上蔡悲③。面缺崩城山寂寂，土埋冤骨草离离④。秋风解怨扶苏死，露泣烟愁红树枝⑤。

① 本篇怀古，感怀的是秦公子扶苏，他是秦始皇的长子，曾谏阻坑儒，始皇怒，使北监蒙恬军。始皇死后，被赵高李斯矫诏赐死。（见《史记·秦始皇本纪》）诗人对扶苏之死深表同情。

② 这两句写扶苏被“赐死”之冤。秦王政三十七年（前210），秦始皇东巡，死于沙丘（地在今河北广宗县境）。赵高、李斯及秦始皇幼子胡亥秘不发丧，伪造遗诏，立胡亥为太子，更为书赐公子扶苏、蒙恬，数以罪，赐死。扶苏、蒙恬遂自杀。“祸稔萧墙”，即祸起萧墙。

萧墙，门屏。《论语·季氏》：“吾恐季孙之忧，不在颛臾，而在萧墙之内也。”何晏《集解》引郑玄曰：“萧之言肃也，墙谓屏也。君臣相见之礼，至屏而加肃敬焉，是以谓之萧墙。”当时季孙把持鲁国朝政，将伐颛臾，孔子以为季孙氏之忧在内部。后世因称内乱为萧墙之祸。“稔”，庄稼成熟，引申为事物酝酿成熟。此处指祸机已发。“终不知”，指矫诏事。“生人”，指扶苏。“尽边陲”，用力完成边陲（监军）之事。“尽”，用力完成。“边陲”，边疆。

③ 这两句写始皇和李斯皆已死亡。“赤龙”，指秦始皇。《史记·秦始皇本纪》（三十六年）秋，有人曰：“今年祖龙死。”《集解》苏林曰：“祖，始也，龙，人君象，谓始皇也。”“赴”，告丧。今文作“讣”。“上蔡悲”，言李斯之死。李斯本贯上蔡，秦始皇时，官至丞相。在始皇死后与赵高定谋，矫诏杀秦始皇长子扶苏，立少子胡亥为皇帝。后赵高欲专朝政，诬李斯谋反，李斯被腰斩咸阳市中，临刑前李斯出狱，与其中子俱执，故谓其中子曰：“吾欲与若复牵黄犬，俱出上蔡东门，逐狡兔，岂得可乎?”

④“面缺崩城”，指扶苏未能去咸阳参加秦始皇的葬礼。秦始皇东巡病重，乃为玺书赐扶苏曰：“与丧会咸阳而葬。”面缺，言扶苏未能回咸阳奔丧。崩城，指始皇死后，车载其尸回咸阳后，才发布治丧的公告。崩，帝王死称曰崩。“冤骨”，指扶苏含冤而死。其墓在今陕北绥德县。“离离”，长貌。

⑤ 这两句以拟人手法，写对扶苏之死的感叹。“解”，知道。“怨”，恨。“红树枝”，指树叶经秋而红。

高 骈

高骈（821—887），字千里，幽州（今北京西南）人。唐末大将。南平郡王崇文之孙。懿宗时，为刑部尚书，诸道行营招讨使。僖宗时，封燕国公、渤海郡王，割据一方。僖宗夺其兵权。后部将火拼，被杀。《全唐诗》编其诗一卷。

寄鄠杜李遂良处士①

小隐堪忘世上情，可能休梦入重城②。池边写字师前辈，座右题铭律后生③。吟社客归秦渡晚，醉乡渔去渼陂晴。春来不得山中信④，尽日无人傍水行。

①“鄠杜”，鄠县（今西安市鄠邑区）与杜陵。地在长安城南。“处士”，未仕或不仕的士人。此诗见李处士之悠闲也。

②“小隐”，隐居于山林。白居易《中隐》诗：“大隐住朝市，小隐入丘樊。”“重城”，指长安城。因其有皇城与外廓城，且从大明宫至芙蓉园为双层城墙，中有“夹道”，故云。

③“池”，指墨池，为古代著名书法家洗笔砚的池。“座右题铭”，即座右铭，写出来放在座位旁边的格言。泛指激励、警戒自己的格言。

④“秦渡”，鄠邑东沣河之渡口名。“渼陂”，湖名，在鄠邑西。

⑤“山中信”，山中春日的消息。

张　孜

张孜，京兆人。《全唐诗》编其诗一首。

雪诗①

长安大雪天，鸟雀难相觅②。其中豪贵家，捣椒泥四壁③。到处爇红炉，周回下罗幂④。暖手调金丝，蘸甲斟琼液⑤。醉唱玉尘飞，困融香汗滴⑥。岂知饥寒人，手脚生皴劈⑦。

① 以雪起兴，而写社会之不公，其情感全在贫富的强烈对比中，与白居易《歌舞》中之“岂知阌乡狱，中有冻死囚”；罗隐《自遣》中之“长安有贫者，为瑞不宜多”可引为同调。

② 这两句写长安大雪漫天，鸟雀都难见到。极言其冷。

③ 这两句写富贵之家，以椒泥泥于四壁，以取其暖、香之意。

④ 这两句写所到之处帐内燃起火炉，四周垂下布帷。“爇”（ruò），烧。

⑤ 这两句写宴饮之乐。“金丝”，指筝弦。金，形容弦之贵重也。“蘸甲”，酒斟满，捧觞蘸指甲，以示畅饮。酒杯斟满，举杯时指甲能蘸到酒。

⑥ 这两句写宴饮者醉唱困融之态。“玉尘”，指雪。白居易《皇甫十早春对雪见赠》：“漠漠复雰雰，东风散玉尘。”“困融”，慵倦，懒散。

⑦ 这两句推想饥寒人此时的窘态。“皴（cūn）劈”，皮肤因受冻而皴裂。

李山甫

李山甫，懿宗咸通中累举不第，虽落魄而有不羁之才，依魏博幕府为从事。《全唐诗》编其诗一卷。

柳十首（选四首）

灞岸江头腊雪消①，东风偷软入纤条②。春来不忍登楼望，万架金丝著地娇③。

① 写灞岸和曲江之柳，组诗共十首，此为第一首，言柳之美。“腊雪”，腊月之雪。

② “东风”，春风。《礼记·月会》孟春之月：“东风解冻，蛰虫始振。”“偷软入纤条”，谓东风吹醒柳眼，吹长柳条。

③ 这两句写柳色之美，美得使人甚至于不忍心去看（生怕再看不到）。“不忍”，不忍心。

受尽风霜得到春①，一条条是逐年新。寻常送别无馀事，争忍攀将过与人②。

① 此为该组诗中第二首，言柳枝被用作相赠之物。

② 这两句写送别之人折柳以赠。“寻常”，平常。“争忍”，怎忍。“攀将过与人”，攀折以赠离人。攀，折。“将”，介词。犹，以。

只为遮楼又拂桥①，被人摧折好枝条。假饶张绪如今在，须把风流暗里销②。

① 此为该组诗中第四首，言柳色美过张绪。

②“假”，假使，“饶”，任凭。“张绪”，南朝齐吴郡人，美丰姿，口不言利。官至太常卿，领国子祭酒。武帝植蜀柳于灵和殿前，尝赞叹：“此杨柳风流可爱，似张绪当年时。”（《南齐书·张绪传》）“销”，除去，解除。

无赖秋风斗觉寒①，万条烟草一时干。游人若要春消息，直向江头腊后看②。

① 此为该组诗第十首，言秋谢之后，要再看柳色，须等到来年早春。“无赖”，无奈，无可如何。“斗”，突然。“觉”，一作“送”。

②“春消息”，指柳芽发。因柳芽发在早春，故云。“腊”，岁末。

胡　曾

胡曾，号秋田，邵阳（今属湖南）人。咸通中举进士不第，尝为汉南从事。以咏史诗著称。《全唐诗》编其诗一卷。

咏史诗（选六首）

渭滨[①]

岸草青青渭水流，子牙曾此独垂钩[②]。当时未入非熊兆，几向斜阳叹白头[③]。

① 胡曾咏史诗三卷，《全唐诗》编为一卷，共一百五十首。此诗列于第二十首，咏姜子牙渭滨垂钓遇文王之故事。“渭滨”，指磻溪。在今宝鸡市陈仓区。传说姜子牙八十岁在渭水垂钓，九十岁时辅佐周文王。

②“非熊”，指姜子牙。也喻隐士出山见用。《宋书·瑞符志》：“（文王）将畋，史遍卜之，曰：‘将大获，非熊非罴，天遣汝师以佐昌（姬昌，即后之武王）。”果得子牙于渭水之阳，后以“非熊”为太公事本此。“兆”，兆头。

③“几”，几乎。这两句是说当时若不是文王的吉兆，姜子牙将会平庸而终老。

关西[①]

杨震幽魂下北邙[②]，关西踪迹遂荒凉。四知美誉留人世，应与乾坤共久长[③]。

① 此诗列于第六十七首。“关西”，潼关以西，本篇是写东汉杨震事，因其是华阴人，故关西在此处即指华阴。杨震为东汉太尉，被誉为“关

西孔子"，甚有美誉，后为中常侍樊丰所诬，免官自杀。

②"北邙"，山名，在东汉都城洛阳东北，汉魏以来，王侯公卿贵族的葬地多在于此，后因以此泛指墓地。此处指杨震被诬而自杀之冤魂。

③这两句说杨震四知的美誉与天地共存。"四知"，指杨震拒贿事。杨震为东莱太守时，道经昌邑，县令王密求见，至晚，以十金送给杨震说："暮夜无知者。"杨震说："天知，神知，我知，子知，何谓无知?"遂拒之。"乾坤"，天地。

细柳营①

文帝銮舆劳北征，条侯此地整严兵②。辕门不峻将军令，今日争知细柳营③。

①此诗列于第七十首，咏周亚夫治军之故事。汉文帝时周亚夫为将军，屯军细柳营（地在今陕西咸阳市西南），以备匈奴。文帝亲往劳军，至营门，因无军令不得入，乃遣使持节诏将军。亚夫传令开营门，请以军礼见。既入，按辔徐行，成礼而去。文帝曰："真将军矣！曩者霸上棘门军，若儿戏耳。"（见《史记·周勃世家》）后因称军营纪律严明者为细柳营。

②"銮舆"，同銮驾。天子之车驾。"条侯"，指周亚夫。他被封为条侯。

③"峻"，严刻。"争知"，怎知。

阿房宫[①]

新建阿房壁未干，沛公兵已入长安[②]。帝王苦竭生灵力，大业沙崩固不难[③]。

① 此诗列于第一百二十五首，咏秦朝短促之事。“阿房宫”，秦宫殿名，故址在今西安三桥镇南。《史记·秦始皇本纪》说该宫“上可以坐万人，下可以建五丈旗”。

② 这两句是说，阿房宫刚建成而秦朝即告灭亡，刘邦兴汉而入主长安。“沛公”，指刘邦。刘邦起兴于沛县（今属江苏），称沛公。

③ 这两句是说帝王若不恤民力，民一离心，则国亡犹如沙崩之迅速。“沙崩”，双关语。既言秦始皇崩于沙丘平台（今河北广宗西北），又言秦朝灭亡之速。“生灵”，犹生民，人民。

鸿门[①]

项籍鹰扬六合晨[②]，鸿门开宴贺亡秦[③]。樽前若取谋臣计[④]，岂作阴陵失路人[⑤]。

① 此诗列于第一百三十一首，是咏鸿门宴之故事。“鸿门”，又名项王营，在今陕西省西安市临潼区新丰。

②“项籍”，字羽，秦二世时随叔父项梁起兵反秦。项梁死后，项籍率其军大破秦军，号西楚霸王。“鹰扬”，威武貌。“六合”，指天地四方。“鸿门开宴”，公元前206年冬，刘邦率军先入关中，同时派军防守函

谷关，以拒项籍。项籍怒而攻破函谷，进军鸿门，拟攻驻扎在灞上的刘邦军。项籍的叔父项伯连夜将消息告诉好友张良，张良为刘邦之谋臣，劝刘邦向项籍道歉。刘邦第二天去鸿门解释后，项籍留其在军中宴饮。“贺亡秦”，共贺灭了秦朝。

③“谋臣”，指范增。在鸿门宴上，范增屡次暗示项籍杀掉刘邦，但项籍没有采纳范增的建议。

④“阴陵”，县名。地在今安徽定远县西北。楚汉相争末期，楚军溃败，霸王率百馀人退至阴陵迷失了道路。当其向一田父问路时，田父欺骗说向左走，项籍等人遂陷大泽中，被刘邦军队追上，最后逼得项籍自刎。

汉中①

荆棘苍苍汉水湄②，将坛烟草覆余基。适来投石空江上③，犹似龙颜纳谏时④。

① 这首诗列于第一百三十二首，写韩信拜将之事。韩信初事项羽，不被重用，遂亡楚归汉。汉王刘邦又不重用，韩信又去，丞相萧何深知韩信，将其追回。说刘邦曰，韩乃“国士无双”，刘邦纳其言，遂筑坛拜韩信为大将。“汉中”，韩信在汉中拜将，后为刘邦屡建奇功。

②“湄”，水边。“将坛”，即拜将坛，坛在今汉中市汉台区城南。

③“适来”，往来。“投石”，投石问路。“投石空江上”，指韩信归汉后，仍未得刘邦大用，“（韩）信数与萧何语，何奇之。至南郑，诸数行道（逃）亡皆数十人，信（猜）度（萧）何等已数言上（向汉王刘邦推

荐过），上不我用，即亡”。

④“龙颜”，谓眉骨圆起。《史记·高祖本纪》：“高祖为人隆准而龙颜”。后因称皇帝的颜貌为龙颜。此处指刘邦。“纳谏”，接受直言规劝。

李昌符

李昌符，字岩梦。咸通四年登进士第。历尚书郎、膳部员外郎。《全唐诗》编其诗一卷。

秋夜作①

数亩池塘近杜陵②，秋天寂寞夜云凝。芙蓉叶上三更雨，蟋蟀声中一点灯。迹避险巇翻失路③，心归闲澹不因僧。既逢上国陈诗日，长守林泉亦未能④。

① 唐时进士考试，是在秋冬之交。李昌符有诗名，然久不登第。此诗当写于某次应试前。“杜陵”，地名。在长安城东南。古为杜伯国。本名杜原，秦置杜县，汉宣帝在此筑陵，改名杜陵。

②“芙蓉”，指荷。

③“险巇（xī）”，艰险。巇，险峻。“翻失路”，反而迷失道路。

④“上国”，京师，首都。“陈诗”，献诗。代指科举考试。“林泉”，山林与泉石，指幽静宜于隐遁之所。“未能”，不能。

罗　隐

罗隐（833—909），本名横，字昭谏，新城（今浙江省富阳市）人。以十举进士不第，遂改名。僖宗光启中，入镇海节度使钱镠幕，累官钱塘令、节度判官、著作郎，奏授司勋郎。其诗多愤激之作，有《罗昭谏集》。《全唐诗》编其诗十一卷。

雪①

尽道丰年瑞，丰年事若何②。长安有贫者，为瑞不宜多③。

① 本篇并非写雪，而是对雪的议论，联系到当时乱局，再联系作者曾在长安困于举场二十馀年，故因雪发论，自有其缘由。

② 这两句言外之意，尽管说“瑞雪兆丰年”，但在当时黑暗动荡的社会里，瑞雪带来的，依然是贫者抱长饥。

③ 这两句写得实在，亦富有哲理。年虽丰稔，而长安贫者，依然饥寒交迫，这当然也包括作者自己的影子在内。“为瑞不宜多”，是说既然丰年亦受饥寒，雪于贫者又有何瑞；既然瑞者不能救长安贫者，瑞又何益。“不宜多”三字，寓有多少感慨！

自遣①

得即高歌失即休，多愁多恨亦悠悠②。今朝有酒今朝醉，明日愁来明日愁③。

① 罗隐十举进士而不第，遂将名字“横”改为“隐”，于是作此《自遣》诗。自遣者，自我排遣也。就中有颓废情怀，亦有愤激情绪。颓废与激愤，正是其复杂心情的形象写照。

② 这两句虽强调不必患得患失，但“得即高歌”内含的自嘲和凄苦是挥之不去的，“失即休”的愁恨是悠悠不尽的。

③ 这两句写得失带给人的感受。其真实意思还是自遣。“今朝”句，外现苟且偷安之象，而内含凄苦愤疾之情，语虽强打精神，亦是借酒浇愁也。“明日”句，说的是真愁。徒有救愁之意，而无救愁之力，只好陷入愁苦。正因为如此，唐末以后，“今朝有酒今朝醉”便成了解愁自遣使用率极高的诗句。

帝幸蜀①

马嵬山色翠依依②，又见銮舆幸蜀归③。泉下阿蛮应有语④，这回休更怨杨妃⑤。

① 唐末爆发黄巢起义，义军于唐僖宗广明元年（880）十二月破潼关。僖宗与唐玄宗相仿佛，又是仓皇奔蜀。罗隐遂作此诗以讽。“帝”，指唐僖宗。

②“马嵬山”，即黄麓山，即今陕西兴平市西北部之土原。马嵬坡即在原下。“山色翠”，一作“烟柳正”。

③“銮舆”，僖宗的车驾。“幸蜀”，去到蜀地。“归”，去。

④“泉下”，地下。“阿蛮”，唐玄宗小名。

⑤ 这句是借玄宗口吻嘲讽僖宗：这回奔蜀可不能去抱怨杨妃了吧。五十步笑百步，讽刺极深。

下第作[①]

年年模样一般般，何似东归把钓竿[②]。岩谷谩劳思雨露，彩云终是逐鹓鸾[③]。尘迷魏阙身应老，水到吴门叶欲残[④]。至竟穷途也须达，不能长与世人看[⑤]。

① 罗隐从二十八岁至五十五岁，十次应试而不第。这是他屡试不第后所作。

② 这两句写其屡试不中，故发出五湖烟水作钓叟之叹。“年年”句，真有泣血椎心之痛。其《东归别常修》中句云：“六载辛勤九陌中，却寻归路五湖东。名惭桂苑一枝绿，鲙忆松江两箸红。”其《丁亥岁作》中句云：“病想医门渴望梅，十年心地仅成灰。”《偶兴》中句云：“逐队随行二十春，曲江池畔避车尘。”“何似”句，言科考不如东归去垂钓，五湖烟水独忘机。

③ 这两句写科考蹭蹬，然终不甘心。“岩谷”，指在山中隐居。“谩劳”，枉劳。“雨露”，指科场得榜。“彩云”，喻科举。“鹓鸾”，鸾凤之属，喻高贵之人。

④ 这两句写诗人热衷科举，欲登仕途为国效力，却无奈归里。“尘迷魏阙”，言心在科举上登仕途。魏阙，古代官门外的阙门，为悬布法令的地方。后来也作为朝廷的代称。“吴门”，指作者家乡馀杭。“水”，指回乡之水路。“叶欲残”，言其归里时在深秋。

⑤ 这两句写身陷穷途也须振作，不能被人当作落第者而看不起。罗隐本名横，十试不中，遂更名为隐，入镇海节度使钱镠幕，尽管如此，科

举中事，总难忘却。在钱镠幕，沈崧中进士，将新榜让罗隐看，罗隐作《题新榜》诗云："黄土原边狡兔肥，犬如流电马如飞。灞陵老将无功业，犹忆当时夜猎归。"以西汉名将李广未能封侯事，比喻自己功名未就，虽未就，而至老不忘也。"达"，达观，即对不如意事要看得开。

感弄猴人赐朱绂①

十二三年就试期，五湖烟月奈相违②。何如买取胡孙弄，一笑君王便著绯③。

① 宋人曾慥《类说》卷一九《幕府燕闲录》："唐昭宗播迁（逃难），随驾伎艺人止有弄猴者。猴颇驯，能随班起居，昭宗赐以绯袍，号'孙供奉'。故罗隐有诗云云。"罗隐久困场屋，来去依旧一布衣，而一要猴的，昭宗竟赐以五品官职身穿红袍，罗隐遂作此诗以舒愤懑。

② 这两句写诗人屡试不济的遭遇，嘲笑自己的执迷不悟。诗人在另一首《赠妓》诗中，也写了这种遭遇，可参读。《唐才子传》中说："隐初贫，来赴举，过钟陵（今江西进贤县），见营妓云英有才思。后一纪（一纪为十二年），下第过之，（云）英曰：'罗秀才尚未脱白（古未仕者著白衣，犹后世称布衣）。'（罗）隐赠诗云：'钟陵醉别十馀春，重见云英掌上身。我未成名君未嫁，可能俱是不如人。"'五湖烟月"，罗隐是馀杭（今属浙江）人，故以此概称家乡之风光。"奈相违"，是说因每年赶考，辜负了家乡烟月，寄多少言外之意！

③ 这两句对昭宗赏赐耍猴人得官位著朱绂的事而发感慨，讥刺皇帝只要

取乐之弄人，而抛弃有志之才士。舒多少言外之愤！“买取胡孙弄”，一作“学取孙供奉”。

高　蟾

高蟾，河朔（今河北一带）人。僖宗乾符二年（834）登进士第。昭宗乾宁间，为御史中丞。《全唐诗》编其诗一卷。

长安旅怀[①]

马嘶九陌年年苦，人语千门日日新[②]。唯有终南寂无事，寒光不入帝乡尘[③]。

① 高蟾科举之路也属艰难而久不第，此诗便是他旅居长安之感怀。
② “九陌”，泛指京城的大路。“年年苦”，言其为科举事而忙迫不已。“日日新”，言千门之人不断变换。
③ “终南”，即终南山。“帝乡”，皇都，即长安。

下第后上永崇高侍郎[①]

天上碧桃和露种，日边红杏倚云栽[②]。芙蓉生在秋江上，不向东风怨未开[③]。

① 高蟾屡困举场而志不得伸，大有愤懑。《唐才子传》云：“（高蟾）初累举不上，题诗省墙间曰：‘冰柱数条撘（zhī，支，拄）白日，天门几扇锁明时。阳春发处无根蒂，凭仗东风次第吹。’怨而切。是年人论不公，又下第。”晚唐科场弊端丛生，诗歌中反映颇多，高蟾此诗系其著名者。“永崇”，长安坊名，高侍郎居处。

② 这两句写新科进士之得意，语间自见微词。“天上碧桃”“日边红杏”，喻新科进士之荣耀。“和露种”“倚云栽”，言其得到贵人之助，故能荣宠。

③ 这两句以芙蓉自比，写出未能得第之原因，语意亦自高直与怨愤。“芙蓉”，木名。以别于莲花之称芙蓉，故称木芙蓉，木莲。其花秋末始开，耐寒不落，故亦名拒霜。“东风”，春风。芙蓉生在秋江，难与桃杏春日争艳，时也命也；芙蓉其香在骨，不比桃杏艳徒在色，孤也直也。说是不怨东风，实则是怨，怨取士之不公也。高蟾应试，“马嘶九陌年年苦”（《长安旅怀》），“却向春风领恨回”（《下第出春明门》），岂能不怨！怨而上诗主持进士科考试的高侍郎，辞无以卑，意亦指直，足见作者的自信与愤懑。

附记：作此诗后第二年，“李昭知贡，遂擢桂”。高蟾终于高中进士。难怪《唐才子传》云：“蟾本寒士，遑遑于一名，十年始就。”

郑　谷

郑谷，字守愚，袁州（治今江西宜春）人。僖宗光启三年（887）登进士第，官至都官郎中，人称“郑都官”。又以《鹧鸪》

诗闻名，人称“郑鹧鸪”。乾宁三年（896），唐昭宗避难华州，他也赶去，“寓居云台道舍”，因自命诗集为《云台编》。郑谷的诗属唐末轻巧清快之格调，诗名颇高。《全唐诗》编其诗四卷。

长安感兴[①]

徒劳悲丧乱，自古戒繁华[②]。落日狐兔径，近年公相家[③]。可悲闻玉笛，不见走香车[④]。寂寞墙匡里，春阴挫杏花[⑤]。

① 繁华的都城长安，因唐末丧乱而极度衰败，折射出三百年的大唐由兴而盛，由盛转衰的历史，作者痛感于此，遂作此诗。

② 这两句悲叹长安繁华不再。“徒劳”，空费心力。“丧乱”，死亡祸乱。“戒繁华”，悲长安繁华歇也。

③ 这两句悲公相之家人去室空。

④ 这两句悲长安荒凉落寞。“香车”，装饰华美的车。

⑤ 这两句悲长安春日之殇。“墙匡”，即围墙之内。“匡”，同“框”，边框。“春阴”，春天。阴，日影。引申为时间。“挫杏花”，使杏花凋落。

奔问三峰寓止近墅[①]

半年奔走颇惊魂，来谒行宫泪眼昏[②]。鸳鹭入朝同待漏，牛羊送日独归村[③]。灞陵散失诗千首，太华凄凉酒一樽[④]。兵革未休无异术，不知何以受君恩[⑤]。

① 昭宗乾宁三年（896）七月，藩镇李茂贞引兵逼京畿，昭宗避难华州，郑谷也赶去，朝谒之暇，“寓于云台道舍”，编辑所作为《云台编》三卷。“三峰”，华山三峰：东峰、南峰、西峰。此处代指华州。

②“行宫”，京城以外供帝王出行时居住的宫殿。此次昭宗在华州，无行宫可居住，只好以府置为行宫。

③“鸳鹭”，鸳鹭皆水鸟，止有班，立有序，因比喻朝官班列。“待漏”，漏，古代的计时器。百官凌晨入朝，准备朝拜皇帝，称为待漏。“牛羊送日”，言牛羊晚牧归村。

④“灞陵”，地在长安东郊。“太华”，太华山，即华山，华州近华山。故此处代指华州。

⑤“兵革未休”，唐昭宗奔华州，李茂贞即入长安，将“自中和（唐僖宗年号）以来（即黄巢退出长安后）所葺宫室，燔烧俱尽”（《资治通鉴》卷二六O)。“异术”，超出常人的手段。

吴　融

吴融，字子华，越州山阴（今浙江绍兴）人。昭宗龙纪元年（889）擢进士。昭宗为宦官韩全晦等所劫持，朱全忠、李茂贞等军阀皆欲挟天子以令诸侯，时吴融为左补阙，拜中书舍人。天复元年（901）昭宗反正，吴融受命起草诏书十数篇，简备精当，进户部侍郎，后昭宗被劫去凤翔，吴融未及相从，去客阌乡。随之召为翰林承旨，卒。吴融诗风靡丽有馀，而雅重不足。有《唐英集》。《全唐诗》编其诗四卷。

卖花翁[①]

和烟和露一丛花，担入宫城许史家[①]。惆怅东风无处说，不教闲地著春华[②]。

①“许史”，指汉宣帝时的两家外戚：许，宣帝许皇后家；史，宣帝祖母史良娣家，皆显贵。此处代指城中豪门世族。这两句说，种花者送花，为生计也，自见其无奈；许史家占花，更占春意也，自见其贪婪。

②“闲地”，指种花之地。“惆怅”，因花入豪门而地无春华也；“不教”，见豪门之霸道也。

废宅[①]

风飘碧瓦雨摧垣，却有邻人与锁门[②]。几树好花闲白昼，满庭荒草易黄昏。放鱼池涸蛙争聚，栖燕梁空雀自喧[③]。不独凄凉眼前事，咸阳一火便成原[④]。

① 唐末僖宗、昭宗时，君已不君，政局混乱，长安屡遭军阀洗劫，又遭黄巢起义军之破坏，已成危城，居民大量避难出走，城几半空。《废宅》之议论感慨，正为此事而发。

② 这两句是写宅已废圮，主人不知何处去，而邻人代为看守。“垣”，墙。

③ 这四句写废宅衰败之相：花闲白昼，草易黄昏，戚然！池涸蛙聚，燕

空雀喧，惨然！“易”，一作“自”。

④“不独”句，言所凄凉者不光是眼前之废宅事，引出下句。“咸阳”句，更是叹唐王朝既衰将亡的凄凉。“咸阳一火”，指项羽焚烧秦官事。《史记·项羽本纪》：“项羽引兵西屠咸阳，杀秦降王子婴，烧秦宫室，火三月不灭。”这两句借废宅事悲悯长安之不宁，借秦亡事悲忧唐朝不世之光景。宅已废，一城痛；国若废，天下痛！清人薛雪《一瓢诗话》中，将此诗推为“晚唐绝唱”，正在于尾联凸现的揭示之大，比类之深。“便成”，一作“变寒”。

杜荀鹤

杜荀鹤（846—904），字彦之，自号九华山人。池州石埭（今安徽太平）人。大顺二年（890）以第一人擢第。其部分诗篇反映唐末军阀混战局面下的社会矛盾和人民的悲惨境遇，有《唐风集》。《全唐诗》编其诗三卷。

下第出关投郑拾遗

丹霄桂有枝[②]，未折未为迟。况是孤寒士，兼行苦涩诗。杏园人醉日，关路独归时[③]。更卜深知意，将来拟荐谁[④]。

①“关”，指潼关。“拾遗”，官名，掌供奉讽谏之职。

②“丹霄”，天上。“桂”，指月中之桂。“桂有枝”，见李商隐《及第东

归次灞上却寄同年》注②。

③“杏园人醉日”，唐代考中进士的人，都要在雁塔题名，杏园欢宴，故曰“人醉”。“关路”，潼关路上。“独归”，指作者下第而归。

④这两句说，希望郑拾遗将来还要推荐自己。“卜”，古人以火烧龟甲取兆，以预测吉凶。

韦 庄

韦庄（约836—910），字端己，京兆杜陵（今陕西省西安市东南）人。昭宗乾宁元年（894）登进士第，授校书郎，转补阙，李询为西川宣谕和协使，韦庄为判官，以中原黄巢起义，潜依西川藩将王建。王建辟为掌书记。唐亡，王建建立前蜀，以其为宰相。韦庄饱受乱离之苦，多伤时之作，早年作《秦妇吟》长诗，颇有名。他又是著名词人，词风秾丽柔媚，是“花间词派”的标志性人物。有《浣花集》。《全唐诗》编其诗六卷。

立春日作[①]

九重天子去蒙尘[②]，御柳无情依旧春。今日不关妃妾事，始知辜负马嵬人[③]。

①唐僖宗广明元年十二月壬午（881年），黄巢破潼关，僖宗西奔，于翌年正月到成都。就在这中间的立春日，韦庄作此诗以讽之。

②“九重”，旧指帝王所居之所，此处代指唐僖宗。“蒙尘”，蒙被尘土。多以喻帝王流亡或失位，遭受垢辱。

③这两句讽刺甚辣：玄宗出奔，事关妃妾，僖宗出奔，与妃妾何干！然而终于奔蜀。始知将杨妃定为“祸本”，真是辜负她了。“马嵬人”，指杨妃。

黄 巢

黄巢（？—884），曹州冤句（今山东菏泽西南）人。举进士，不第。僖宗乾符二年（875），聚众响应王仙芝起义。王仙芝被杀后，他成为首领，号“冲天大将军”。五年，率兵南下，众至数十万人，转战多地。后又入洛阳，破潼关，据长安。于广明元年（880）十二月在长安即帝位，国号大齐，年号金统。后被各地唐军合围，其大将朱温降唐，军事不利，遂弃长安东走。中和四年（884），退至莱芜（今属山东）东南的狼虎谷，被困自杀。《全唐诗》编其诗三首。

题菊花①

飒飒西风满院栽，蕊寒香冷蝶难来②。他年我若为青帝，报与桃花一处开③。

①题下原注云：（南宋张端仪）《贵耳集》：“巢五岁时，侍其翁与父为

菊花诗，翁未就，巢信口曰：‘堪与百花为总首，自然天赐赭黄衣。’父怪，欲击之，翁曰：‘可令再赋。’巢应声云云。”说这首诗是黄巢五岁时的作品，虽未必可信，然而可见其志不在小。该诗正是以诗咏志，欲干一场掀天揭地之事业。

② 这两句言菊花秋日开放之景象。“西风”，指秋风。“蕊寒香冷”，言菊傲严霜之性。“蝶难来”，在肃杀的秋季，无有采花蕊幽芳的蝴蝶，故云。

③ 这两句字面意思是，他年自己若为青帝（司春之神），就要菊花与桃花同时开放在春天，言外之意是，他年自己若掌握了政权，就要改天换地，可见其霸气。

不第后赋菊①

待到秋来九月八，我花开后百花杀②。冲天香阵透长安，满城尽带黄金甲③。

① 此篇与《题菊花》同调，均是以菊而咏志。黄巢喜咏菊，因菊在众芳摇落之后凌寒而开，性高洁也；又因菊之正色为黄，与其姓同也；更有甚者，黄乃中央之色，故帝王袍服色尚黄色。黄巢有大志，故喜以菊咏怀也。

② 这两句写秋日菊花怒放之景象。“九月八”，古代习俗，于重九（九月九日）登高赏菊。此处的“八”，是为与诗中“杀”“甲”押韵。“我花”，指菊花。“百花杀”，秋菊开时，百花已经凋谢。

③ 这两句写菊花怒放时的盛况，言外之意，就是要改朝换代。“冲天香阵”，双关语。既言众多菊花之香气成阵，又喻将来起义军战阵之强。

“透”，渗透，速漫。“黄金甲”，双关语。菊开在秋，秋令属金，故以黄色为正，因称黄花。既言菊花之繁盛，又喻将来义军之盔甲。难怪在广明元年，黄巢于长安称帝，自陈：“唐去丑口而著黄，明黄且代唐也。”（《新唐书·黄巢传赞》）

罗　衮

罗衮，字子制，临邛（今属四川）人。大顺中，历左拾遗、起居郎，仕梁为礼部员外郎。《全唐诗》编其诗三首。

清明登奉先城楼①

年来年去只艰危，春半尧山草尚衰②。四海清平耆旧见，五陵寒食小臣悲③。烟销井邑限楼槛，雪满川原泥酒卮④。拭尽贾生无限泪，一行归雁远参差⑤。

①“奉先”，县名，唐玄宗因其父睿宗之桥陵在此，于开元四年改蒲城县曰奉先县。作者生在唐末，衰世乱世之象，诗中皆可体味之。

② 这两句写生计之艰危。“艰危”，艰难苦危。“尧山”，山名，在奉先县北。

③ 这两句写生逢乱世的悲哀。“四海清平”，天下太平。“耆旧”，故老，年老的旧好。“五陵”，指奉先县之唐五陵，即睿宗桥陵、让皇帝（李宪）惠陵、玄宗泰陵、宪宗景陵、穆宗光陵。“寒食”，古代节日，在

清明前一或二日。“小臣”，作者自称。

④ 这两句写城楼眺望。“烟销”，因寒食节，不举火，故而烟销。“井邑”，城中民居。邑中共用一井，故曰井邑。此处指奉先县城。“槛”，栏杆。“泥酒卮”，贪爱喝酒。此处指借酒浇愁。泥，沉迷。卮，古代盛酒的器皿。

⑤ 这两句写作者对报国无门的悲观而思故乡。“贾生”，指汉代贾谊。年仅二十，文帝召为博士，未及一年又升至太中大夫，后因锐意改革政治，为朝廷权臣不满，被贬为长沙王太傅，在赴任途中渡湘水时，有感于屈原之报国无门，作《吊屈原赋》以自喻。三年后又为梁怀王太傅。他数次上疏，主张削弱诸侯之势力，巩固中央政权，而文帝不听，居数年，梁怀王坠马死。“贾生自伤为傅无状，哭泣岁馀，亦死。”（《史记·屈原贾生列传》）

张　泌

张泌，字子澄，淮南人。仕南唐，为句容县尉。累官至内史舍人。《全唐诗》编其诗一卷。

长安道中早作①

客离孤馆一灯残，牢落星河欲曙天①。鸡唱未沉函谷月，雁声新度灞陵烟②。浮生已悟庄周蝶③，壮志仍输祖逖鞭④。何事悠悠策羸马，此中辛苦过流年⑤。

①“灯残”，即残灯，谓灯之将灭。“牢落”，稀疏。“欲曙”，天将明时。曙，天刚亮。

②“函谷”，函谷关。地在华山东。“灞陵”，见韦应物《长安遇冯著》注②。

③“浮生”，《庄子·刻意》：“其生若浮，其死若休。”老庄以为人生在世，虚浮无定。后来相沿称人生为浮生。“庄周蝶”，《庄子·齐物论》：“昔者庄周梦为蝴蝶，栩栩然蝴蝶也。自喻适志与，不知周也。俄而觉，则蘧蘧然周也。”本为寓言，后多用蝶梦比喻生命变幻无常。

④“祖逖（tì）鞭”，晋刘琨“与范阳祖逖为友，闻逖被用，与亲故书曰：‘吾枕戈待旦，志枭逆虏，常恐祖生先吾著鞭。’其意气相期如此”（见《晋书·刘琨传》）。

⑤“羸马”，瘦马。“流年”，光阴，年华。因易逝如流水，故称。

无名氏

杂诗①

无定河边暮角声②，赫连台畔旅人情③。函关归路千馀里④，一夕秋风白发生⑤。

①这首杂诗中，暮角声未指何音，旅人情未指何事，函关东未确指何处，白发生未确指何愁，然而通过形象之描写，使人感受到旅人之愁。

②“无定河”，源出今内蒙古，东南流入今陕西横山，经榆林、米脂、绥

德，又东南至清涧入黄河。因急流溃沙，河道深浅不定，故名。“角声”，古乐器名，晋时出于西北地区游牧民族，后多用作军号。

③“赫连台”，又名髑髅台，为东晋末年大夏国主赫连勃勃所筑的“京观”（古代战争中积敌尸封土其上以表战功）。《延安府志》载延长县有髑髅山，是赫连勃勃所筑的几处髑髅台之一。无定河流域古代频起战端。陈陶《陇西行》中句“可怜无定河边骨”，亦是指此。

④ 这句是说，此旅人之家在函谷关之东，归路艰难。

⑤ 这句是说，有家而难归，旅人情何以堪。“一夕白发生”，更见乡愁。

元和举子

元和举子，名不详，元和十一年及进士第。《全唐诗》编其诗一篇。

丙申岁诗[①]

元和天子丙申年，三十三人同得仙[②]。袍似烂银文似锦，相将白日上青天[③]。

①《唐摭言》曰：元和十一年（816 年，即丙申年），中书舍人李逢吉主持进士考试，录高澥等三十三人。多取寒素。时有诗。

②“同得仙”，指同登进士第。

③“袍似烂银”，言贫者衣袍之破旧。“上青天”，言青云得路也。

德宗宫人

德宗宫人，奉恩院王才人养女凤儿也。《全唐诗》编其诗一首。

题花叶诗①

一入深宫里，无由得见春②。题诗花叶上，寄与接流人③。

① 题下原注："贞元中，进士贾全虚于御沟得一花叶，上有诗句，悲想其人，裴回沟上。为街吏所获。金吾奏其事，德宗询之，知为凤儿所作，因召全虚，授金吾卫兵曹，遂以妻之。"

② 言宫女的悲惨命运。"深宫"，后宫。"无由得见春"，言见不到皇帝，不能过饮食男女的正常生活。

③ 言宫女的无奈和希望。题诗花叶，寄渴望自由之情，正见无奈。寄接流人，将满腹辛酸寄托，自然也带有渺茫之希望。

宣宗宫人

宣宗宫人，姓韩氏。《全唐诗》编其诗一首。

题红叶[①]

流水何太急，深宫尽日闲[②]。殷勤谢红叶，好去到人间[③]。

① 题下原注："卢偓应举时，偶临御沟，得一红叶，上有绝句，置于巾箱。及出宫人，偓得韩氏，睹红叶，吁嗟久之。曰：'当时偶题，不谓郎君得之。'"

②"深宫尽日闲"，言韩氏宫女在深宫百无聊赖也。

③ 以红叶作寄托，表现其出宫回人间的愿望。"谢"，告诉。据范摅《云溪友议》记载，卢偓听了韩氏感叹他收藏红叶的话后，又惊又喜，半信半疑，赶忙让她在一张素笺上重写此诗，经反复核对，笔迹丝毫不差。听到这个奇闻的人都奔走相告。

鱼玄机

鱼玄机（约844—约871），字幼微，一字蕙兰，长安（今陕西西安）人。本为补阙李亿妾，爱衰，遂出家为咸宜观道士。因杀侍婢被处死。《全唐诗》编其诗一卷。

游崇真观南楼睹新及第题名处[①]

云峰游目放春晴[②]，历历银钩指下生[③]。自恨罗衣掩诗句[④]，举头空羡榜中名[⑤]。

①“崇真观”，在长安朱雀街东新昌坊内。“新及第题名”，指新及第进士题名。唐时新中第进士每于游胜处有题名的习俗。最有名者是曲江宴饮后雁塔题名。

②“云峰”，指终南山高峰。此处指作者在崇真观南楼欣赏终南山色。

③“银钩”，指题名者书法银钩铁划，刚劲有力。

④这句说，自恨满腹诗才，却为女装所掩（因女性不能参加科考）。“罗衣”，质地松软，经纬组织显椒眼纹的丝织品制成的衣服。常指女性的服装。

⑤“空羡榜中名”，大凡物不得其平则鸣。诗才不让须眉，人能我亦能也；只因身为女性而不能参加科考，故空羡也。“空羡”，徒然羡慕。空羡者，有多少言外之意。

卖残牡丹

临风兴叹落花频，芳意潜消又一春①。应为价高人不问，却缘香甚蝶难亲②。红英只称生宫里，翠叶那堪染路尘③。及至移根上林苑，王孙方恨买无因④。

①“芳意潜消”，指牡丹花残。

②长安人见牡丹如狂，故牡丹价高。白居易“一丛深色花，十户中人赋”（《买花》）可参稽。

③“红英”，指牡丹花。“称（chèn）”，符合，相适应。

④“移根”，移栽。“上林苑”，见皇甫冉《春思》注③。“无因”，没有缘由。

跋

说起这部《唐诗陕西》五卷本，先应说它的缘起。

2015 年春，由南京大学牵头的《全唐五代诗》第一函，即唐初至杜甫的十卷本，由陕西人民出版社出版，我有幸参与了该书的编辑工作。该书出版后，立即引起了社会的关注。为全唐五代诗结全集，为中华优秀文化聚原典，正见了陕西人民出版社的文化自信和历史担当。著名作家、该书的责任编辑张孔明兄以编辑家的眼光，由此而产生了对唐诗作专题选注之设想，即《唐诗陕西》。嗣后，我受命选注《唐诗秦岭》。这本选注 350 首诗的《唐诗秦岭》出版后，我又受命选注《唐诗陕西》。当时基于篇幅的考虑，意在结集为上、下两册，如此一来，自然不宜分类过细，遂以人系诗，予以选注。2017 年冬，在陕人社例行的翌年新书选题会上，此选题幸逢支招。群贤语重心长，建议将此书分门别类，做成若干册云云。群贤皆高人，点铁成金；群贤皆智者，用意殊深。赖有此力，孔明兄择善而从，遂当即与我敲定，扩充内容，分作五册，并以唐人诗句冠以书名：《万国衣冠拜冕旒》，统大唐三百年也；《秦中自古帝王州》，统京城长安也；《秦川如画渭如丝》，统天府关中也；《太白终南地轴横》，统龙脉秦岭也；《文彩风流今尚存》，统人文纵横也。

此五册的内容，大抵涵盖了今之陕西地域。书稿送审，陕人社决定，为明了起见，直观以取书名，曰《大唐三百年》，曰《京城长安》，曰《天府关中》，曰《秦岭风情》，曰《人文纵横》。一目了然，大佳。

《唐诗陕西》，顾名思义，就是指唐诗中有关陕西的诗作。但有三点必须特别提及：其一，此处“陕西”指今日之陕西省，而在唐代和唐诗中，凡有“陕”字，均指陕州或陕县（在今河南省境内），与今之陕西并无关系。陕西作为行省，源于宋时的陕西路（周初周公、召公分陕而治，其中的“陕”，就是指陕陌或陕原），元置陕西行中书省，明改陕西布政使司，自清以来称陕西省。今日陕西的范围，大约辖唐时的京兆、凤翔、兴元三府，以及华、同、邠、陇、鄜、坊、延、绥、夏、麟、银、金、洋、商、兴、凤等州。其二，“关中”，据辞书解释，有狭义和广义两种。狭义指关中盆地，即八百里秦川，广义指今日之陕西省，书中取其广义者。其三，唐诗中凡涉“秦”字者，大多指今日之陕西，也有少量指今日甘肃东部之地。

明乎此，便可知陕西作为唐朝的中心区域，更显出特殊之地位；亦可知唐诗对陕西的一往情深，更使其成就得到了升华。唐诗陕西，陕西唐诗，在相得益彰中完成了诗化的诠释。唐代诗人以他们的生花妙笔，展现出旷代盛朝之伟，帝都王气之佳，山水形胜之美，天人合一之谐。伟佳美谐，便见了繁花似锦。然而要以有限之篇幅，兼及诗人及诗作，选注皆不易。

凡所选，以质美骨香者为是；凡所注，以洁明准确者为务。中有一二篇什，亦参稽中国社科院文学所的《唐诗选》和萧涤非先生《杜甫诗选注》等大作，他山之石，可以攻玉，在此谨致谢忱。且喜《唐诗陕西》今已成帙，采诗千首，皆杰秀特出，大具四“者”之光华——尤要者，以其影响更大也；有代表性者，以其能树高标也；脍炙人口者，以其常经人道也；富有特质者，以其各有面目也。

辉煌的唐诗，辉煌的陕西。陕西因唐诗而更加声名远播，唐诗因陕西而更加登峰造极。这就是我们的唐朝，这就是我们的唐诗，这就是我们的陕西——

华章盛代竞相隆，三百年间陕在中。
地推四塞关河壮，天定长安王气雄。
文采风流情擅美，终南太白势横空。
而今挺出唐诗里，犹带依依秦地风。

杨乾坤

2020. 7. 12